谷物制品营养强化及品质改良新工艺技术

陆勤丰 编著

GUWU ZHIPIN YINGYANG QIANGHUA
JI PINZHI GAILIANG
XIN GONGYI JISHU

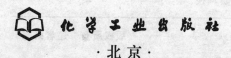

化学工业出版社

·北京·

本书共分 8 章，在参考国内外学者已有研究成果的基础上，结合作者近年来的研究成果，比较全面地论述了谷物制品营养强化及品质改良的基础理论，并从工艺、设备、操作等多方面系统介绍了针对谷物制品的营养强化及品质改良的新工艺与新技术，从而为国内众多的面粉、大米及食品加工厂在开展主食营养强化工作时提供参考，期望能够对我国的公众营养改善项目和提高粮食加工厂的经济效益起到一定的促进作用。

本书可供从事面粉、大米及食品加工的技术人员，相关学科的科研工作者，大专院校师生、各类培训班学员参考使用。

图书在版编目（CIP）数据

谷物制品营养强化及品质改良新工艺技术/陆勤丰编著．—北京：化学工业出版社，2008.6
ISBN 978-7-122-03365-9

Ⅰ. 谷… Ⅱ. 陆… Ⅲ.①谷类制品-食品营养②谷类制品-食品加工 Ⅳ. R151.3 TS213

中国版本图书馆 CIP 数据核字（2008）第 103605 号

责任编辑：王昕讲   文字编辑：廉 静
责任校对：李 林   装帧设计：刘丽华

出版发行：化学工业出版社（北京市东城区青年湖南街 13 号 邮政编码 100011）
印 装：北京市彩桥印刷有限责任公司
720mm×1000mm 1/16 印张 10¼ 字数 202 千字 2008 年 8 月北京第 1 版第 1 次印刷

购书咨询：010-64518888（传真：010-64519686） 售后服务：010-64518899
网 址：http://www.cip.com.cn

定 价：29.00 元

前　言

2004 年 10 月公布的第四次"中国居民营养与健康现状"调查结果显示，全国城乡居民钙摄入量仅为 391mg，相当于推荐摄入量的 41%；铁、维生素 A 等微量营养素缺乏是我国城乡居民普遍存在的问题；与此同时，全国 2 亿人超重，1.64亿人患高血压，1.6 亿人血脂异常，6000 多万人肥胖，4000 万人血糖异常。上述情况说明，中国居民营养状况并未随着我国经济的发展同步改善，而是呈现出营养不足与营养过剩并存的局面。

自然食物的营养素很难全面满足人体的营养需要，加之现代食品工业对食品的深度加工导致了营养素丢失。在食品加工中，对自然食品中营养成分进行增减组合，补充加工中丢失的营养素和原料中缺乏的营养素，促进营养平衡，将会提高食品的营养价值，使消费者获得营养比较齐全均衡的食品。目前我国经过加工的大米和小麦约占我国人口口粮总量的 20%，而经过营养强化的比例不到 1%。中国食物营养强化尚处于起步阶段，特别是主食营养强化远远落后于发达国家，甚至落后于泰国、马来西亚等发展中国家。近年来，在国家公众营养改善项目的推动下，面粉营养强化已经起步，国家粮食局和卫生部主持的营养强化面粉食用效果试点取得了可喜的初步成果，并已出台了营养强化小麦粉国家标准。大米营养强化也正在大米加工企业的大力配合下进行技术攻关。我国的食品工业"十一五"发展纲要中明确指出：粮食加工业的发展方向和目标是重点抓好稻谷、小麦、玉米、大豆和薯类的精深加工与综合利用，兼顾杂粮的开发。小麦、稻谷加工继续以生产高质量、方便化主食食品为主，重点发展专用面粉、营养强化面粉、专用米、营养强化米、方便米面制品、预配粉等，推进传统主食品生产工业化。

截至目前，国内尚未见到以谷物制品为研究对象系统介绍小麦粉、稻米的营养强化工艺及品质改良技术的书籍。近年来，笔者作为主要成员先后参与了浙江省教育厅和湖州市科技局关于主食营养强化的科研项目研究，在研究中积累了一些资料，也对主食营养强化有了自己的思考。本书在上述研究成果的基础上，参考了大量国内外学者和专家的相关成果后编写而成。

本书比较系统地论述了谷物制品营养强化和品质改良的基础理论，结合我国面粉和大米加工企业的技术和设备现状，针对性地介绍了谷物制品营养强化和品质改良的工艺和技术，以期对我国广大的面粉和大米加工企业调整产品结构和提升经济效益提供帮助。

本书在编写过程中，承蒙专家、学者提供的宝贵资料和建议，在此表达笔者真诚的谢意。

　　限于本人的知识、水平和经验，本书的缺点和不足在所难免，恳请各位专家和学者批评指正。

陆勤丰

2008 年 6 月

目　录

第3章　营养强化剂的选择与使用

第4章　大米营养强化工艺技术

第5章　面粉营养强化工艺技术

第6章　大米食用品质及改良

第7章　面粉品质及改良

第8章　谷物制品营养强化及品质改良工艺中的质量控制

附录

参考文献

第 1 章
谷物及其制品的物理化学特性

1.1 稻米的物理特性

稻米的物理特性是指稻谷在加工过程中反映出来的多种物理特性，如稻米的色泽、气味、粒形、粒度、均匀度、相对密度、千粒重、谷壳率、出糙率以及散落性、静止角和自动分级等，这些都与稻谷加工有着密切的关系。

1.1.1 稻米的气味、色泽和表面状态

正常的稻米色泽应为白色，且富有光泽，无不良气味，米粒饱满。如果气味不正常，则说明谷粒已变质或吸附了其他有异味的气体。陈稻谷的气味比新稻谷差，这是因为稻谷陈化的结果。稻谷颜色一般呈土黄色，糙米颜色多为蜡白色或灰白色，无论是稻谷还是糙米均富光泽。相对而言，陈稻谷的色泽较为暗淡。

1.1.2 稻米粒的形状与大小

稻谷粒形，因其类型、品种和生长条件的不同而有很大的差异。稻米的粒形一般用长度、宽度和厚度三个尺寸表示。稻米粒的大小是指稻米的长度、宽度和厚度的大小，一般称为粒度。可分为三类：长宽比大于 3 的为细长形，小于 3 大于 2 的为长粒形，小于 2 的为短粒形。一般籼米为前两者，而粳米大都属于后者。

1.1.3 稻米的千粒重、容重

千粒重是指一千粒稻谷的质量，以克（g）为单位。稻谷千粒重的大小，除受水分的影响以外，还取决于谷粒的大小、饱满程度及籽粒结构等。一般来说，籽粒饱满、结构紧密、粒大而整齐的稻谷，胚乳所占比例较大，稻壳、皮层及胚所占的比例较小，其千粒重也大。

稻谷千粒重的变化范围为 $15\sim43g$，平均为 $25g$。一般，粳稻的千粒重比籼稻稍大。

容重是指单位容积内稻米的重量，常以 kg/m^3 或 g/cm^3 计。凡是粒大、饱满、坚实的米粒，其容重就大。因此，容重是评定稻米工艺品质的一项重要指标。几种常见米类的容重如表 1-1。

表 1-1　几种常食用大米的容重

名　称	粳糙米	籼糙米	粳米	籼米	大碎米	小碎米（米栖）
容重/(kg/m^3)	770	748	800	780	675	365

1.1.4　谷壳率与出糙率

谷壳率是指稻壳占整个籽粒的质量百分率。其大小主要取决于稻谷的类型、品种、粒形、成熟程度和饱满程度等。一般粳稻谷的谷壳率小于籼稻谷，就同类型稻谷而言，早稻的谷壳率小于晚稻。

稻谷的出糙率简称出糙。净稻谷试样脱壳后，糙米的完善粒重量加上不完善粒重量的一半占试样重量的百分率，称为出糙率。出糙率是稻谷定等作价的基础项目。籽粒成熟、饱满、壳薄的稻谷出糙率高。籼稻谷和籼糯稻谷的出糙率一般在71%～79%之间，粳稻谷和粳糯稻谷的出糙率为73%～81%，晚粳稻谷出糙率为70%～82%。稻谷的出糙率与其出米率成正比，根据出糙率可计算稻谷加工出米率。

1.1.5　自动分级

自动分级不是单一谷粒所具有的特性，而是谷粒群体（粮堆）的性质。在移动或振动过程中，谷粒和杂质混合的散粒群体出现的分级现象称为自动分级。

物料自动分级对稻谷加工过程中的工艺效果有很大的影响，比如在并肩石分离、谷糙分离、稻壳整理等工序中，只有产生良好的自动分级，才会有良好的工艺效果。

1.1.6　米粒强度

米粒强度是指米粒承受压力和剪力折断力大小的能力。米粒的强度大，在加工时就不易压碎，产生的碎米就少。米粒强度因品种、米粒饱满程度、胚乳结构紧密程度、水分含量和温度因素的不同而异。通常蛋白质含量高，腹白小，胚乳结构紧密而坚硬，透明度大的米粒（称为强质粒或玻璃质粒），其强度要比蛋白质含量少，腹白大，胚乳组织松散，不透明的籽粒（称粉质粒）大。粳稻比籼稻大，水分低的比水分高的大，冬季稻比夏季稻大。

1.2　稻米的化学特性

稻米中的各种化学成分，不仅是稻米籽粒本身生命活动所必需的基本物质，而且也是人类生存的物质源泉。各种化学成分的性质及其在籽粒中的分布状况，直接影响了稻米的生理特性、耐储藏性和加工品质。了解稻米的化学成分及其分布，不仅可以指导我们正确合理地对其加工、储藏，而且对于合理设计营养强化工艺也有着积极的意义。

1.2.1　稻米籽粒各组成部分的化学成分

稻谷籽粒中各组成部分的化学成分各不相同，且各有特点。

稻壳作为保护组织，含有大量的粗纤维和矿物质，质地坚硬，粗纤维营养价值很差，不能被人体消化，加工时首先须除去。

果皮、种皮的化学成分中，纤维素含量较多，其次是脂肪、蛋白质和矿物质。

因人体不能消化纤维素，同时糙米的食用品质很差，故加工时大部分皮层也需被碾去。

糊粉层含有丰富的脂肪、蛋白质、维生素等，营养价值比果皮、种皮、珠心层高，但糊粉层的细胞壁较厚，不易消化。因其含有较多的脂肪和酶类，影响了大米的储藏性能，故加工时也应尽可能除去。

胚乳由含淀粉的细胞组织组成，细胞内充满了淀粉粒，还有蛋白质、脂肪、灰分和纤维素的含量较少，它是稻谷籽粒中最有价值的部分，加工时应尽量把胚乳全部保留下来。

胚中含有较多的脂肪、蛋白质、可溶性糖及维生素等，营养价值较高。但胚中含有大量易酸败的脂肪，使得大米不耐储藏。

稻米主要由水分、蛋白质、脂肪、淀粉、粗纤维、矿物质和维生素等成分组成。各成分的含量，因稻谷的品种及生长条件的不同而不同。

1.2.2　水分

水分是稻谷的一个重要化学成分，它不仅对稻谷的生理有很大影响，而且与稻谷加工、储藏的关系也很密切。水分在稻谷籽粒中有两种不同的存在状态，即游离水（自由水）和结合水（束缚水）。游离水是指存在于细胞间隙中的水分，一般化验水分的结果为游离水。结合水是指与细胞中的蛋白质、糖类等亲水物质相结合，形成比较牢固的胶体水分，其性质稳定，不易散失，不能用作溶剂，在 0℃ 以下也不会结冰，采用一般的干燥方法不能将其驱除。结合水分又称为安全水分，一般情况下，稻谷的安全水分为 13.5%。

稻米的水分含量一般在 13%～14%，高水分的谷粒强度低，碾米时碎米较多，但水分过低会使籽粒发脆，也易产生碎米。

1.2.3　蛋白质

蛋白质是构成生命有机体的重要成分，是生命的基础，它在人体和生物的营养方面占有极其重要的地位。稻谷具有营养方面的一个重要方面，就是为人体提供维持健康不可缺少的蛋白质。稻米中的蛋白质依其溶解特性可分为清蛋白、球蛋白、醇溶蛋白、谷蛋白四种。

这几种蛋白质在糙米及其组分中分布是不均匀的。糙米比大米含有较多的清蛋白和球蛋白。清蛋白和球蛋白集中于糊粉层和胚中，所以这种蛋白质在大米中的分布以外层含量最高，愈向米粒中心愈低。谷蛋白是糙米或大米中的主要蛋白质，它的分布规律是米粒中心部分含量最高，愈向外层含量愈低。

蛋白质的氨基酸组成关系到蛋白质的营养价值。上述四种蛋白质氨基酸的测试结果表明：赖氨酸的含量，以清蛋白最高，其次为谷蛋白，再次为球蛋白和醇溶蛋白。米糠、胚和米秕等副产品比成品米含有较高的赖氨酸和较低的谷氨酸，这说明糙米的胚部和糊粉层比胚乳含有较高的赖氨酸和较低的谷氨酸。糙米和成品米的氨基酸值与蛋白质含量的高低有一定关系，也就是说，蛋白质含量愈大，氨基酸愈多。所以大米中蛋白质含量愈高，它的营养价值愈大。

稻米中的蛋白质含量不高，糙米中含量在 8% 左右，白米中含量在 7% 左右，主要分布在胚及糊粉层中，胚乳中含量较少。

稻米的蛋白质含量越高，籽粒的强度就越大，耐压性越强，加工时产生的碎米就越少。

1.2.4　脂类

脂类包括脂肪和类脂，脂肪由甘油和脂肪酸组成，称为甘油酯。天然脂肪一般是甘油酯的混合物。脂肪在生理上的最主要功能是供给热能。而类脂一类物质对新陈代谢的调节起着重要作用。类脂中主要包括蜡、磷脂、固醇等物质。稻米脂类含量是影响米饭可口性的主要因素，而且油脂含量越高，米饭光泽越好。据国外文献报道：米饭香味与米粒所含不饱和脂肪酸有关。

稻米中的脂肪含量一般在 1%～2%，大部分集中在胚和皮层中，糙米碾白时，胚和皮层大部分被碾去，故白米中基本上不含脂肪。

米糠中含脂肪较多，含量随稻米品质而异，一般含油率在 18%～20%，它是一种营养价值较高的油料。

大米中的脂类较易变化，它与大米的加工、储藏关系也较密切。脂类物质变质可以使大米失去香味，产生异味，增加酸度。

1.2.5　碳水化合物

碳水化合物是粮食的主要成分，分析表明，糙米含有 84% 的淀粉、1.2% 多缩戊糖、0.7% 的可溶性糖和 0.9% 的粗纤维。由此可见，糙米中的碳水化合物主要是淀粉。

淀粉是稻米中重要的化学成分，而且是含量最高的碳水化合物之一，含量一般在 70% 左右，大部分在胚乳中，它是人体所需热量的主要来源。

淀粉根据其结构组成有直链淀粉和支链淀粉之分。淀粉微粒不溶于冷水，而直链淀粉易溶于热水，当它溶于热水后则形成黏度较低的溶液且不易凝固；而支链淀粉只能在加压与加热条件下，才能溶于水，并能形成比较黏滞的溶液或糊状。直链淀粉和支链淀粉的比例随稻米的品种而异，此比例是稻米的重要品种特性。例如：糯米的淀粉中不含直链淀粉，含有 100% 的支链淀粉。

我国 251 个稻谷品种淀粉含量测定结果表明：主要稻谷品种的淀粉含量范围，一般在 52.6%～69.0% 之间，平均值为 62.7%，标准偏差±3.09。可见稻谷品种不同对稻谷淀粉含量影响很大。

在所有的粮食作物中，大米淀粉颗粒的粒径是最小的，它的粒径范围在 2～9μm，平均粒径为 5μm，而小麦淀粉的平均粒径为 20μm，玉米淀粉的平均粒径为 15μm，甘薯淀粉的平均粒径为 17μm，而且大米淀粉的形状很特异，为六角多面体，玉米淀粉也只是五角多面体，其他如小麦、甘薯的淀粉形状为圆形、椭圆形。

大米胚和胚乳的主要糖类为蔗糖、葡萄糖和果糖以及少量棉籽糖。游离的可溶性糖类集中在糊粉层中，而且糯性米中可溶性糖类含量（0.52％）高于非糯性米（0.25％），但麦芽糖一般测不出。

　　纤维素是一种结构性多糖，是构成细胞壁的主要成分。稻米中纤维素分布主要为：皮层中 62％、胚中 4％、米秕中 7％、胚乳中 27％。纤维素不溶于水但能吸水膨胀。因人体肠胃缺乏纤维素酶，不能消化纤维素，因此加工生产中应去除这一部分。

1.2.6　矿物质和维生素

　　矿物质是构成人体骨、齿、血和肌肉不可缺少的成分。稻谷中矿物质大多存在于稻壳（含 18％左右）、皮层和胚（各含 9％左右）中，胚乳中含量很少（约 5％），胚乳中主要的矿物质是磷，此外有微量的钙、铁和镁等。因此，从矿物质元素的角度评估，糙米的营养价值优于大米。

　　维生素是人体必需的物质，稻米所含维生素多属于水溶性的 B 族维生素，如硫胺素、核黄素、烟酸、吡多醇、泛酸、叶酸、肌醇、胆碱、生物素等，也含有少量的维生素 A。糙米中很少有或不含有维生素 C 和维生素 D。维生素主要分布于糊粉层和胚中，糙米所含的维生素比白米高。糙米、白米、米糠、米胚中维生素含量见表 1-2。

表 1-2　糙米、白米、米糠、米胚中维生素含量　　　　单位：$\mu g/g$

维生素	糙　米	白　米	米　糠	米　胚
维生素 A	0.13	痕量	4.2	1.3
硫胺素	2.4～4.5	0.40～1.26	18～24	65
核黄素	0.75～0.86	0.11～0.37	2.0～3.4	5
烟酸	48～62	10～22	214～236	33
吡多醇	9.4～11.2	0.37～6.2	25	16
泛酸	14.6～18.6	6.3～7.7	27.7	3.0
生物素	0.11	0.034～0.06	0.60	0.58
维生素 B_1	0.13	0.14	0.75	1
维生素 B_{12}	0.30	0.0016	0.005	0.0105
维生素 E	0.0005	痕量	149.2	87.3

1.3　小麦的物理特性

1.3.1　小麦的色泽、气味和表面状态

　　正常的小麦籽粒随品种不同而具有特有的颜色与光泽。如硬麦的色泽有琥珀黄色、深琥珀色和浅琥珀色；软麦除了红、白两个基本色泽外，红软麦的色泽还有深红色、红色、浅红色、黄红色和黄色等。但在不良条件的影响下会失去光泽，甚至改变颜色。

引起麦粒色泽异常的原因主要有：小麦晚熟，使籽粒呈绿色；受小麦赤霉病菌的侵染，麦粒颜色变浅，有时略带青色，严重时胚部和麦皮上有粉红色斑点或黑色微粒，储藏时间过久，色泽变得陈旧；受潮会失去光泽、稍带白色；发生霉变，麦粒上出现白色、黄色、绿色和红色斑点，严重的则完全改变其固有颜色，成为黄绿、黑绿色等。

正常的麦粒具有小麦特有的香味，如果气味不正常，说明小麦变质或吸附了其他有异味的气体。引起小麦气味不正常的主要原因有：发热霉变，使小麦带有霉味；小麦发芽，带有类似黄瓜的气味；感染黑穗病，散发类似青鱼的气味；包装和运输工具不干净，使小麦污染后带有煤油、卫生球或煤焦油等气味。

正常小麦的表面光滑并富有光泽，储藏时间过长、发热霉变或受潮的小麦，表面会失去光泽而出现各种色泽的斑点，使表面的光滑度变差。籽粒的表面状态，对于小麦的容重具有决定作用。粗糙的、表面有皱纹的和褶痕的麦粒，容重就比表面光滑的麦粒小。

对于色泽、气味不正常的小麦，生产中要采取相应措施，在不影响加工面粉成品质量的前提下，可按一定比例搭配加工，否则就不能用于加工食用面粉。

1.3.2　小麦的容重和千粒重

容重是指单位体积中小麦的质量，常以 kg/m^3 或 g/cm^3 计。容重的大小取决于小麦的密度和粮堆的空隙度。小麦的容重一般在 $680 \sim 820kg/m^3$ 之间。软麦的容重偏低。容重是评价小麦品质的主要指标。

千粒重是指 1000 粒小麦籽所具有的质量，以 g 为单位。我国小麦的千粒重一般在 $17 \sim 47g$。因小麦品种和成熟条件的差异，千粒重的差别较大。在相同水分的条件下，千粒重越大，表明小麦籽粒粒度大、饱满、充实。

1.3.3　小麦籽粒的硬度

籽粒硬度是反映籽粒的软硬程度。籽粒硬度与胚乳质地关系密切，角质率高的质地结构紧密的籽粒通常硬度较大。硬度、角质率、胚乳质地关系较密切，但三者之间仍有区别。硬度反映的是籽粒蛋白质与淀粉结合的紧密程度，这种结合程度是遗传控制的。硬度大的小麦在麦粒破碎时，淀粉粒易于破裂，故破损淀粉粒较多。玻璃质或透明度则是籽粒在田间干燥过程中形成的，籽粒中有空气间隙时，由于衍射和漫射光线使籽粒呈不透明或粉质状，而当籽粒充填紧密时，没有空气间隙，光线在空气和麦粒界面衍射并穿过麦粒就形成半透明或玻璃质。小麦干燥失水时，玻璃质籽粒蛋白质皱缩后仍保持完整，而形成密度较大的籽粒，故较透明。一般高蛋白质的小麦透明度较好。

籽粒硬度理论有两种主要观点，第一，淀粉粒—蛋白质基质的黏着作用，籽粒硬度与淀粉和蛋白质之间的黏着作用有关。这种作用在硬质小麦中比在软质小麦中强。第二，蛋白质基质的连续性，认为淀粉—蛋白质界面上有连续结构，这种连续结构遍布于整个基质内，不是一成不变的。在硬质小麦中，淀粉粒深陷其中的连续的蛋白质基质，使淀粉粒与蛋白质难以分开；在软质小麦中，未被基质填满是有空隙不连续结构，强度较差，淀粉粒易于释出。

根据电子显微镜观察到的证据，显然可以认为基质连续性的变化对硬度的差异起主要作用。当无足够的物质以形成黏着的基质时，硬度必将随蛋白质含量降低而减小。

籽粒硬度与小麦品质关系密切。硬质小麦和软质小麦由于制粉过程淀粉破损率不同，导致小麦吸水率存在很大差异，破损淀粉粒能吸收两倍于自身质量的水分，比未破损的增加 3 倍。研究表明，硬质小麦的蛋白质含量、淀粉损耗和直链淀粉值均比软麦高。

1.4 小麦的化学特性

1.4.1 小麦籽粒各部分的化学成分

小麦籽粒中各种化学成分的分布是很不均衡的。淀粉主要集中在胚乳中，其他各部分含淀粉为零；蛋白质在糊粉层和胚中的浓度最大，但就全粒来看，胚乳所含的蛋白质最多，其次才是糊粉层和胚；糖分也大部分存在于胚乳中，其次是湖粉层和胚中；纤维有 3/4 存在于麸皮中，而且以果皮中为最多，胚乳中的含量则极少；灰分以糊粉层中的含量为最高，甚至比皮层还要高出一倍，胚乳中的含量则甚少。小麦籽粒中各部分的化学成分分布如表 1-3 所示。

表 1-3 小麦籽粒各部分的化学成分（以干基计）　　　　单位：%

籽粒部分	质量比例	粗蛋白质	粗脂肪	淀粉	糖分	戊聚糖	纤维	灰分
全粒	100.00	16.07	2.24	63.07	4.32	8.10	2.76	2.18
胚乳	87.6	12.91	0.68	78.93	3.54	2.72	0.15	0.45
胚	3.24	37.63	15.04	0	25.12	9.74	2.46	6.32
糊粉层	6.54	53.16	8.16	0	6.82	15.64	6.41	13.93
果皮、种皮	8.93	10.56	7.46	0	2.59	51.43	23.73	4.78

1.4.2 小麦蛋白质

小麦中的蛋白质是人们日常食物蛋白质的主要来源之一。小麦籽粒的蛋白质含量可从低于 6% 变化到高于 27%，大多数商品小麦的蛋白质含量为 8%～16%，平均 13% 左右。由于品种和栽培条件的不同，小麦籽粒的蛋白质含量表现出很大的差异，据美国科学家对从世界各地搜集的 12613 份普通小麦样品的研究结果，小麦籽粒蛋白质含量的变幅为 6.91%～22.00%，平均为 12.97%；我国科学家对 572 份普通小麦样品进行测定研究，蛋白质含量变幅为 8.07%～20.42%，平均 12.76%。

1.4.2.1 小麦蛋白质的分类

小麦蛋白质可根据不同的标准进行分类，比如可以根据小麦籽粒的形态基础把小麦蛋白质分为胚蛋白、糊粉层蛋白和胚乳蛋白；还可以根据其生物学功能进行分类，把小麦蛋白质分为原生质蛋白、酶蛋白、膜蛋白、核糖体蛋白、调控蛋白、储藏蛋白和其他蛋白质等；还可以根据其化学成分进行分类，把小麦蛋白质分为简单蛋白质和复杂蛋白质两大类。但是，人们更多采用的是由奥斯本在 1907 年提出的分类方法。这种分类方法根据小麦蛋白质的溶解性把小麦蛋白质分为四类。

（1）清蛋白

清蛋白属简单蛋白质。相对分子质量较小，溶于水及中性盐溶液，其溶解度不受适当盐浓度的影响。清蛋白约占小麦籽粒蛋白质总量的 10％～12％。这种蛋白质受热凝结，与焙烤品质有关，具有重要的生物学和工艺价值。

（2）球蛋白

球蛋白属简单蛋白质。相对分子质量大于清蛋白，不溶于纯水而溶于中性稀盐溶液，不溶于高浓度的盐溶液，约占小麦籽粒蛋白质总量的 8％～10％。

（3）醇溶蛋白（麦胶蛋白）

醇溶蛋白属简单蛋白质。相对分子质量小，溶于 70％乙醇溶液。醇溶蛋白富于黏性、延伸性和膨胀性。它是面筋的主要成分，约占小麦籽粒蛋白质总量的 40％～50％。

（4）谷蛋白（麦谷蛋白）

谷蛋白属简单蛋白质。相对分子质量大于醇溶蛋白，不溶于水，溶于稀酸或稀碱溶液，它决定面筋中的数量多少和质量的好坏，并与面包焙烤品质有关，占小麦籽粒蛋白质的 35％～45％。

1.4.2.2 小麦籽粒中蛋白质的分布

小麦籽粒的各个部分都含有蛋白质，但分布很不均匀。主要存在于胚乳和糊粉层中，其中胚乳中的蛋白质占了 72.0％，糊粉层中的蛋白质占了 15.0％。

不同类型的蛋白质其分布也有一定特点。清蛋白和球蛋白都是可溶性蛋白，它们主要集中在糊粉层和胚芽中，大多数生理活性蛋白酶也主要存在于这两类蛋白中，其氨基酸组成比较平衡，特别是赖氨酸、色氨酸和蛋氨酸含量较高；醇溶蛋白和谷蛋白是小麦的储藏蛋白质，这些蛋白质基本局限于胚乳中，约占籽粒蛋白质总量的 80％，它们的赖氨酸、色氨酸和蛋氨酸含量较低，所以在面粉的品质改良时需要添加营养强化剂。

1.4.3　小麦淀粉

碳水化合物是小麦中含量最高的化学成分，约占麦粒重的 70％，它主要包括淀粉、纤维素以及各种游离糖和戊聚糖。

（1）淀粉

淀粉是小麦面粉中含量最多、最重要的碳水化合物。它不仅是人们的主要热量来源，还是一种高质量的能源。淀粉的特性会直接影响到食品的物理特性，小麦淀粉还是一种重要的工业原料，在发酵、造纸工业中应用很多。

小麦中的淀粉以粒状形式存在。淀粉粒在质体中形成，每一质体内含一颗淀粉粒。小麦具有大、小两种类型的淀粉粒，大的像扁豆状或凸透镜状，大小为 $20\sim40\mu m$，占总数的 12% 左右；小的呈球形，大小为 $2\sim10\mu m$，占总数的 88% 左右，外围细胞的淀粉颗粒大小介于上述两类之间。两种淀粉粒的化学成分和性质基本相同。

小麦籽粒中的淀粉含量因品种、气候等生态条件及栽培措施不同而存在差异。根据 Fraser 等的测定结果，商品小麦淀粉占整个碳水化合物的百分率，胚乳为 95.8%，胚芽为 31.5%，麦麸为 14.1%。

从化学角度看，淀粉属于多糖类，是一种高聚糖，完全由葡萄糖组成，由葡萄糖 α-1,4 糖苷键结合，还有少量的 α-1,6 糖苷键参与结合形成链状多聚体化合物。淀粉可以分为直链淀粉和支链淀粉两部分。在小麦淀粉中，直链淀粉约占 1/4，支链淀粉占 3/4。据美国对栽培在美国的 89 份小麦样品和其他国家的 61 份样品的分析表明，直链淀粉在美国品种中占 21%～27%，而在其他国家的品种中占 17%～29%。用热水处理，可溶部分为直链淀粉，不溶部分为支链淀粉。

直链淀粉是以 α-1,4 糖苷键结合形成的直链状多聚体，占小麦淀粉总量的 20%～25%。在水溶液中，直链淀粉为螺旋状。直链淀粉与碘起反应形成蓝色是由于其吸附碘形成络合结构。直链淀粉与碘呈颜色反应与其分子大小有关，聚合度为 4～6 的直链淀粉遇碘不变色，聚合度为 8～12 的，遇碘变红色，聚合度在 30～35 以上时，才与碘反应呈蓝色。直链淀粉易溶于热水中，生成的胶体黏性不大，也不易凝固。

支链淀粉也主要是以 α-1,4 糖苷键结合形成的，但是还存在着 4%～5% 的 α-1,6 糖苷键，从而形成了一种高分子状的多聚体，支链淀粉的链比直链淀粉长 102～103 倍，约占小麦淀粉总量的 75%～80%。支链淀粉呈树枝状，与碘反应呈红紫色。支链淀粉需在回执并加压下才溶于水中。

淀粉的相对密度为 1.486～1.507。干淀粉比热容为 $0.27J/(kg\cdot K)$，发热量为 $17.3kJ/g$。淀粉在常温下不溶于水，但是将淀粉与水混在一起形成淀粉悬浮液，对之加热时，会发生凝胶化作用。这是由于小麦淀粉粒在水中被加热时，其将经历吸收水分、膨胀、破裂、溶解几个过程，发生凝胶作用，和水形成凝胶，出现糊化现象。小麦淀粉的凝胶化温度为 58～64℃。淀粉的分解温度为 260℃，与碘反应呈蓝色。

（2）纤维素

纤维素是与淀粉相似的一种碳水化合物，是由许多葡萄糖分子结合而成的多糖类化合物。纤维素常与半纤维素等伴生，半纤维素是多缩戊糖和多缩己糖的混合物。半纤维素在水中的溶解度不同，可分为水溶性的和非水溶性两种，小麦胚乳含有 2.4% 的水溶性戊聚糖和少量非水溶性戊聚糖。纤维素和半纤维素是小麦籽粒细胞壁的主要成分，约为籽粒干物质总重的 2.3%～3.7%。小麦中的纤维素主要集中在麦皮里，据 Fraser 等人测定，商品小麦籽粒中纤维素含量占整个碳水化合物的比例在胚乳、胚芽和麦麸中分别占 0.3%、16.8% 和 35.2%；半纤维素分别占 2.4%、15.3% 和 43.1%。纤维素和半纤维素对人体无直接营养价值但有利于胃肠的蠕动，能促进对其他营养成分的消化吸收。

纤维素含量被作为评价面粉精度的指标，小麦磨粉加工中出粉率愈高，纤维素含量愈多，国内一般标准粉的纤维素含量在 0.8% 左右，特制一等粉为 0.2% 左右。面粉中纤维素含量多少可反映面粉的精度。

（3）游离糖

小麦籽粒中除淀粉和纤维素外，还含有 2.8% 的糖。糖类有单糖类的葡萄糖、果糖和半乳糖；有属二糖类的蔗糖、蜜二糖、麦芽糖和棉籽糖；还有属多糖类的葡果聚糖和葡二果聚糖等。用现代色谱仪研究分析结果，小麦籽粒含蔗糖 0.84%、棉籽糖 0.33%、葡果聚糖 1.45%、葡萄糖 0.09%、果糖 0.06%。

在面粉的碳水化合物中还有戊聚糖，它是戊糖、D-木糖和 L-阿拉伯糖组成的多糖。水溶性戊聚糖在同某种面团改良剂起作用后形成一个不可逆的凝胶体，胶凝作用给予面团一定程度的刚性，戊聚糖在影响面团性能方面起重要作用。

糖在籽粒各部分的分布不均匀。小麦胚的含糖量达 24%，主要为蔗糖和棉籽糖，蔗糖占的比例较大（60%）。麸皮的含糖量约占 5% 左右，也主要是蔗糖和棉籽糖。葡果聚糖集中在胚乳中，胚和麸皮中很少。面粉出粉率越高，面粉含糖量越高。

小麦籽粒中糖分含量既受遗传影响，又受环境作用。硬质冬小麦相比软质春小麦，其果糖、麦芽糖和棉籽糖的含量较多，而葡萄糖含量较低。据 V. Pomeranz 报道，硬质红皮春小麦籽粒中的全糖含量为 2.6%，多聚戊糖占 5.2%（以 13.5% 湿基计）。商品小麦面粉中，糖的含量少于 2%，而还原糖约为 0.26%。

1.4.4 脂类

小麦籽粒富含碳水化合物和蛋白质，脂肪含量很低，一般为 2.94% 左右，但脂肪酸组成相当好，亚油酸所占比例很高，为 58%。脂类包括脂肪及磷脂、糖脂、固醇类、胡萝卜素和蜡质等物质，油脂是小麦籽粒中脂类的主要成分。小麦籽粒各部分脂肪含量为：胚 28.5%，糊粉层 8.0%，麸皮 5.4%，胚乳 1.5%，果皮 1.0%。小麦籽粒不同部位的脂肪含量也不同，胚芽较高为 15.5%。因此，不同等级面粉的油脂含量是不同的。

小麦籽粒含磷脂约为 0.3%～0.6%，而胚中含量可达 1.6%。小麦磷脂所含脂肪酸主要是亚油酸（42.2%）、软脂酸（28.5%）、油酸（13.6%）。麦麸所含的极性油脂中，磷脂多于糖脂，而胚乳中糖脂高于磷脂。小麦中属于脂类的化合物还有维生素 E，每 100g 全麦粉约含 3.9mg，每 100g 油脂中含量约为 200mg。

小麦中脂质主要由不饱和脂肪酸组成，因易氧化和被酶分解而酸败变苦。因此，面粉在高温高湿季节贮存，面粉不饱和脂肪酸易氧化酸败变质，使面粉烘焙品质变差，面团延伸性降低，持气性减退，面包体积小，易裂开，风味不佳。所以，制粉时要尽可能除去脂质含量高的胚芽和麸皮，以减少面粉的脂肪酸含量，使面粉安全贮藏期延长。

小麦面粉中的脂肪氧化酶可改变面包瓤结构，增大面包体积和改善面团流变特性，对面包有增白作用。这是由于脂肪氧化酶的作用形成过氧化物及氢过氧化物，可氧化面筋蛋白质中的巯基及面粉中的胡萝卜素。

1.4.5　维生素

小麦籽粒和面粉中主要的维生素是复合维生素 B、泛酸及维生素 E，维生素 A 的含量很少，几乎不含维生素 C 和维生素 D。

小麦籽粒中所富含的 B 族维生素是水溶性维生素的很好来源，各种维生素在小麦籽粒中的分布很不均匀（见表 1-4）。

表 1-4　小麦籽粒各部分的维生素含量　　　　　单位：$\mu g/g$

籽粒部分	维生素 B_1	维生素 PP	维生素 B_9	维生素 B_6	维生素 B_5	维生素 E
全粒	3.75	59.3	1.8	4.3	7.8	9.1
胚乳	0.13	8.5	0.7	0.3	3.9	0.3
胚	8.4	38.5	13.8	21.1	17.1	158.4
糊粉层	16.5	74.1	10.0	36.0	45.1	57.7
盾片	156.0	38.2	12.7	23.2	14.1	
麦皮	0.6	25.7	1.0	6.0	7.8	

硫胺素，即维生素 B_1 集中在盾片中，烟酸（尼克酸）在糊粉层最多（为 62%），核黄素（维生素 B_2）和泛酸分布比较均匀，而吡哆素（维生素 B_6）在胚乳中含量非常少，主要集中在糊粉层（61%）。小麦籽粒除含有上述维生素外，每克籽粒还含有生物素 $0.1\mu g$，叶酸 $0.5\mu g$，维生素 B_{12} $0.001\mu g$。水溶性 B 族维生素主要集中在胚和糊粉层中，而脂溶性维生素 E 主要集中胚内，面粉中含量很低，因此麦胚是提取维生素 E 的宝贵资源。

维生素主要集中在糊粉层和胚芽部分，因此在制粉过程中维生素显著减少，出粉率高、精度低的面粉维生素含量高；出粉率低、精度高的面粉维生素含量低。低等面粉、麸皮和胚芽中维生素含量最高。

除了在制粉过程中小麦粉维生素显著减少外，在烘焙食品过程中因高温也使面粉中的维生素受到部分破坏。为了弥补小麦粉中维生素不足，满足人体对维生素的需要，发达国家采用添加维生素（维生素 B_1、烟酸及核黄素等）以强化面粉和食品的营养。

1.4.6　矿物质

小麦籽粒中含有多种矿物质元素，这些矿物质元素在小麦籽粒中以无机盐的形成存在。小麦籽粒含有的各种矿物质元素中，钙、钾、磷、铁、锌、锰、铂、铝等对人类机体的作用最大。小麦和面粉中的矿物质用灰分来表示，小麦籽粒的灰分含量（干基）约为 1.5%～2.2%。但在籽粒各部分分布不均匀，皮层和胚部的灰分含量远高于胚乳，皮层灰分含量为 5.5%～8%，胚乳仅为 0.28%～0.39%，皮层是胚乳灰分总量的 56%～60%，胚的灰分占 5%～7%。因此，小麦全粉含有大量的矿物质元素。

由于这些元素在籽粒不同部分含量有明显差异，而且外层和胚部含量较高，因此不同等级的面粉灰分含量不同，所以小麦面粉中矿物质含量多少常作为评价面粉等级的重要指标，灰分含量提供了一种简便的检查制粉效率和小麦面粉质量的方法。小麦的灰分越高，说明麸皮含量越高。

1.5 小麦粉的物理化学特性

1.5.1 小麦粉的物理特性

（1）粒度与粗细度

面粉粗细度是指按规定的筛号、规定的操作方法进行筛理，按留存在规定筛面上的筛上物占试样重量的百分率来标定。面粉粗细度反映了小麦粉的加工精度；面粉由不同粒度的破碎胚乳颗粒组成，小麦面粉颗粒必须达到一定小的粒度时，才能成为面粉。面粉主要由三部分组成，即胚乳团块，其粒度大于 $40\mu m$；大淀粉粒，其粒度在 $15～40\mu m$ 之间；蛋白质碎片，其粒度小于 $15\mu m$。面粉颗粒小的在 $1\mu m$ 以下，大的可达 $200\mu m$ 甚至更大。通常我们用粗细度来描述面粉的粒度。由于面粉的质量和用途不同，小麦面粉的粒度要求也不一样。比如我国面粉的种类对其粒度的要求是：特制一等粉粒度不超过 $160\mu m$。特制二等粉粒度不超过 $200\mu m$；标准粉粒度不超过 $330\mu m$。对某些专用面粉的粒度是根据它的成品要求而定，如砂子粉要求粒度比较均匀，一般为 $250～350\mu m$。

很多因素都可以影响面粉的粒度或粗细度。一是小麦的质地。一般情况下，同样的加工条件，软麦的面粉要比硬麦的面粉细；二是面粉的等级。一般麸皮在加工中难以磨碎，所以通常对高等级面粉的细度要求高，以减少麸皮的含量；反之对低等级面粉的细度要求低，其中混入的麸皮就多。因此，粗细度的高低在评价面粉品质时是一项重要的指标。三是加工方法。比如使用气流分级对面粉进行处理，就可以得到粗细度不同的面粉。

（2）色泽与加工精度

小麦粉的加工精度是指小麦粉的粉色和所含麸星的多少，它是反映面粉质量的标志之一。小麦粉的加工精度可通过面粉的色泽来衡量。小麦面粉的色泽简称为粉色，是指面粉颜色的深浅、明暗，它是小麦粉划定等级的基本项目。

面粉粉色主要取决于下列因素的影响：一是面粉等级，不同等级的面粉，其中的麸星比例是不同的。因此，不同等级的面粉色泽由于其含有麸星的多少而不同。

面粉等级越低，麸星比例越大，粉色越差。麸星含量少，面粉的色泽好。实际上，麸皮中的色素并非面粉本色，但却直接影响了面粉色泽的明暗。二是胚乳本身的颜色。小麦胚乳中含有一种橘黄色素，它会转变为商品面粉的淡黄色，当然，这种淡黄色不仅与叶黄素、叶黄素酯、胡萝卜素及某些天然物质的数量有关，还与这些物质被人工漂白的程度有关；三是小麦的软硬、红白品种。通常软麦的粉色好于硬麦的粉色；白麦的粉色优于红麦的粉色；四是面粉的粗细度。面粉研磨得越细，越显现出亮色。这是由于每一粒细粉粒产生的暗影降低了粉粒发光的效果所致。五是小麦加工前外来污染和黑穗病孢子等的存在，此外，面粉的水分含量对面粉粉色也有影响，面粉水分越低，粉色越亮。

　　小麦面粉粉色的测定方法有五种。包括干法、湿法、湿烫法、干烫法和蒸馒头法。但这些方法都有一定的局限性，主要是因为其结果容易受操作者和其他因素的影响，具有一定的主观性，常常造成人为的误差，并且没有数量概念，对粉色差异较小的面粉难以分辨。

　　利用白度仪来测定小麦面粉的白度是一种反映面粉色泽的有效方法，目前这种方法已被国内外广泛使用，相应的仪器也有很多类型。影响面粉白度测定结果的因素基本类似于影响面粉色泽的因素。当然，白度仪测得的白度值是干面粉对光线的反射量的量度，因此，有时也有局限性。比如，面粉粗细度会影响面粉的白度，一般面粉越细，白度值越大。有的制粉厂为了提高白度，把面粉研得很细，但是面粉的面制食品或湿粉样的白度值却不会增加。我国小麦面粉（70 粉）的白度为 $70\%\sim84\%$。又据 1986 年农业部粮油处和中国农业科学院作物育种栽培研究所对全国 16 个省市征集的 79 份大面积种植小麦优良品种测定，其白度为 $63.0\%\sim81.5\%$，平均 75.8%。我国小麦品种面粉白度平均 $75\%\sim76\%$，各地选送品种平均为 75.8%，变幅 $63.0\%\sim81.5\%$（1985 年）和平均 75.5%，变幅 $69.8\%\sim82.5\%$（1999 年）

　　（3）吸水率

　　面粉吸水率是指调制单位重量的面粉成面团所需的最大加水量，以百分比表示（%），通常采用粉质仪来进行测定。它表示面粉在面包厂或馒头厂和面时所加水的量，面包制作行业最关心的是从面袋内取出的面粉是否做出理想质量和体积的面包，面粉吸水率高可以提高面包、馒头的出品率，而且面包中水分增加，面粉包心较柔软，保存时间也相应延长。面粉吸水率低，面包出品率也降低。这决定着面包厂利润率的高低，因而也就自然成为面包制造商主要关注的问题。对于面包制造商来讲，比较不同面粉的面包产出量，是很正常的事情。当然，在比较两种或多种不同面粉之间的吸水率时，必须将不同的面粉含水量统一到相同的基础上，才能进行有效的比较。对于饼干、糕点面粉，则要求用吸水率较低的面粉，这有利于饼干、糕点的烘烤。

　　面粉吸水率一般在 $60\%\sim70\%$ 之间为适，我国面粉吸水率在 $50.2\%\sim70.5\%$

之间，平均为 57%。

影响面粉吸水率的因素很多，主要有如下几个方面。

一是小麦的软硬。一般硬质、玻璃质的小麦磨制出的面粉吸水量高，粉质小麦吸水率低。二是面粉水分。通常高水分面粉吸水量偏低。三是面粉蛋白质含量。蛋白质含量高的面粉，一般吸水量较高。面粉吸水率在很大程度上取决于面粉蛋白质的含量，随蛋白质含量的提高而增加。蛋白质吸水多而快，比淀粉有较高的持水能力。四是面粉粒度。面粉越细，面粉颗粒表面积越大，吸水量越高。如果面粉磨得过细，淀粉损伤也可能越多；五是面粉中的淀粉破损率。破损淀粉含量越高，吸水量越高。破损淀粉颗粒使水分吸收更容易、更快。但太多的破损淀粉导致面团和面包体积减小，面包瓤发黏。

下面是采用粉质仪测定不同蛋白质含量的小麦面粉对应的吸水率大小。

春麦粉，蛋白质 14%，吸水率 65%～67%

春麦粉，蛋白质 13%，吸水率 63%～65%

硬冬麦粉，蛋白质 12%，吸水率 61%～63%

硬冬麦粉，蛋白质 11%，吸水率 59%～61%

软麦粉，蛋白质 8%～9%，吸水率 52%～54%

1.5.2 小麦粉的化学特性

（1）小麦粉的面筋质特性

小麦粉经加水揉制成面团后，在水中揉洗，淀粉和麸皮微粒呈悬浮状态分离出来，其他水溶性和溶于稀盐液的蛋白质等物质被洗去，剩留的有弹性和粘弹性的胶皮状物质，即称为面筋，用百分数表示（%）。面筋是小麦蛋白质存在的一种特殊形式，小麦粉之所以能加工成种类繁多的食品，就在于它具有特有的面筋。小麦蛋白质是功能性蛋白质，具有形成可夹持气体从而生产出松软烘烤食品的强韧黏合的面团的功能特性，在各种谷物中，只有小麦蛋白具有这种功能特性。面筋蛋白质是小麦的储藏蛋白质，它们不具有酶活性，不溶于水，比较容易分离提纯。

1）小麦粉面筋质的组成

面筋是较为复杂的蛋白质水合物，面筋中除含有少量的脂肪、糖、淀粉、类脂化合物等非蛋白质物质外，主要有水、醇溶蛋白和麦谷蛋白所组成，如表 1-5 所示。

表 1-5　小麦粉面筋质的成分　　　　　　　　　　单位：%

筋质	水	蛋白质	淀粉	脂肪	灰分	纤维
湿面筋	67.0	26.4	3.3	2.0	1.0	0.3
干面筋	0.0	80.0	10.0	6.0	3.0	1.0

一些学者证实，从面粉中提取的面筋含蛋白质约 80%（干基），脂类 8%，其余为碳水化合物、灰分和糖类、其中麦胶蛋白占 43.2%，麦谷蛋白占 39.1%，其

他蛋白质为 4.41%。面筋所含蛋白质约为面粉总蛋白质的 90%，其他 10% 为可溶性蛋白质、球蛋白和清蛋白，在洗面筋时溶于水内流失。

面筋复合物主要由两种蛋白质组成，即表胶蛋白（一种醇溶蛋白）和麦谷蛋白（一种谷蛋白）。麦胶蛋白水合时胶黏性极大，这类蛋白质的延伸性、膨胀性好，这也许就是导致面团有黏性的主要原因；麦谷蛋白是一类不同组分的蛋白质，它有弹性但无黏性。这使面团具有抗延伸性。

2）小麦粉面筋质的含量

小麦粉面筋含量测定有手工洗涤法、仪器设备洗涤法和化学测定法。

① 手工洗涤法　称取 10g 小麦粉，放入容器中，加 2% 的食盐水 5mL 左右，混合成面团，直至不粘手为止，然后将面团泡在水中，在室温下静置 20min。将面团放入盆中轻轻揉捏，洗去面团内的淀粉、麸皮等物质。在揉洗过程中必须更换盆中清水数次，换水时需用筛子接着防止面筋流失，反复揉洗，直至面筋挤出的水遇碘液无蓝色为止。

将面筋挤压除水，直至感到面筋球表面稍微粘手时为止，进行称量，即得湿面筋重量。

将湿面筋放在 100~104℃ 恒温箱中干燥 20h，使其干燥至恒重，在干燥器中冷却后称量，即得干面筋重。分别计算出湿、干面筋重量占小麦粉重量的百分数，即为湿、干面筋的含量，用百分数表示（%）。此方法简便易行，但误差较大。

② 机洗面筋法　用机洗来代替手工洗涤。国内外已研制出洗面筋仪，使和面洗涤、烘干简便化，可大规模、准确测定面筋含量。面筋含量测定应采用规范化的标准方法，从小麦的制粉方法、小麦粉的含水量、和面洗涤用水（一般用 2% 的食盐水）、洗涤工序、烘烤时间均应一致，才能得到可靠的结果。

③ 化学法测定法　其原理是面粉中的含氮物，一部分是盐水可溶的酰胺化合物，如球蛋白、白蛋白等；另一部分是不溶于水的蛋白质即面筋。故测定小麦粉总氮量和盐水可溶物氮量，二者之差即为面筋含氮量。此法比上述物理法测定结果要准确。但是由于操作复杂，实际应用较少。

使用水洗方法测定面筋含量时，有许多因素影响水洗面筋的质量及收率：一是面粉的种类、数量和所用加水量等。二是面筋的收率与水洗前面团放置时间长短有关。即揉成面团后立即水洗，面筋收率较低；放置 0.5h，可以洗出品质较好面筋；放置 2h，可以洗出品质较好，收率较高的面筋；放置 1h 以上，与放置 1h 的面筋没有多大差异。三是面筋收率与水温有密切关系，当水温增高时，面筋收率亦提高，水温与湿面筋收率关系如下：

水温	湿面筋收率
2℃	27.0%
15℃	27.6%
60℃	30.0%

四是水的种类对面筋品质也有影响。蒸馏水使面筋筋力弱且松软；软水，面筋品质一般；中硬水，面筋品质良好；高硬水，面筋韧性太强；碱性水，面筋溶解被破坏；酸性水、微酸性水有助于面筋品质与收率的提高，酸性太强时对面筋品质稍有损害，但比碱水破坏程度小，钙、镁、铁等盐类对面筋品质及收率有益处。

小麦粉面筋质的含量随品种、出粉率的不同而不同。通常面筋含量与面粉筋力的强弱有关，国际上根据湿面筋含量及工艺性能，将小麦粉分为四等：

高筋粉（强筋粉）>30%，弹性好，延伸性大或适中；

中筋粉 26%～30%，弹性好，延伸性小，或弹性中等，延伸性小；

中下筋粉 20%～25%，弹性小，韧性差，由于本身重量而自然延伸和断裂；

低筋粉<20%，弹性差，易流散。

也有的根据干面筋含量将小麦粉分为三等，即：

高筋粉>13%；

中筋粉 10%～13%；

低筋粉<10%。

3）小麦粉面筋质量

小麦面粉工艺性能不仅与面筋的数量有关，而且与面筋的质量有关。通常人们使用筋力来描述面粉的工艺性能。面筋含量高、质量好的面粉，其工艺性能也好。

面粉之所以具有一定的筋力与很多因素相关。比如，小麦蛋白质的构成、空间结构、氨基酸组成等对这一问题目前人们还没有完全搞清楚。同时，评定面粉筋力大小、好坏也是一个复杂的问题。1905 年英国的亨弗莱斯提出，一种筋力好的小麦所磨制的面粉，能够制得体积大、组织均匀、柔软的面包。这就是说，一种面粉只能生产出体积大，但结构又很粗糙的面包，就不能认为是筋力好的面粉。后来，肯特·琼斯将上述定义修改成"筋力是面粉转化成体积大、均匀、柔软的面包的能力"。1925 年贝利又提出面粉的筋力由下述比例来确定，即面团发酵产生二氧化碳的速度与从面团失去气体速度的比例。气体的产生与面粉的淀粉含量和淀粉分解活性有关，而气体的失去和气体的保持能力，则与面筋的数量和质量有关，所以面筋在食品加工中占有极其重要的位置。

面筋的质量主要指面筋的弹性、韧性和延伸性。面筋之所以具有黏性、弹性和一定的流动性，这是由于组成面筋的两种主要蛋白质麦胶蛋白（麦醇溶蛋白）和麦谷蛋白及残基蛋白的组成、分子形状、大小和存在状态有所不同而形成的。

正是由于这三种蛋白质以不同的比例和不同的方式相互作用，形成了面筋既具有粘弹特性，又具有延伸性和稳定性的特有性质。

面粉加水和成面团时，谷蛋白首先吸水胀润，同时麦胶蛋白、麦谷蛋白及水溶性的清蛋白和球蛋白等成分也逐渐吸水胀润，分子间相互联结。麦胶蛋白、麦谷蛋白及残基蛋白互相按一定的规律相结合，随着不断地糅合组成面筋网络，形成一种结实并具有弹性的象海绵一样的网络结构而构成骨架。其他成分，如脂肪、糖类、淀粉和水都包藏在面筋骨架的网络之中，形成连续的面团结构。由于麦胶蛋白分子较小和具有紧密的三维结构，而使面筋具有黏性。麦谷蛋白是由于多肽链间的二硫键和许多次级键的共同作用，而使面筋具有弹性。二者结合使面筋具有膨胀性、延伸性和弹性。麦胶蛋白形成的面筋具有良好的延伸性，有利于面团的整形操作，但面筋筋力不足，从而使制成品体积小，弹性较差；麦谷蛋白形成的面筋则有良好的弹性，筋力强、面筋结构牢固，但延伸性差。如果麦谷蛋白含量过多，势必造成面团弹性、韧性太强，无法膨胀，导致产品体积小，或因面团极性和持气性太强，面团气压大而造成产品表面开裂。如果麦胶蛋白含量过多，则造成面团太软弱，面筋网络结构不牢固，持气性差，面团过度膨胀，导致产品出现顶部塌陷、变形等不良结果。

由此可知，小麦品种间麦胶蛋白和麦谷蛋白在面筋中所占的比例差异很大，形成面筋强度不同，所以小麦面粉品质也存在很大的差异性。根据面筋强度大小可将小麦面粉分为强力粉、中力粉、弱力粉。评定面筋质量和工艺性能的指标有延伸性、可塑性、弹性、韧性和比延伸性。

延伸性是指湿面筋被拉长至某长度后而不断裂的性质。测定面筋延伸性的方法是用一定量的面筋搓成条，固定一边，拉另一头直至断裂时的长度，为该面筋的延伸性。

可塑性是指湿面筋被压缩或拉伸后不能恢复原来状态的能力。

弹性是指湿面筋压缩或拉伸后恢复原来状态的能力。简单的方法用手捏压即可。面筋弹性也可分为强、中、弱三等。弹性强的面筋。用手指按压后能迅速恢复原状，且不粘手和留下手指痕迹，用手拉伸时有很大的抵抗力；弹性弱的面筋，用手指按压后不能恢复原状、粘手并留下较深的指纹，用手拉伸时抵抗力很小，下垂时会因本身重力自行断裂，放平时会流散成扁平状。弹性中等的面筋，则其性能介于以上二者之间。

韧性是指面筋对被拉伸时所表现的抵抗力。一般来说弹性强的面筋，韧性也好。比延伸性是以面筋每分钟能自动延伸的厘米数来表示的。面筋质量好的强力粉一般每分钟仅自动延伸几厘米，而弱力粉的面筋每分钟可自动延伸高达 100 多厘米。

高温可使面筋蛋白质变性。局部变性能使面筋软胶强化，使弱面筋的性质变强；而过度变性则会破坏面筋的工艺性能，增强面筋的可塑性。

（2）小麦面粉中的淀粉

1）淀粉功能特性

小麦面粉中主要成分是淀粉，其烘烤蒸煮品质除与面筋的数量和质量、面团发酵性能有关系外，还受淀粉糊化特性、淀粉酶活性的影响。面包、馒头等发酵食品的质量优劣主要取决于面团发酵形成 CO_2 的数量（产气能力）和保持 CO_2 能力（持气能力），后者取决于面筋的数量和质量。酵母使面团内的糖类转化为乙醇和

CO_2，充满在面团的面筋网络结构中，使面团内部呈蜂窝状孔隙，从而制成海绵结构的食品。面团产气能力，一方面有赖于酵母的数量和质量，另一方面取决于面团中可供酵母利用的糖量。而酵母的生产和活动主要以淀粉酶和麦芽糖酶降解淀粉形成的小麦粉中原有的糖分含量为养料。显然，面团的产生能力又与面粉中淀粉酶的活性、破损淀粉含量等密切相关。

面筋在面团中构成网络结构时，淀粉即充塞于其中。在烘烤过程中淀粉的糊化直接影响到面包的组织结构。开始糊化的淀粉颗粒从面包内部吸水膨胀，这使淀粉粒体积逐渐增加，固定在面筋的网状结构中。同时由于淀粉所需要的水是从面筋所吸收的水分转移而来，这使面筋在逐步失水状态下，网状结构变得更有粘性和弹性。小麦淀粉的糊化温度一般为 $55\sim65℃$，它受到 α-淀粉酶在发酵及烘烤最初阶段的影响，酶作用适当的面团能使淀粉达到适当的浓度而使面团膨胀，成为面团的骨架。当面团在发酵阶段时，面筋是面团的骨架，但在烘烤时期面筋不再构成骨架，而具有软化及液化趋势，此时实际上是由淀粉在维持面包的体积，如果酶活性不足，淀粉糊化不足、淀粉胶体太干硬，会限制面团的适当膨胀，使面包的体积和组织都不良。相反，如果酶活性过大，使过量的淀粉被糊化，淀粉胶体性质降低，使其无法忍受所增加的压力，小气孔破裂成为大气室，使气体溢出，则面包体积小，瓤发黏。

面包的老化是由于淀粉发生物理性质变化，即由 α-淀粉回生为 β-淀粉所致。其机理是经热加工后的 α-淀粉，在逐渐冷却和储藏过程中，分子动能下降，淀粉分子的羟基与水分子间形成的氢键断开，淀粉分子间相邻的羟基产生缔结，形成氢键，挤出水分子，转移给面筋，恢复微晶状结构，硬度增加，即产生老化现象。淀粉包括直链和支链两种，在面包烘烤时，可溶性直链淀粉溶出淀粉粒，故直链淀粉在面包冷却过程中已形成硬凝胶而老化，因此它在以后面包的老化中关系不大。新鲜面包在储藏过程中其瓤的老化主要是由支链淀粉引起的，这就是老化面包稍经加热即可变得柔软的道理。

面粉中的淀粉也具有硬质和软质之分，一般情况下，小麦籽粒如果质地硬，蛋白质含量较多，淀粉粒有硬质倾向。相反，小麦籽粒如果质地软，淀粉同样也是软质，但也有个别品种例外。我国北方小麦籽粒和淀粉颗粒，若是硬质或软质的，淀粉同样也是硬质或软质。淀粉粒软硬直接影响到淀粉糊化程度和面包的老化程度，硬质淀粉吸水较慢，糊化时间长；软质淀粉吸水快，糊化时间短，糊化充分，面包不易老化。淀粉粒硬质还是软质，可以用 α-淀粉酶测定仪来测定淀粉的糊化时间，糊化时间短，易糊化的淀粉是软质，反之是硬质。

由此可见，淀粉的化学组成及其理化性质对面粉食用品质起着重要作用。

2）破损淀粉

破损淀粉（又称损伤淀粉）是指小麦在加工过程中，由于机械力的作用，小麦胚乳中完整的淀粉受到外形上和结构上的破坏。破损后的淀粉粒，其物理和化学特性都发生了变化。破损淀粉有三个重要的特征：促进淀粉对酶作用的敏感性增加，也就是酶水解率增加，在冷水中溶解度增加以及吸收水分和染料的能力增加。

由于破损淀粉的特殊性能，面制食品的制作都希望在原料小麦粒中含有一定比例的破损淀粉，以使小麦粉能吸收更多的水分，重要的是，在较低淀粉酶活力的条件下，提供酵母发酵所需要的糖量（在较低温度下，如发酵、醒发条件，α-淀粉酶对未破损的淀粉作用甚微，只有在淀粉颗粒凝胶化之后，才容易受到淀粉酶的攻击，淀粉迅速降解；而破损淀粉易于被淀粉酶作用），从而提高发酵食品的产气量和质量。但是，破损淀粉的大量存在，又会使淀粉酶的分解作用增大，破损淀粉和α-淀粉酶的联合作用造成了面团流散度的变化，降低了面团的耐揉性，从而影响面包体积的增加，而且使面包纹理变粗、结构不匀，降低了加工品质。

研究结果表明面粉的破损淀粉值与小麦硬度存在十分明显的相关性。

面粉中破损淀粉含量会影响面制食品的品质。高破损淀粉含量的面粉会降低曲奇饼干的扩展度，使饼干扩展面积下降。面包要求有一定含量的破损淀粉，过高、过低都对面包品质不利。

3）淀粉的糊化与面粉糊黏度

淀粉与水在一起加热所表现出的种种变化是造成许多食品具有独特性状的原因。最明显的例子是改变肉卤和布丁的黏度和口感，以及软糖和饼馅的组织。对烘烤食品来说，淀粉变化的影响虽然不很明显，但却是同样重要的，因为所有的烘烤食品都要"凝固"，也就是说随着温度的增加产生气体压力，达到一定的温度时，面团或面糊不再膨胀从而定形。

面粉中的淀粉粒在适当温度下在水中溶胀、分裂、形成均匀糊状溶液的作用称为糊化作用。糊化作用的本质是淀粉粒中有序及无序（晶质与非晶质）态的淀粉分子间的氢键断开，分散在水中成为胶体溶液。

糊化作用的过程可分为三个阶段：一是可逆吸水阶段。水分进入淀粉粒的非晶质部分，体积略有膨胀，此时冷却干燥，颗粒可以复原，双折射现象不变；二是不可逆吸水阶段。随着温度升高，水分进入淀粉微晶间隙，不可逆地大量吸水，双折射现象逐渐模糊以至消失，也即结晶"溶解"，淀粉粒膨胀达原始容积的 $50\sim100$ 倍；三是淀粉粒的最后解体，即淀粉分子全部进入溶液。

当淀粉放入水中时，水分自由进入淀粉粒，或对最小的分子而言（分子量约为10000），淀粉能吸附其干重约 30% 的水分，颗粒稍膨胀，其容积一般增加约 5%。在加热到刚好低于糊化温度时，淀粉容积的变化和水的吸附是可逆的，将不会产生其他任何变化，然而，加热到更高的温度时，将导致不可逆的变化，这可以通过面粉糊黏度仪加以研究。

（3）小麦粉的灰分

面粉灰分是各种矿物质元素的氧化物占面粉的百分含量，它是衡量面粉纯度的重要指标。一般发达国家规定面粉的灰分含量在 0.5% 以下，我国特制一等粉的灰分含量为 0.75% 以下，标准粉为 1.2% 以下，面包用粉为 0.6% 以下，面条、饺子用粉 0.55% 以下。

判断面粉的灰分含量可以通过间接的方法来衡量，如通过粉色的深浅、出粉率的高低等。准确的方法是进行灰分测定，通常是将面粉放在指定高温的电炉中灼烧，面粉燃烧后所剩下的灰烬的量占样品量的百分比来表示灰分含量。

制粉的目的是将麸皮、麦胚和胚乳相互分开，然后，将胚乳颗粒研磨成粉，由于麸皮的矿物质含量约为胚乳中含量的 20 倍，所以灰分测定基本上反映了面粉的纯度或麸皮、麦胚与胚乳分离的彻底性。在制粉行业中灰分测定比任何其他测定对控制制粉操作更具有重要性。

影响小麦面粉中的灰分高低的因素如下：一是出粉率。由于种皮部分（糊粉层和皮层）含有大量的矿物质和纤维素，其灰分含量居籽粒各部分之首。在磨粉过程中，要单独取出糊粉层，又要防止麸皮混入面粉是比较困难的，因此糊粉层常伴随麸皮同时进入面粉，这样随着出粉率的递升，灰分含量随之增加。一般来说，当出粉率分别为 70%～75%、76%～85%、86%～100% 时，灰分含量分别为 0.4%～0.6%、0.7%～0.19%、>1.0%。二是原粮小麦清理干净程度，小麦清理后仍混有少量泥土、砂石和其他杂质，这也将提高灰分含量。三是小麦籽粒本身的灰分含量。不同品种或同一品种的小麦在不同栽培环境条件下，其灰分含量可能会出现一定的差异，籽粒饱满、容重高的小麦一般灰分含量较低。四是添加剂的用量。制粉过程中，对小麦粉进行品质改良必然要使用一定量的添加剂，其中有一些可能会提高面粉的灰分含量。国外制粉业的经验指出，在提取率为 75% 的情况下，容重为 800g/L 的小麦磨成的面粉，其灰分含量为 0.30%～0.40%。无论从食用角度还是从加工优质面粉的角度，都希望面粉中的灰分尽量低。面粉的灰分对面制食品的加工制作有时是有影响的，比如，用于方便面的专用粉，如果灰分过高，其耗油量就会增加，对方便面的货架寿命产生不利的影响。通常要求制面的小麦粉的灰分应在 0.5% 以下。

（4）小麦粒的酶活性

小麦粉中重要的酶有淀粉酶、蛋白酶、脂肪酸、脂氧合酶、植酸酶等，其中淀粉酶和蛋白酶的活性对于面粉的烘培性能和品质影响最大。

1）淀粉酶的活性

面粉中的淀粉酶主要是 α-淀粉酶和 β-淀粉酶。当 α-淀粉酶和 β-淀粉酶同时对淀粉起水解作用时，α-淀粉酶从淀粉分子的内部进行水解，而 β-淀粉酶则从非还原末端开始。α-淀粉酶作用时会产生更多新的末端，便于 β-淀粉酶的作用。这样，两种淀粉酶同时对淀粉起作用，将会得到较好的水解效果。其最终产物主要是麦芽糖和少量葡萄糖，共占 80%，其余 20% 为"极限糊精"。正常的面粉含有足够的 α-淀粉酶，而 β-淀粉酶则不足。为了利用 α-淀粉酶以改善面包的质量、皮色、风味、结构，增大面包体积，可在面团中加入一定数量的 β-淀粉酶制剂或加入约占面粉重量 0.2%～0.4%的麦芽粉和含有淀粉酶的糖浆。

α-淀粉酶和 β-淀粉酶两者的活性不完全一样。β-淀粉酶的热稳定性不如 α-淀粉酶，当加热到 70℃时，活力减少 50%，几分钟后即钝化；而 α-淀粉酶在加热到70℃时仍能对淀粉起水解作用，而且在一定温度范围内，温度越高，作用越快，在面团发酵过程中温度每升高 1℃，其活力约增长 1%，当温度超过 95℃时，α-淀粉酶才钝化。由于淀粉酶的热稳定性较差，它只能在面团发酵阶段起水解作用，而 α-淀粉酶热稳定性较强，不仅在面团发酵阶段起作用，而且在面包入炉烘焙后，仍在继续进行水解作用。淀粉的糊化温度一般为 56～60℃，当面包烘焙至淀粉糊化后。α-淀粉酶的水解作用仍在进行，这对提高面包的质量起了很大作用。

α-淀粉酶和 β-淀粉酶对于面条专用粉来讲是不利的，因淀粉酶会分解淀粉，导致面团黏度降低，产品浸泡时糊汤。因此，要求面条专用粉的淀粉酶含量尽量低一些。α-淀粉酶是一种内酶，它几乎能随意地裂解。α-淀粉酶作用的结果能使大的淀粉分子迅速变小，从而降低淀粉糊的黏度。

2）蛋白酶的活性

小麦面粉中含有蛋白分解酶，最适 pH 值接近 4.1。在面团中加入半胱氨酸、谷胱苷肽等硫氢化合物能激活小麦蛋白酶，水解面筋蛋白质，而使面团软化和最终液化。出粉率高、精度低的面粉或用发芽小麦磨制的面粉，因含酶激活剂或较多的蛋白酶，会使面筋软化而降低面粉的烘焙性能。另一方面，溴酸钾、碘酸盐、过硫酸盐等氧化剂都可抑制面团中蛋白酶的活性，从而改善面团的烘焙性能，以得到坚韧硬稠的面团。

在使用筋力过强的面粉制作面包时，可加入适量的蛋白酶制剂，以降低面筋的强度，有助于面筋完全扩展，并缩短搅拌时间。但蛋白酶制剂的用量必须严格控制，而且仅适合于用快速法生产面包。

蛋白酶对面条专用粉是不利的，蛋白酶会分解蛋白质，影响湿面筋的数量和质量，不但会降低面团的加工性能，而且产品口感较差。与淀粉酶相比，蛋白酶对面条专用粉的副作用更大。

3）脂肪酶的活性

面粉中的脂肪酸随出粉率的提高有增加的趋势。面粉在贮藏期间脂肪酶将增加游离脂肪酸的数量，使面粉酸败，从而降低面粉的焙烤品质。面粉中脂肪酶的最适pH 值为 7.5，最适温度为 30～40℃。因此用低等粉制作的面包，在高温下贮藏最易酸败变质。

4）植酸酶的活性

植酸酶可将植酸水解成肌醇和正磷酸盐，从而减少植酸与钙、镁、铁及其他金属形成非溶性复合物，而对人体吸收营养成分产生不利影响。小麦植酸酶的活力大约三分之一集中在胚乳，而植酸约有 15%存在于胚乳中。大量植酸主要存在于糊粉层和麸皮多的低等面粉中。在面粉中添加钙和在面团中添加含钙发酵食品将有助于克服肌醇六磷酸的有害影响。

5）过氧化氢酶的活性

过氧化氢酶是一种催化过氧化氢分解为氧和水的氧化还原酶。这种酶存在于小麦和面粉中，其作用是防止发芽期间在植物组织中过氧化氢积聚过多。它也能漂白胡萝卜素。

第 2 章
谷物制品营养强化理论

2.1 谷物制品营养强化的历史发展与现状

2.1.1 大米营养强化的历史发展与现状

为了使人们既能吃到美味适口的大米，同时又能获得足够的营养，大米的营养强化问题引起了世界各国卫生营养部门的关注。

强化米最早（1948 年）出现于菲律宾，强化米在预防当地维生素 B 族、尼克酸及铁质缺乏症等方面获得了显著疗效。经过食用强化米，该国两年后已基本消除了脚气病等维生素 B_2 缺乏症，显著提高了当地群众的营养水平，降低了死亡率。

随后在欧美各国迅速推广开来，在斯里兰卡、日本等亚洲国家，古巴、哥伦比亚、委内瑞拉等拉美国家及美国的若干州陆续采用。

美国、日本等国对大米营养强化技术研究较早，并提出了多种强化工艺，生产出了多种营养强化米产品，而且制定了大米的营养强化标准。

日本政府早在 20 世纪 50 年代就制定了大米的营养强化标准。依靠营养强化来解决维生素 B_1 的供给问题，即在精白米中进行维生素 B_1、维生素 B_2、赖氨酸和钙等营养素的强化。日本试验结果表明，学龄前儿童使用强化米后身高、体重都增加，智力也有显著提高。并于 1994 年设立了专门研究强化食品的机构。

美国在 1941 年由美国总统召开会议专门讨论食品强化的建议和强化的范围及标准，第二年即公布了强化食品法规，当时主要是对面粉进行强化。由于大米在美国的食用数量较少，因此当时未对它作强化规定。自 1956 年开始某些州也相继对大米强化作出规定，其中有些州的法令规定必须对大米营养进行强化。在 20 世纪 70 年代美国食品和药物管理局（FDA）发布了对烘焙食品通心粉和大米的统一强化标准，规定必须强化硫胺素、核黄素、烟酸、铁、钙和维生素 D 等营养素。国际科学研究所食品和营养委员会在同期推荐了强化谷物的硫胺素、核黄素等 11 种营养素。广大亚、非地区的发展中国家也开始对大米进行维生素 B_1、尼克酸及铁等营养素的强化。

在我国，对于食品强化问题历史上曾有过争议。反对者认为，人类一直食用"天然食物"而未出现大问题，加入食品中的营养素在加工和储藏过程中的损失是一种浪费。20 世纪 80 年代以来，随着我国营养食品的发展，大米营养强化对提高全民族体质和健康水平起到了重要作用，已引起国内不少单位的重视和关注，并开始着手这方面的研究。20 世纪 90 年代，江、浙、沪等地曾少量生产销售过营养强化大米，只是一直没有形成规模。

中国营养学会调查显示：我国城乡居民的微量营养素摄入量缺乏的有维生素A、维生素 B_1、维生素 B_2 和微量元素钙、铁、锌等。国家公众营养改善项目办公室正在进行"营养强化食品管理办法"的制定，"7＋1"的添加方案已经确定，准备经过试点后逐步推开，配方中的"7"就是准备强制添加的 7 种微量营养素，这7 种微量营养素在每公斤小麦粉中的添加量分别为硫胺素 3.5mg，核黄素 3.5mg，尼克酸 35.0mg，叶酸 2.0mg，铁 20mg，锌 25mg，钙 100mg。"1"则是建议添加的维生素 A。作为大米的营养强化，也可据此进行适当调整。

2003 年 9 月国家公众营养与发展中心组织了食品与营养专家、经济专家、粮油行业专家和政府有关管理部门的代表以及国际组织的专家在参考国际经验、国家公众营养改善项目"小麦粉营养强化推荐配方"和此前进行的大米强化技术试验等，出台了大米营养强化添加量基本配方。

2.1.2 小麦粉营养强化的历史发展与现状

中国是世界上最大的小麦生产国、消费国。我国小麦产量占世界小麦主产国总产量的 16％～18％。我国有小麦制粉企业近 4 万家，处理小麦能力在 100～200 吨以上的企业有 508 家，其中 400 吨以上的大、中型小麦制粉企业有 80 家左右。小麦粉是我国居民主要的食物来源，也是加工部分食品的基础原料，它具有其他粮食作物不可替代的优势。所以说，小麦不仅是我国重要的粮食作物之一，也是维护国家粮食安全的重要物资，在国家粮食安全中占有重要的战略地位。因此，对小麦粉进行强化将对公众营养改善工作产生积极的推动作用。

我国的营养强化面粉最早出现于 1997 年，是北京潞河面粉公司（北京古船食品公司的前身）生产，主要有增钙面粉、补锌面粉、富铁面粉、糖尿病人主食面粉等多个品种，有一定的消费群体，但因为宣传力度不大，人们的消费水平有限等因素没有形成规模，只有个别品种保留下来，而且是企业行为，没有产生广泛的影响。面粉的营养强化工作真正全面开展始于 2002 年。

为了探索中国公众营养改善的有效途径，根据我国面粉消费量大、消费面广的特点以及公众营养不平衡状况，同时考虑到国外有成熟的经验和做法，经有关部门和专家多次论证，决定利用退耕还林时国家向退耕农户发放补助粮的有利时机，开展面粉营养强化试点工作。通过试点：一是总结营养强化面粉生产工艺；二是总结营养强化面粉包装、运输及储存要求；三是了解消费者对营养强化面粉的接受程度；四是测定食用营养强化面粉在改善公众营养状况方面的效果，为推动全国面粉营养强化工作积累经验。通过对西北地区有退耕还林任务的省份进行比较、分析和筛选，以及国内外专家实地考察，选择甘肃省兰州市和河北省承德市试点。国家粮食局会同卫生部分别于 2001 年 10 月 11 日和 2002 年 8 月 14 日，联合下发了《关于在退耕还林、草地区补助粮食供应中开展营养强化试点工作的通知》国粮调〔（2002）179 号〕，决定 2002 年 8 月在兰州市和承德市正式启动退耕还林补助面粉营养强化试点工作，时间为 3 年。并在此基础上认真选定具体试点乡镇和承担加工营养强化面粉的企业。我国一些著名的营养专家、技术人员和国际专家一起，针对中国人群营养缺乏的基本状况，参照中国营养学会推荐的营养素摄入量，经多次论证和研讨，决定在试点地区退耕还林补助面粉中添加维生素 A、维生素 B_1、维生素 B_2、叶酸、尼克酸等 5 种维生素和铁、锌 2 种矿物质。技术组人员通过对营养强化面粉进行多次检测，并做成各种熟食进行比较、分析、测算，确定了比较符合我国公众营养改善的强化配方，经卫生部正式批准，同意在面粉营养强化试点中使用。

几年来，试点工作取得明显成效，从食用效果检测的数据显示，食用营养强化面粉的农民血液中缺乏铁、锌等微量元素的现象有了明显改善，食用人群发病率明显下降。试点表明面粉营养强化是改善我国公众营养状况的一条有效途径。试点区群众亲身感受到了食用营养强化面粉的好处，有的群众还把营养强化面粉作为礼物送给亲朋好友。大规模、长时间进行食用效果跟踪调查首开世界先河，填补了国际上面粉强化食用效果的研究空白。联合国儿童基金会、美国疾病预防控制中心、全球营养联盟等国际组织对试点工作高度重视并给予大力宣传，在国际社会引起广泛关注。

从试点情况看，添加到面粉中的营养素成本比较低，普通消费者也有能力购买，而且不需要改变消费者的饮食习惯和膳食结构，具有安全、有效、低成本和方便可行的特点。通过面粉营养强化，可以较小的代价、较快的速度使广大的人群受益，有效预防或消除营养不良现象，从而获得最大的社会效益。

总之，面粉营养强化试点工作是成功的。面粉营养强化是适合我国公众营养改善的一条有效途径。

在此项试点的推动下，我国内地数十家面粉企业也陆续生产营养强化面粉，深受消费者的欢迎，市场份额正在快速增长。目前，由全国粮油标准化技术委员会起草制订的《营养强化小麦粉》国家标准已经颁布，它的颁布实施将进一步规范和促进我国营养强化小麦粉生产经营的健康发展。

2.2　谷物制品营养强化的作用与意义

2.2.1　大米营养强化的作用与意义

一个国家居民的营养健康状况是国民素质的重要构成部分。良好的营养和健康状况既是社会经济发展的基础，也是社会经济发展的重要目标。人群的营养改善有赖于经济的发展，改善居民营养状况又可对社会经济的发展起推动作用。

研究证明，人的营养状况、身体素质与社会发展、国家经济、生产力水平有极其密切的关系。美国经济学家 R. Fagel 通过对工业革命时期英格兰、威尔士和北欧国家经济增长因素的分析，证明北欧在这一时期的长期经济增长有一半以上应归于其人群的体格发育（身高、体重的增长）。他也因创造性地证明了这一规律而获得诺贝尔经济学奖。

现代社会生产越来越多地依赖于脑力劳动，居民智商的高低对生产效率有着极大的影响。人的营养状况不仅与其体质发育有关，而且在很大程度上影响人的智力发育。国内外的多项研究都证明，儿童时期的蛋白质与热能营养不良，可使智商降低 15 分，导致成年收入及劳动生产率下降 10%。

缺铁性贫血是全球最为普遍的营养性疾病。我国居民贫血患病率平均为 15.2%，2 岁以内婴幼儿、60 岁以上老人、育龄妇女贫血患病率分别为 24.4%、21.5% 及 20.6%。儿童铁缺乏可以使儿童听力和视力减弱，上课注意力不集中，认知测验分低 0.5 个标准差。

碘缺乏可使儿童智商降低 10%，成年后劳动能力下降 10%。据专家对亚洲几个国家的数据分析，部分亚洲国家由于居民营养不良造成劳动生产力损失，估计可达到国内生产总值的 2%～3%。

(1) 补充大米在加工和食用过程中营养素的损失

众所周知，稻谷籽粒中的营养成分分布很不均衡。维生素、脂肪等大都分布在皮层和胚中。在碾米过程中，随着皮层与胚的碾脱，其所含营养成分也随之流失。大米精度越高，营养成分损失越多，见表 2-1。所以高精度米虽然食味好、利于消化，但其营养价值比一般低精度米要差。此外，大米在淘洗、蒸煮过程中也将损失一定的营养成分，见表 2-2。因此为了解决这一矛盾，有必要生产强化大米。

表 2-1　糙米及不同加工精度大米的化学成分比较　　单位：g/100g

名称	水分	粗蛋白	粗脂肪	碳水化合物	粗纤维	灰分	钙	磷	铁	维生素 B_1	维生素 B_2	维生素 B_6
糙米	15.5	7.4	2.3	72.5	1.0	1.3	10	300	1.1	0.36	0.10	4.5
96 大米	15.5	6.9	1.5	74.5	0.6	1.0	7	200	0.7	0.25	0.07	3.5
94 大米	15.5	6.6	1.1	75.6	0.4	0.8	6	170	0.5	0.21	0.05	2.4
92 大米	15.5	6.2	0.8	76.7	0.3	0.6	6	150	0.4	0.09	0.03	1.4

表 2-2　大米淘洗过程中营养素的损失

损失营养素名称	标一籼米			标一粳米		
	淘洗前含量 /(mg/100g)	淘洗后含量 /(mg/100g)	损失量 /%	淘洗前含量 /(mg/100g)	淘洗后含量 /(mg/100g)	损失量 /%
维生素 B_1	0.10	0.06165	38.35	0.16	0.11854	25.91
钙	13.88	7.61	45.17	10.54	2.30	78.18
磷	110.13	85.46	22.40	102.7	83.19	19.00
铁	13.88	8.63	37.82	10.54	8.76	16.89

（2）弥补大米的营养缺陷

天然食品中没有一种是营养齐全的，即没有一种天然食品能满足人体的各种营养素需要，大米也不例外。以米、面为主食的地区，除了可能有多种维生素缺乏外，人们对其蛋白质的质和量均感不足。此外，内陆地区及山区的食物易缺碘，还有的地区缺硒。因此，有针对性地进行大米强化，补充大米缺少的营养素，可大大提高大米的营养价值，改善人们的营养和健康水平。

"十一五"全国粮油加工业发展规划中，已将强化大米项目列为稻谷加工中的优先发展类项目，并提出在陕西、宁夏、甘肃、云南、贵州等省区建设国家示范性强化米生产企业（规模分别为年产 3 万~5 万吨）。

（3）适应不同人群生理及职业的需要

对于不同年龄、性别、工作性质以及处于不同生理、病理状况的人来说，他们所需营养是不同的，对大米进行不同的营养强化可分别满足其需要。

（4）预防营养不良

对全世界来说，维生素 A、铁和碘缺乏是三个主要的营养问题，特别是在发展中国家营养素缺乏发生率较高。从预防医学的角度看，大米营养强化对预防和减少营养缺乏病，特别是某些地方性营养缺乏病具有重要的意义。例如，可以对缺碘地区的人群采取大米加碘以降低当地甲状腺肿大的发病率。

近年来对谷类制品强化赖氨酸的营养效果颇引人注意。据报道，小麦粉用 0.25% L-赖氨酸盐酸盐强化后营养价值提高 128%，大米用 0.05% 的 L-赖氨酸盐酸盐强化后营养价值提高 44%。日本必需氨基酸协会从 1984 年开始在日本国内许多地区的小学午餐中供给小学生 L-赖氨酸强化面包，一年后检查他们的身高、体重。结果表明，L-赖氨酸强化组的孩子平均身高增加 5.7cm，平均体重增加 4.4kg，比同龄孩子平均身高显著增加。

（5）开发新产品，提高企业经济效益

随着社会的进步和经济的发展，饮食生活营养化、简便化越来越成为广大消费者追求的时尚。在发达国家，年人均大米消费量呈下降趋势，以日本为例，1962 年年人均消费大米 118kg，2002 年已锐减到将近一半，即 62.7kg。虽然国内尚无此项权威统计数字，但总的趋势也是随着生活水平的提高及食品的丰富，大米消费量下降。面对这一现实，各碾米企业都在想方设法生产新产品，如免淘洗米、蒸谷米、强化米等，以增加市场份额，提高企业经济效益。

2.2.2　面粉营养强化的作用与意义

（1）食用营养强化小麦粉是消除微营养素缺乏症的有效途径

以小麦粉为载体制成营养强化面粉，作为改善公众营养的措施之一，是解决维生素 A、维生素 B_1、维生素 B_2 以及铁、钙、锌、叶酸、烟酸等微量矿物质和维生素缺乏症的有效途径。食用营养强化小麦粉消除微营养素缺乏症是许多国家的成功经验，它的效果已被许多国家的实践所证明。20 世纪 40 年代以来，已有近 80 个国家采取国家立法或国家倡导等方式对面粉进行营养强化，采用面粉营养强化改善公众营养不良状况已成为当今世界的通用做法。美国、加拿大在面粉中添加微量营养素都取得了理想的效果。食用营养强化小麦粉消除微营养素缺乏症的效果也被我国的试点实践所证明。

（2）用小麦粉做营养强化剂的载体好处多

对消费者来说，较之医疗、保健的药物和营养食品，营养强化小麦粉受众最广、价格最低、实施起来最容易。对加工营养强化面粉的厂家来说，小麦粉和营养素混配可采取两种方式，即配粉仓配混和总粉绞龙配混。营养素随同小麦粉添加无需额外的包装和运输，成本较低，小麦粉与营养素预混料均为粉状物，易于添加和混配均匀，工艺简单。营养强化面粉的加工企业一般具有经营单一的特点，也便于国家相关法规、政策的制定、实施和管理。

（3）选用面粉作为营养强化载体具有很强的安全性

因为选为强化载体的食物都具有"自限性"，即人体自身食用量可预计控制，主要是面制主食品；另外，添加营养素种类的确定是根据我国营养调查情况并参考了各国的成功经验；营养素添加量的确定既考虑了我国人民不同种类营养素的缺乏量，也考虑了 RDA 中国人口营养素摄入推荐量的要求，一般添加 RDA 的 $25\%\sim30\%$。

（4）选用面粉作为营养强化的载体是最经济的手段

在工业化面粉加工环节添加营养素，可以做到最经济、最有效。

2.3 谷物制品营养强化的原则与方法

营养强化补充、完善了人们的膳食营养，弥补了"天然食品"存在的营养缺陷，具有诸多益处，但在强化过程中必须从营养、卫生及经济效益等方面全面考虑，根据营养需要和我国国情进行主食营养强化。在实施营养强化时应遵循以下基本原则。

2.3.1 谷物制品营养强化的原则

（1）明确的针对性

对一个地区（或特定人群）实施主食营养强化前，应以科学和务实的态度对本地区（人群）的食物种类及膳食营养状况做全面细致的调查研究，从中分析、确定需要进行强化的食品（营养强化的载体）以及营养强化剂的种类和数量。例如，在我国南方多以大米为主食，且人们喜食精米，致使有的地区膳食中缺少维生素 B_1 而产生脚气病。因此，可考虑对该地区的精米进行适当的维生素 B_1 强化。

（2）严格的科学性

人体所需各种营养素在数量之间有一定的比例关系。因此，营养素强化应符合营养学原理，注意保持各营养素之间的平衡，遵循严格的科学性原则，即所强化营养素的种类、数量要符合要求，避免因该营养素强化导致食物中其他营养素产生新的不平衡，而导致某些不良影响。需要我们密切关注的平衡关系有：必需氨基酸之间的平衡、热量与营养素之间的平衡、维生素（维生素 B_1、维生素 B_2、烟酸）与热能之间的平衡以及钙、磷平衡等。

同时还应严格进行安全和卫生管理，切忌滥用。由于营养素为人体所必需，往往易于注意到其不足或缺乏的危害，而忽视过多时对机体产生的不良作用，特别是某些人工合成的微生物以及脂溶性化合物，由于具有一定的毒副作用或可在人体内蓄积，若用量过大则可使机体发生中毒反应。因此，强化剂使用剂量应限定在国家法律规范制定的标准内，强化某种必需营养素必须同时提供其测定、水平监控的技术与方法。

（3）易被吸收和利用原则

谷物制品营养强化剂应尽量选取那些易于被吸收、利用的营养添加剂。例如可作为钙强化用的强化剂很多，有氧化钙、硫酸钙、磷酸钙、磷酸二氢钙、柠檬酸钙、葡萄糖酸钙和乳酸钙等，其中人体对乳酸钙的吸收量最好。在强化钙时，应尽量避免使用那些难溶、难吸收的物质，如植酸钙、草酸钙等。此外，钙强化剂的颗粒大小与机体的吸收、利用性能密切相关。胶体碳酸钙颗粒小（粒径 $0.03\sim 0.05\mu m$），可与水组成均匀的乳浊液，其吸收利用比轻质碳酸钙（粒径 $5\mu m$）和重质碳酸钙（粒径 $30\sim 50\mu m$）好。

在钙强化时也可使用某些含钙的天然物质，如骨粉及蛋壳粉。它们分别由脱胶骨和鸡蛋壳制成，生物有效性很高。通常骨粉含钙 30% 左右，其钙的生物有效性为 83%；蛋壳粉含钙约 38%，其生物有效性为 82%。

（4）稳定性原则

许多食品营养强化剂遇光、热和氧等会引起分解、转化而遭到破坏，因此，在食品的加工及贮存等过程中会发生部分损失。为减少这类损失，可通过改善强化工艺条件和贮藏方法提高强化剂的稳定性来实现。同时，考虑到营养强化食品在加工、贮藏过程中的损失，进行营养强化食品生产时需适当提高营养强化剂的使用剂量。

（5）食品感官性状需益性原则

食品大多数有其美好的色、香、味等感官性状，而食品营养强化剂也多具有本身特有的色、香、味。在强化食品时应尽量保持食品的原有需益性感官性状。例如，用蛋氨酸强化食品时容易产生异味，应避免使用；当用大豆粉强化食品时易产生豆腥味，故多采用大豆浓缩蛋白或分离蛋白。此外，铁强化剂易使食品呈黑色，维生素 B_2 和 β-胡萝卜素呈黄色，维生素 C 呈酸味。使用上述强化剂进行强化时应避免对食品感官品质带来不良的影响。

（6）普遍性和经济性原则

谷物制品营养强化的目的主要是改善广大公众的营养，提高国民健康水平。因此，谷物制品营养强化时应注意成本，控制价格不能过高，否则不易推广。强化工艺和加工设备必须切实可行、容易获得，以保证将待强化的营养素顺利添加到谷物制品中。

2.3.2 谷物制品营养强化的主要方法

按照食品营养强化的目的和基本原则，强化不仅要把营养强化剂添加到食品中，而且必须保持营养强化剂在强化食品中的高保存率。

食品强化剂的产品存在形式主要有四种：纯化合物、片剂、微胶囊、薄膜或块剂；配制成的溶液、乳浊液或分散悬浊液；经预先干式混合的强化剂（预混料）。采取何种产品形式应以能使营养素在制品中均匀分布并保持最大限度的稳定和保存率为准。此外，还应考虑营养素及食品的化学和物理性能，以及添加后食品加工后续工艺环节等因素，应掌握好添加时间，减少营养素受热和在空气中暴露的时间。

食品的强化因目的、内容及食品本身性质等的不同，其强化方法也不同。食品强化的方法有很多种，综合起来大致可分为以下几种。

（1）在加工过程中添加

在食品加工过程中添加营养强化剂是强化食品采用的最普遍的方法。此法适用于罐装食品，如罐头、罐装婴儿食品、罐装果汁和果汁粉等，也适用于人造奶油、各类糖果糕点等。强化剂加入后，经过若干道加工工序，可使强化剂与食品的其他成分充分混合均匀，并使被强化食品的色、香、味等感官性能变化尽可能的小。营养强化后，罐装食品仍需进行后续的一系列加工单元操作（如巴氏杀菌、抽真空等），这就不可避免地使食品受热、光、金属的影响而导致强化剂及其他有效成分的损失，因此，采取这种强化方法时，应注意工艺条件和强化条件的控制，在最适宜的时间和工序添加强化剂，并尽可能在后续加工操作中采取较为温和的工艺处理。

（2）在原料或必需食物中添加

此法适用于由国家法令强制规定添加的强化食品，对具有公共卫生意义的物质也适用。例如，有些地方为了预防甲状腺肿大，在食盐中添加碘；有些国家为了防止脚气病，规定粮食中添加维生素 B_1，在面粉、大米中添加维生素 A、维生素 D 及铁、钙等营养素。

这种强化方法简单，易操作，但存在的问题是后续的贮藏、运输、加工和烹调会造成更多的强化成分损失。因此，在贮运过程中，对其保存条件及包装状况的控制和监测应更为细致严格。

（3）在成品中混入

采用前两种方法强化食品时，会使强化剂造成一定程度的损失。为了避免这种损失，可采取在成品中混入的方法进行强化，即在成品的最后工序中混入强化剂。例如，婴幼儿食品中的母乳化奶粉、军队用粮中的压缩食品等，均在制成品中混入。

（4）生物化学强化法

　　利用生物化学方法使食物中原来含有的某些成分转变为人体需要的营养成分的强化方法，称为生物化学强化法。例如，在谷类食品中植酸能与锌结合而形成不溶性盐类，使锌的利用率下降。而酵母菌产生的活性植酸酶可分解植酸锌不溶化合物，若在面粉发酵中利用酵母菌的上述作用，可将植酸含量减少 13%～20%，锌的溶解度增加 2～3 倍，锌利用率增加 30%～50%；在制造母乳化奶粉及新生儿的食品时，采用胃蛋白酶或膜蛋白酶分解牛乳蛋白质生成肽链较短的多肽物质，以利于提高新生儿的消化吸收能力和免疫力。除此之外，也有采用物理化学法进行强化的，最典型的例子是用紫外线照射后，牛乳中的麦角固醇可转变成维生素 D_2，此方法可增加牛乳中维生素 D 的含量。

2.4　国家公众营养改善项目对谷物制品营养强化的要求

2.4.1　中国公众营养状况

　　根据 2002 年全国营养与健康调查的结果看，可以说是喜忧参半。一方面，随着社会经济的持续稳定发展及人民收入、消费水平的提高，居民食物质量和营养摄入有较明显的改善；另一方面，营养不良的矛盾仍然突出，表现在两类营养不良同时较严重存在和与之相关的慢性疾病快速增长。采取多种形式的改善措施提高我国居民营养健康水平，已经是一件不容迟缓的大事。

2.4.1.1　我国居民营养和健康状况的现状

（1）营养摄入和食物消费

1）能量和蛋白质

　　从总量看全国居民摄入能量每日达到 2253.5kcal（1cal＝4.1868J，以 18 岁轻体力活动男子作为标准人；数据来源为 2002 年全国营养与健康调查，以下除特殊情况不再加注），是 RDA（推荐的每日膳食中的营养素供给量）2600kcal 的 86.7%。其中，农村人口达到 2297.9kcal，是 RDA 的 88.4%。可以说，能量供给基本满足需求。

　　蛋白质摄入每日 66.1g，是 RDA 80g 的 82.6%。其中农村为 64.9g，是 RDA 的 81.1%，蛋白质摄入大致接近需求。但是从调查数据看，近 20 年来城市居民蛋白质摄入总量一直没有增加，即 1982 年每标准人日 66.7g；1992 年 68g；2002 年 66.1g。其中，城市稍有增加，农村稍有减少。可喜的是，虽然蛋白质摄入总量徘徊不前，但由于动物性食物消费量明显增加，城乡居民摄入的优质蛋白比例上升。城市居民从 1992 年的标准人日 210g 增加到 248g；同期农村居民从 69g 增加到 126g，优质蛋白占蛋白摄入总量的比例从 17% 上升到 31%。

　　同 10 年前相比，城乡居民脂肪的摄入提高了 30.7%，其中城市提高了 10.2%，农村提高了 50.3%。农村居民脂肪供能比已经达到 28%，而城市居民的这一比例则达到了 35%。按照 RDA 要求，人们从脂肪获取的能量在获取的食物总能量中的比例以 20%～25% 为宜，即使比照世界卫生组织规定的上限 30%，我国城市居民能量摄入中来自于脂肪的部分也显然偏高；农村居民的这一比例也已经接近上限，应引起足够的重视。

2）微量营养素和常量元素

在调查中，微量营养素缺乏无论是覆盖面，还是缺乏率表现都很突出。从公布的数据看，维生素 A（视黄醇当量）、维生素 B_1、维生素 B_2 的摄取分别是 RDA 的 59.8%、76.9%、61.5%，缺乏程度严重。我国 3～12 岁儿童维生素 A 缺乏率为 9.3%，其中城市 3.0%，农村 11.2%；全国维生素 A 边缘缺乏率 45.1%，其中城市 29.0%，农村 49.6%。10 年来，全国居民维生素 A（视黄醇当量）摄取量几乎没有改善，1992 年标准人日为 476.0μg，2002 年仍只有 478.8μg。其中城市不升反降，农村略有增加。维生素 B_1、维生素 B_2 的情况也都不理想。维生素 B_1 从 1982 年的标准人日 2.5mg，到 1992 年的 1.2mg，再到 2002 年的 1.0mg，逐次下跌，离 RDA 规定的 1.3mg 越来越远。维生素 B_2 标准人日的摄入量 20 年来一直维持在 0.9mg、0.8mg 左右，和 RDA 的 1.3mg 也相去甚远。

铁的问题比较特殊。如果按照 RDA 来看，我国居民铁的摄入应该是足够了。2002 年城乡居民平均摄入铁 23.3mg，已经达到 RDA 规定的 194.2%。但是，由于我国居民膳食结构大都以植物性食物为主，铁的人体吸收率很低，导致了贫血患病率较高。目前全国各年龄段的贫血患病率分别是：2 岁以下 24.2%，60 岁以上 21.5%，育龄妇女 20.6%，全国平均水平为 15.2%。

常量元素钙和磷的摄入不足在调查报告中也有体现，尤其是钙缺乏十分严重。全国无论城乡，钙的摄入量都与需要相差悬殊，且 20 年来摄入量下滑。RDA 规定量是标准人日摄入 800mg 钙，可是我国居民实际摄入量是：1982 年 694.5mg；1992 年 405.4mg，2002 年 390.6mg，呈逆向运动趋势。

3）城乡居民食物消费

调查结果显示，我国居民肉、禽、蛋、奶消费出现比较大幅度增长。2002 年全国每标准人日摄入畜禽类物 79.5g，比 1992 年增长 35.0%，其中农村增长 85.9%。摄入奶及其制品 26.3g，比 1992 年增长 76.5%，其中城市增长 82.2%、农村增长近两倍（194.7%）；摄入蛋及其制品 23.61g，比 1992 年增长 47.5%，其中农村增长一倍多（126.1%）。摄入鱼虾类食物 30.1g，比 1992 年增长 9.5%，其中农村增长 27.1%。可以看出近 10 年全国居民食物质量得到了大幅度提升，尤其是农村地区更是出现了飞跃。动物性食物消费量的快速攀升既优化了全国居民所摄取的蛋白质的质量结构，又使得农村居民的膳食结构更加趋于合理。

必须指出的是，在城市地区已经出现了膳食结构失衡现象，并由此导致营养摄入结构的失衡。其主要表现是，畜肉类和油脂类食物消费过多，造成前面曾经提到的脂肪供能比过高（35%）。从另一方面看，过高的脂肪供能比必然会挤压谷类食物供能的比例，2002 年城市居民谷类食物供能比仅达到 47%，远低于世界卫生组织推荐的 55%～65% 的合理区间。

此次营养调查中，还有一些信息需要予以注意。这就是除了城市居民谷类食物供能比过低、应予调整外，农村居民谷类食物消费量的变化也应提前重视。从1992 年到 2002 年，农村居民谷类食物消费量从 593.8g 降到 471.5g，下降幅度为20.6%。虽然目前农村居民谷类食物供能比为 61%，大致处于合理区间的中段，但是如果这种变化趋势不变，不用太久也会重蹈城市的覆辙。

此外，我国谷类食物消费中，米、面之外的其他谷类和薯类消费比例偏低，而且仍在较快下降；豆类和奶类（尽管增长幅度较大）制品的消费量过低；以及食盐摄入过多等均应引起各方面高度重视。

（2）生长发育和营养缺乏病

从总体上看，我国儿童和青少年生长发育水平呈现稳步提高态势，营养缺乏病的患病率有不同程度的下降，但是营养不良依然没有彻底解决，尤其是农村地区问题仍比较严重，具体情况如下：

1）体重

根据 2002 年调查，我国新生婴儿平均出生体重 3309g，低出生体重率为3.6%，已经达到发达国家水平；5 岁以下儿童低体重率比 1992 年下降了 57%。其中城市下降了 70%，农村下降了 53%。

但是，由于农村地区问题基数大，还存在较大差距。2002 年全国平均的低体重率为 7.8%，由于城乡经济发展不平衡，营养状况较差，贫困农村低体重率依然高达 14.4%，差不多是全国平均数的两倍。

2）身高和生长迟缓

2002 年全国城乡 3～18 岁各年龄段儿童和青少年与 1992 年相比，平均增加了3.3cm；5 岁以下儿童生长迟缓率比 1992 年下降了 55%，其中城市下降了 74%，农村下降了 51%。

同体重问题一样，全国城乡身高、发育的差别也较大。表现在：农村与城市相比，3～18 岁男性平均低 4.9cm，女性平均低 4.2cm，全国城乡 5 岁以下儿童生长迟缓率为 14.3%，其中农村地区则为 17.3%，贫困地区更是高达 29.3%。在患有生长迟缓的 5 岁以下各年龄段儿童中，以 1 岁儿童生长迟缓率最高，全国农村为20.9%，贫困农村竟高达 49%。由于营养不良造成的儿童和青少年生长发育迟缓，将会带来终身的体格和智力发育上的影响。根据经验，生长发育受到影响的人群，一般是生长迟缓检出率的两倍，只不过严重程度可能有所不同而已。在我国贫困农村，受到营养不良缺乏病威胁的几乎是全部儿童。

3）贫血

贫血是营养缺乏病之一。由于膳食结构的影响，我国贫血患病率一直较高。调查数据显示，城市男性患病率从 1992 年的 13.4% 下降到了 2002 年的 10.6%；城市女性患病率从 23.3％下降到了 17.0％。根据经验，城市中铁营养素摄入不足的人群男性起码在 21％以上，女性起码在 34％以上。调查显示，农村男性贫血患病率为 12.9％，比 10 年前下降了 2.5 个百分点；农村女性贫血患病率为 18.8％，下降了 2 个百分点。同样道理，铁营养素摄入不足的人群应不低于贫血患病检出率的两倍。我国农村中，约有 26％男性和 37％女性属于铁营养素摄入不足的人群。

（3）和营养相关的慢性非传染性疾病

根据此次调查结果分析，与营养相关的慢性非传染性疾病主要呈现出总量大、增长快、城乡差别小等特点。

1）患病人群总量大

据调查数据估计，我国 18 岁及以上居民中，现有高血压患病人群 1.6 亿人，达到本年龄段人口总数的 18.8％；糖尿病人 2000 多万人，达到本年龄段人口总数的 2.6％（另有 0.2 亿人空腹血糖受损，达到本年龄段人口总数的 1.9％）；成人超重 2.0 亿人、肥胖病人 6000 万人，分别为成年人口总数的 22.8％和 7.1％。大城市中这个比例则达到 30.0％和 12.3％；成人血脂异常病人 1.6 亿人，为成年人口总数的 18.6％。

2）患病率增长快

10 年来，我国 18 岁及以上居民高血压患病率上升了 31％，农村中患病率同样迅速上升，同 1996 年相比，大城市 20 岁以上糖尿病患病率上升了 39.1％。同 1992 年相比，成人超重率上升了 39％，肥胖率上升了 97％。

3）慢性病患病率城乡差别不明显

从全国大城市、中小城市、一至四类农村中高血压患病率来看，城乡差别已经不明显，除了四类农村患病率为 12.6％，其他 5 类地区分别为 20.4％、18.8％、21.0％、19.0％、20.2％，几乎看不出区别；血脂异常患病情况也是如此，城乡差别不大。

糖尿病的情况有所不同。统计数据说明，城市患病率明显高于农村，一类农村明显高于四类农村，呈现经济发展、收入水平和患病的正相关关系。

4）其他

从本次调查中还可以看出一些问题。其一，我国人群对与营养相关的慢性非传染性疾病的了解和治疗情况不能令人满意。例如，2002 年人们对高血压的知晓率、治疗率和控制率仅仅为 26.6％、24.7％、6.1％，处于比较低下的水平。虽然没有关于其他疾病的数据，估计情况也不会太好；其二，患病年龄有年轻化的现象。目前我国儿童肥胖率已经达到了 8.1％，虽然没有超重的数字，但是超重肯定不会低于肥胖，两者相加应至少在 20％以上。血脂异常的患病情况也是如此，这种本来被认为属于老年人的疾病，现在已经缠上了中年人，而且中、老年患病率已十分相近。

2.4.1.2 我国食物与营养发展中存在的主要问题

从全球看，我国是营养不良问题比较严重和复杂的国家。从总量来说，由于人口众多，我国属于世界上营养不良人数最多的几个国家之一；从结构来说，由于我国经济社会发展呈现出强烈的二元结构特征，我国正承受着营养摄入不足和营养结构失衡两类营养不良带来的双重负担。我们面临的既有发达国家所需着重解决的失衡型营养不良，又有发展中国家主要存在的营养素摄入绝对不足问题。

在农村和广大的西部地区，营养素摄入不足型的营养不良问题在相当范围内存在，成为这些地区经济社会发展的重要制约因素。农村中贫困人口的营养不良比较严重，某些地区的营养状况并没有随着经济发展而得到改善，在一些绝对贫困的地区，营养状况还呈现出下降的趋势。就每个家庭而言，营养不良引起残疾和疾病降低了劳动能力，直接减少了收入，为了治疗疾病增加了开支，而且为照顾病人进一步增加了支出，加重了生存压力，这对贫困家庭来说是致命的打击。营养不良长期以来仅仅被认为是贫困的结果，然而越来越多的证据显示，营养不良也是贫困的原因。

在城市和东部地区营养素摄入结构失衡型的营养不良成为经济社会发展新阶段的突出问题，与营养状况相关的慢性病，如肥胖、冠心病、癌症、糖尿病、高血压、中风等发病率明显提高。我国经济发达地区慢性、非传染病发病率不断提高，增长率甚至超过了一些发达国家，而且发病年龄也有日益年轻化的趋势。这种情况，不仅会给患病者家庭带来经济损失和不幸，而且还会给全社会造成劳动力资源的损失，同时对我国的公费医疗、医疗保险事业都会带来巨大挑战。按照世界银行统计，发展中国家由于营养不良导致的智力低下、劳动能力丧失（部分丧失）、免疫力下降等造成的直接经济损失，约占国民生产总值的 $3\%\sim5\%$。

（1）两类营养不良并存

受我国二元化经济的影响，全国营养不良的表现也呈现出强烈的二元化特征，也就是营养摄入不足和摄入失衡的双重性。在地域分布上，曾经将营养摄入不足的的主要关注对象放在农村，将营养摄入失衡的主要关注对象放在城市。现在根据 2002 年的调查，实际情况比过去更加复杂，城市中也有"不足"，农村中也有"过剩"。人们常说的富贵病，即因营养素摄入失衡引起的慢性疾病，已经不再是城市人的专利。

（2）城乡慢性病快速发展趋势必须遏制

在我国城乡，与营养有关的慢性非传染性疾病已经形成了对居民健康和生命的威胁。同时，它也必将影响到我国的经济建设和社会发展。由于这些疾病同居民的膳食营养结构直接相关，如何通过提倡合理膳食，改善人们的不良饮食，并加以人工干预措施，遏制住这些疾病在广大城乡地区中大面积快速增长的势头，是非常急迫的事情。

（3）婴幼儿和学生营养应高度重视

营养工作应该从母亲怀孕做起，直至生命全过程。其中婴幼儿和学生的营养问题应该尤为重视。受营养知识、经济条件、饮食喂养习惯等因素的制约，我国婴幼儿和学生的营养状况仍然不令人满意。尤其是农村和贫困地区，这个问题更加突出。我国政府提出的"以人为本"的发展观，其精神实质就是以人的全面发展作为一切发展的根本和目的。婴幼儿和学生是祖国和人类的未来，他们的发展质量决定了我国未来人口的素质，因此应将关注和提高婴幼儿和学生的营养水平当作战略问题抓紧、抓好。

（4）公众普遍缺乏营养科学知识和理念

我国饮食文化具有悠久的历史，无论是食物取材、利用，还是食物加工、烹调技术都享誉世界。但是，以往我国大部分群众对食物的认识还仅仅是"为了吃饱"，提高一级的要求是"吃好"。至于什么是"吃好"，很多人理解是"色、香、味、形"，缺乏营养科学理念和均衡营养的要求。除特殊情况外，无论是通过食物、饮料，还是通过营养素补充剂，营养的摄入都必须通过吃、喝等个人行为来完成。所以，主动学习和接受营养科学知识，树立正确的营养理念，是改善营养的关键和入口。

多年来，我国营养知识教育非常薄弱。从小学、中学直到大学，教科书中都没有营养知识。除食品、营养、医学专业外，其他专业几乎涉及不到营养的有关知识。有人说，中国的营养盲多于文盲，这话很有些根据。我国居民营养存在如此多的问题，有些同经济发展水平有关，受其制约，但是大部分是知识和观念的问题。

2.4.2　国家公众营养改善行动

一位诺贝尔经济学奖的获得者，美国的佛格尔教授研究后认为，欧洲工业革命时期经济增长的 50% 来自于人们营养改善的贡献。可见，营养的改善对于人类体格、智力的发展，对于社会经济的文明进步是多么重要。一些发达国家早在几十年前就认识到营养的重要性，美国等国家从 20 世纪三四十年代以来陆续立法，保证国民得到必需的营养，保证他们的身体成长和健康。

随着社会经济发展进入新的阶段，反应到人们生活日常膳食上，已经开始从"温饱型"向小康时期的"营养型"转变，已经初步具备了讲求科学膳食、平衡营养的经济条件。反应到医学统计上，我国疾病病谱已经发生了重大转变，疾病的发生从急性传染性疾病为主转为以慢性非传染病为主。多少年来我们盼望的从以治疗为主转向以预防为主（营养的改善是重要条件）的卫生工作方针有了实现的可能。所以，改善城乡居民的营养状况，不断提高中华民族的健康水平应是发展新阶段的一项十分重要的任务。

由联合国儿童基金会、亚洲银行等国际组织支持、我国政府批准成立的"国家公众营养改善项目"，从 1995 年开始一直致力于全国公众的营养改善的宣传、试验、试点、推动工作，取得了引人注目的成就。

2.4.3　食物强化——改善公众营养不良的最佳途径

改善营养不良状况有三种途径，即调整饮食结构、食物营养强化、营养补充剂。这三种方式各有优势，但也各有局限性。简单分析如下。

(1) 调整饮食结构

从理论上讲，调整饮食结构、保持营养素摄取均衡，应该是最理想的办法。它符合很多人的理念，即天然食物最安全，人可以从天然食物中获取一切所需要的营养。但是，这种营养改善方式实行起来却并不简单。首先，要知道中国是一个"营养盲"多于"文盲"的国家，人们普遍缺乏营养知识。如何通过膳食摄入的合理调整改善营养不良，不要说一般家庭不清楚，就连大部分食堂、餐厅也搞不明白；其次，调整饮食结构就要在一定程度上改变人们的饮食习惯，这对于非常看重食物色、香、味的国人来说，恐怕也是一时难以接受的；再次，合理的膳食还需要一定的经济条件支持，我国中西部地区生活贫困家庭，以及城市中的特困家庭在今后相当长的时间内也将无法做到。

(2) 食物营养强化

食物营养强化是通过将人们身体缺乏的营养素添加到食物中，从而进行营养补充的一种方法。这种营养改善方式具有的优点如下。

1) 方便

强化食物是在工厂中生产加工的，对消费者来说不需要增加任何额外劳动。人们在不改变饮食习惯、不改变食物加工方法，甚至不改变对食物的感观要求的情况下，完成了营养改善行为。

2) 安全

选做营养强化载体的食物，都是具有"自限性"，即人体自身食用量可预计、控制的食物，主要是主食品；添加营养素种类的确定是根据我国营养调查情况并参考了各国的成功经验；营养素添加量的确定既考虑了我国人民不同种类营养素的缺乏量，也考虑了 RDA（中国人口营养素摄入推荐量）的要求，一般添加 RDA 的 25%～30%；营养素添加种类、数量的确定综合考虑了全国不同地区、不同人群的差异；将开展强化的若干种食物载体作为整体进行统一考虑，使强化营养素种类与数量的确定更加合理。

3) 经济

通过食物强化的方法改善营养不良的成本最低。在工业加工环节添加营养素，几乎不需要增加设备，或者仅需要增加少量设备和检测仪器。营养素的价格，每公斤食物中（按国家项目配方）仅需几分钱人民币。

当然，这种方式也存在不足，这就是见效时间长。因为营养强化食物毕竟是食物，不是治病的药物，需要通过长时间的日常膳食逐渐补充营养素，提高营养健康水平。

(3) 营养素补充剂

在医生指导下服用营养素补充剂，针对性强、见效快，具有很好的营养改善效果。但是它不够经济，无法作为国家改善全国公众营养状况的可行手段。

1995 年～2000 年，国家公众营养改善项目办公室（下称项目办）在完成了对中国居民营养状况、营养（含经济、农业）相关政策法规、各国改善营养不良的做法与经验、国内外科研单位产品研发等方面情况的搜集调查后，多次听取并论证了国内外专家、主管和有关部门、相关国际组织的意见，最终确定了我国以食物营养强化方式作为国家公众营养改善行动切入点的工作方针。

确定以上工作方针以后，项目办于 2001 年和 2002 年多次组织各方面代表就食物强化载体的选择和食物强化总体战略进行论证。确定继食盐碘强化之后，面粉（米、米粉等主食品）、食用油、儿童辅助食品（含孕妇、哺乳期妇女食品）及酱油应作为强制性和指导性的强化食物载体，并对 2010 年前强化食物的发展进行了初步规划，与此同时，项目办和公众营养与发展中心（下称中心）组织权威机构开展多种食物营养强化的一系列技术、设备、组织试验和经济可行性研究，取得了大量成果。

第 3 章

营养强化剂的选择与使用

3.1 常用谷物制品营养强化剂

由于食品直接关系到食用者的身体健康，国家对强化食品中营养强化剂的选择和使用量都作了严格的规定。国家标准《食品营养强化剂使用卫生标准》（GB 14880—1994）最早规定了 3 类 37 种营养强化剂的品种、使用范围和使用量。同时，每年经专家评审，还要颁布一定数量的增补品种，以丰富营养强化剂的品种，扩大食品加工企业的选择范围。

为了使营养强化剂能够真正起到营养强化作用，对食品原有的色、香、味、形没有影响，使用成本能够接受，食品加工企业必须要考虑如何正确选择与合理使用营养强化剂。

目前，我国食品强化剂大致可分为氨基酸、维生素、矿物质及微量元素和多不饱和脂肪酸等四类，在强化时既可单一营养素强化，也可复合营养素强化。

3.1.1 氨基酸类强化剂

蛋白质的营养营养决定于它所含必需氨基酸的组成和比例。大米中赖氨酸和苏氨酸所占比例远低于人体需要。研究表明，在人类中添加氨基酸可以大幅度提高蛋白质效价，能使其营养价值几乎达到动物蛋白水平。在人类食物中添加 1gL-赖氨酸盐，可增加 10g 可利用的蛋白质。

由于赖氨酸是大米的第一限制性氨基酸，其世界年总产量约为 5 万吨，在我国仅有 1000 吨左右，性能又不太稳定，因此在大米中还可以直接强化蛋白质和复合氨基酸。有关复合氨基酸方面，日本首先开发了能促进钙吸收的酪蛋白磷酸肽，它是易被人体吸收的寡肽，是一种能抑制血管紧张素转换酶活性而使血压降低的特殊短肽，还能消除机体自由基，国内也开发出了上述部分产品。

另外，日本已成功地合成了含有硒的蛋氨酸和半胱氨酸，添加含硒氨基酸制作的各种强化食品在美国等一些国家深受欢迎。我国在此方面也取得了可喜的进展，已有 D,L-丙氨酸、L-天冬氨酸、L-缬氨酸、L-异亮氨酸等投入生产，以上产品都可以在大米中复合使用。

在《食品营养强化剂使用卫生标准》（GB 14880—1994）中规定，可以用于营养强化的氨基酸类有赖氨酸和牛磺酸。赖氨酸属于 8 种人体必需氨基酸之一，也是需要量最多的氨基酸。市场上有赖氨酸盐酸盐和赖氨酸天门冬氨酸盐。赖氨酸盐酸盐为无色、无味的结晶性粉末，易溶于水，对食品的色、香、味没有影响。赖氨酸天门冬氨酸盐为白色粉末、易溶于水，但有异味，使用时应注意对食品口味的影响。

赖氨酸主要用于谷物制品中氨基酸的强化，应该注意的是，在使用过程中应考虑食品中原有含量，正确计算添加量。

牛磺酸是一种氨基磺酸，不属于必需氨基酸。有研究表明，牛磺酸对婴幼儿的大脑和视神经发育起了非常重要的作用，对机体还具有排毒和抗氧化的作用。国标中对牛磺酸的使用范围比较宽松，可以添加在婴幼儿食品、乳制品、谷物制品、饮料及乳饮料中。在供中小学生食用的营养强化食品中，适度强化牛磺酸，对促进学生的大脑发育和保护视神经有好处。

牛磺酸为白色结晶性粉末，无异味，可溶于水，对食品色泽及口味均没有影响，在强化过程中，要适当考虑加工过程的损失量。

3.1.2 维生素类强化剂

维生素是一类小分子有机物质，与蛋白质等大分子不同的是无需分解即可被吸收，并运送至全身各组织发挥它们的特定功能。如一旦摄入不足，就会导致相关新陈代谢过程的紊乱，出现特有的症状，严重时会危及生命。已知的维生素共有13类，一般按其溶解性能分为水溶性和脂溶性两大类。维生素 A、硫胺素及核黄素是我国居民最容易缺乏的三种维生素。

GB 14880—1994 规定了维生素 A、维生素 D、维生素 E、维生素 B_1、维生素 B_2、维生素 B_6、维生素 B_{12}、维生素 C、维生素 K、烟酸、胆碱、肌醇、叶酸、泛酸和生物素等 15 种维生素的使用量及使用范围。其中维生素 A、维生素 D、维生素 E、维生素 K 属于脂溶性维生素，其他属于水溶性维生素。

维生素 A：构成视觉细胞的感光物质，维持上皮细胞和生殖系统正常功能，促进生长和骨发育，提高免疫力，有防癌作用，参与铁和锌代谢。缺乏时可引起夜盲症、干眼症、角膜软化、皮肤干燥、毛发变脆、食欲减退、发育迟缓、骨生长受到影响、易发生呼吸道和消化道感染、伴发缺铁性贫血和缺锌，且治疗反应差。当前我国严重维生素 A 缺乏已不多见，故有忽视倾向，但亚临床缺乏较广泛，值得引起重视。有几种胡萝卜素，如 α-胡萝卜素、β-胡萝卜素、γ-胡萝卜素的分子结构中有一部分与维生素 A 相同，因此这几种胡萝卜素到了人体的小肠部位，肠黏膜细胞分泌的胡萝卜素加氧酶可使它们氧化裂解，部分转变为维生素 A，因此胡萝卜素被称为维生素 A 前体或维生素 A 源。人体对胡萝卜素的吸收转化率较低，β-胡萝卜素的转化率只有 1/6，即 $1\mu g$ 的 β-胡萝卜素只能转换成 $0.167\mu g$ 维生素 A，而 α-胡萝卜素和 γ-胡萝卜素的转化率更低，只有 1/12。但胡萝卜素来源广泛，价格比维生素 A 低廉，故在发展中国家的膳食中常可供维生素 A 需要量的 $60\%\sim90\%$。此外，β-胡萝卜素尚有防止衰老和增强免疫力等作用，也是一种重要的色素，故近年来发展较快，国际上年需要量在 1000 吨以上，年增长率达 $10\%\sim15\%$。但胡萝卜素属油活性物质，需有油脂同时存在下，方能被吸收利用，因此其强化对象也应以人造奶油、色拉油、芝麻油等含脂食品作为维生素 A 的强化源，主要有天然的维生素 A 油、由 β-紫罗兰酮合成的维生素 A 醋酸酯、棕榈酸酯等脂肪酸酯及天然或合成的各种 β-胡萝卜素。

核黄素（维生素 B_2）：是人体新陈代谢中许多酶的组成部分，现在已发现含有核黄素的酶有 160 种，它们多数参与体内的生物氧化、呼吸链代谢。作为电子传递介质，核黄素在蛋白质、脂肪、碳水化合物的代谢中起重要作用，特别影响到新陈代谢旺盛的皮肤黏膜上皮细胞的生长更新。体内缺乏核黄素，不会引起严重的疾病，但表现为表皮组织的病变，如口角炎、唇炎、舌炎、角膜炎、男性阴囊炎。核黄素的强化源有发酵法制得的天然核黄素和化学合成的核黄素，以及有核黄素磷酸钠、核黄素四丁酸酯等微生物。

硫胺素（维生素 B_1）：是所有维生素中最不稳定的一种，其稳定性与介质的 pH 值、温度、电解度、缓冲剂类型等有关，亚硫酸盐、亚硝酸盐对硫胺素有很强的破坏作用。人类在磨粉和加热烹饪过程中，肉类、果蔬类在各种加工过程中，均有很大的损失。对老年人而言，由于其肠中菌群与青壮年的不同，容易影响其在肠内的吸收。由于硫胺素在人体内不能大量贮存，若不能从食物中及时补充，则会出现维生素 B_1 缺乏症。初期症状为肠蠕动缓慢，消化不良，食欲不振等；随后感到双腿麻木、肌肉疼痛、乏力、消瘦；后期会出现呼吸困难，并伴有心脏右部肥大和心跳频率加快等症状。

维生素 C：又称抗坏血酸，为人体必需的重要营养物质。近年来，随着对维生素 C 的认识和研究的不断深化，其功效已不仅仅局限于防治"坏血病"，而是涉及到许多方面，如健脑、人体免疫力、抗癌等。维生素 C 为水溶性维生素中最易被破坏的维生素。过度烹煮和加热均可使维生素 C 损失大半。所使用的强化剂有水溶性的维生素 C 及其钾、钠盐，也可在含脂食品中强化脂溶性的维生素 C 棕榈酸酯、硬脂酰酯等。

维生素 B_6：包括吡哆醇、吡哆醛和吡哆胺三种化合物。它是一种与体内血和蛋白的合成、氨基酸的代谢密切相关的营养物质，可促进人体对维生素 B_2、维生素 B_{12} 和铁、锌的吸收。由于维生素 B_6 在脑组织代谢等方面起着重要的作用，故人缺乏维生素 B_6 时易患抑郁症、神经病，出现食欲不振、恶心、皮炎、唇损害、结膜炎、多发性神经炎等，孕妇怀孕期不足时，常导致婴儿体重不足、贫血及生长缓慢等，严重时可发生先天愚型。此外，人缺乏维生素 B_6 时，由于血红蛋白释氧减低，组织细胞缺氧，机体对氧敏感等一系列反应，从而诱发哮喘。大多数哮喘患者体内缺乏维生素维 B_6。此外，长期缺乏维生素 B_6 是引发心肌梗塞的一种危险因素，缺乏时可抑制氨基酸代谢引起半胱氨酸水平升高，诱发动脉粥样硬化；或由于血小板凝集性增强和凝血时间改变，促成血栓形成，诱发心肌梗塞。维生素 B_6 的强化剂主要为盐酸吡哆酪和 5-磷酸吡哆醇。

维生素 B_{12}：在人体中的含量很少，仅约 4mg，主要贮存于肝、肾等内脏中。植物性食物中不含维生素 B_{12}，只有在食草动物瘤胃中所存在的微生物能产生维生素 B_{12}，经加工的发酵食品（如泡菜、干酪、酸奶）也含有较多的维生素 B_{12}，人体每日供给量仅需 2～3μg。故除长期严格素食者及消化吸收不良者外，一般很少缺乏。缺乏后最主要的临床表现是恶性贫血，一旦补给，即可解除。但近年来发现，缺乏维生素 B_{12} 可导致精神性障碍、类风湿性关节炎、老年痴呆、男子不育等。作为营养强化剂的维生素 B_{12}，包括氰钴胺和羟钴胺，均由不同的微生物经发酵法制得。

维生素 E：缺乏维生素 E 可导致不育，对动物两性发生不同的影响。对雄性动物，可致睾丸发育不全，精子活性降低，最后使精小管上皮萎缩，不产生精子，性本能丧失。对雌性动物，主要是影响胎盘和胎儿的发育，最后可使胚胎吸收消失。缺乏维生素 E 对肌肉营养也有一定关系，缺乏时，可致横纹肌坏死。近年来，缺乏维生素 E 与衰老的研究有很大进展。维生素 E 具有保持细胞活力，保护细胞膜的透过性，防止细胞膜破裂，阻止脂肪过氧化、延缓衰老的功能。缺乏维生素 E 时，可以使细胞失去正常功能，使脑组织中沉积过多过氧化脂质，影响大脑的机能，加快衰老进程。老年人缺乏维生素 E 的原因，除与饮食供应不够有关外，还与消化不良、吸收障碍等因素有关。中国允许用于强化的维生素 E 有 D-α-生育酚、DL-α-生育酚、D-α-醋酸生育酚和 DL-α-醋酸生育酚四种。D-α-生育酚是一种植物油在精制过程中真空脱臭时所得的馏出物经浓缩、精制而得。可加入植物油以调高生育酚的含量，一般其中所含的总生育酚量在 34％以上，其中属 D-α-生育酚的含量应占总生育酚含量的 50％以上。D-α-生育酚的乙酰化制品，为 D-α-醋酸生育酚；如经琥珀酰化反应，则成 D-α-琥珀酸生育酚。这两种 D-α-生育酚的衍生物，都有在空气中稳定性较高的优点。DL-α-生育酚则由三甲基氢配合成而得，如再用乙酸进行乙酰化，则成 DL-α-醋酸生育酚。

3.1.3 矿物质与微量元素强化剂

矿物质在营养学上是指生物体所必需的无机盐中的某些元素，也是人体中除碳、氧、氢、氮之外所存在的各种元素的统称，共约 50 余种。含量较多（0.01％以上）的有钙、磷、钾、硫、钠、氯、镁七种，称"大量元素"或"常量元素"；含量低于 0.01％的称微量元素，其中世界卫生组织明确的必需微量元素有 14 种，铁、锌、铜、锰、铬、铝、钴、硒、镍、钡、氟、碘、锡、硅。微量元素与其他有机营养素不同，它们不能在人体内合成，只能从食物中获取，也不能在代谢过程中消失，除非排出体外。缺乏微量元素，会使肌体内很多酶失去活性或作用减弱，引起蛋白质、激素、维生素的合成和代谢障碍，对人体的生长发育、新陈代谢、组织呼吸、氧化还原过程，以及造血、成骨、精神及神经功能和智力发育等一系列重要生命现象产生严重影响。

从我国近年来所作的许多营养调查来看，各类人群缺乏钙、铁、碘、锌等无机盐的情况相当严重。无机盐的缺乏与其吸收利用会受到多种因素的影响，如人体对磷的吸收率达到 80%，而对钙的吸收率在 40% 以下。铁的吸收率更低，平均只有 2%～10%。因此，虽然膳食中无机盐的供给量不低，但人体真正能利用的都较少，不能满足机体的需要。目前碘的补充已通过碘盐等方式进行，并起到较好的作用。

GB 14880—1994 制定了 Ca、Fe、Zn、Mg、Cu、Mn、I 和 Se 等 8 种允许使用的矿物质的使用范围和在食品中的强化量。在进行营养强化时，需要根据食品的特点选择不同的矿物盐，其原则是吸收利用率高，对食品色、香、味、形没有影响，价格尽可能低廉。

铁：是构成血液的基本要素，缺乏后可因血色素量（红细胞数和血红蛋白）不足而导致贫血，已成为营养常识。食物中铁可分两大类：血红素铁与非血红素铁。这两种不同形式的铁在人体内的吸收及利用并不相同。动物性食物如肉、肝脏、禽类、鱼类中的血红素铁占总铁的 40%，其在体内的吸收率较高，为 8%～20%；其余 60% 的铁以及蔬菜、谷物、水果、蛋类及乳制品中的铁均为非血红素铁，在体内吸收较低，为 3%～8%。如大米中铁摄入量仅为 1.1%，最高的是小牛肉，约 21%。中国人膳食中非血红素铁的摄入较多，因而吸收利用较差。膳食中抗坏血酸（维生素 C）、苹果酸和柠檬酸可促进铁的吸收，而咖啡、茶叶中的鞣酸则可降低其吸收。就食品强化剂而言，二价铁盐比三价铁盐更易吸收，磷酸盐或含有大量植酸的食品能减少铁的吸收。缺铁患者对铁的吸收较多，妇女对铁的吸收比男子多，儿童则能随着年龄的增长而降低对铁的吸收。各国允许使用的铁强化剂较多，中国准用的有 13 种。一般亚铁盐强化剂比正铁盐的相对生物效价高。还原铁粉（还原铁、羰基铁、电解铁）由于稳定性好而在日本普遍受到应用。此外，富马酸亚铁、甘油磷酸基制成的食用富铁酵母，也是国内已广泛使用并取得较好效果的铁强化源。各种主要铁强化剂的相对生物效价情况见表 3-1 和表 3-2。

表 3-1　各种铁强化剂的相对生物效价（1）

铁强化剂	焦磷酸铁钠	还原铁	酒石酸亚铁	葡萄糖酸亚铁	富马酸亚铁	硫酸亚铁铵	氧化铁	焦磷酸铁	甘油磷酸铁
相对生物效价	14	37	77	97	95	99	4	45	93
含铁量/%	16	96	25.2	12.5	32.9	—	34.4	11.0	18.0
相对价格	1.94	1.53	8.36	3.41	2.35	—	2.93	—	12.0

表 3-2　各种铁强化剂的相对生物效价（2）

铁强化剂	柠檬酸铁铵	硫酸亚铁	柠檬酸亚铁	乳酸亚铁	羰基铁	电解铁	碳酸亚铁	正磷酸铁	柠檬酸铁
相对生物效价	107	100	—	—	—	—	2	14	73
含铁量/%	14.5	20	22.3	19.39	98	97	35	—	16.67
相对价格	3.08	0.68	7.48	3.63	3.30	3.08	—	—	—

锌：锌剂被用作预防营养性锌缺乏症已有 50 余年的历史，国际上允许使用的锌源有 10 多种。我国经全国食品添加剂标准化技术委员会审定、卫生部公布列入使用卫生标准的锌营养强化剂有：氯化锌、硫酸锌、氧化锌、葡萄糖酶锌、乳酸锌、乙酸锌（醋酸锌）、柠檬酸锌（枸橼酸锌）和甘氨酸锌。其中，无机锌 3 种，有机锌 5 种。

目前补锌制剂经营养研究和临床医学已经历了四代，第一代为无机锌，如硫酸锌、氯化锌、氧化锌等，生物利用度 6％～7％；第二代为有机锌，如葡萄糖酸锌、醋酸锌等，生物利用度 14％；第三代氨基酸锌螯合物，生物利用度 36.5％；第四代为生物活性锌，生物利用度 68.2％。锌强化剂在配伍过程中，要注意营养素之间在生物利用率方面可能有的协同作用，也可能有的抵抗作用。在上海、青岛、重庆三市对小学生进行的补锌试验中发现，补充锌和同时补充其他多种微量营养素组生长最快；只补充微量营养素组次之；单独补锌组生长最慢。当然营养元素锌的补充也受其他营养素的影响，如锌的吸收利用就受铁的影响，根据对强化儿童食品内微量元素相互吸收利用影响的实验结果表明：食品内强化铁、锌的比例不宜过高，更不要过多地单纯加铁，最好是能达到 1∶1 的比例，如铁/锌添加比达到 3.14∶1 时，铁对锌的吸收利用就有抑制作用。如要同时强化钙也可以，但切不可超量，否则会干扰铁、锌的吸收。其强化量应参考推荐摄入量及该食品一次用量的多少而定，几种营养素同时补充有其方便性。

医学界、营养学界的专家经过研究，提出了表 3-3 所列的人体锌的日推荐量，它为人们合理调整膳食结构、食物中微量营养素的强化等提供了更加科学的依据。

表 3-4 所示是各种锌强化剂的性状及其含锌量。

钙：是牙齿、骨骼的主要成分，也是脑组织的主要成分，并参与人体血液代谢、调节大脑功能。青少年缺钙可导致生长滞缓、抵抗力下降、牙齿缺陷、软骨病、损害中枢神经系统等。长期缺钙将导致钙从骨骼迁移至血液和软组织，使骨钙减少而血钙和软组织钙含量增加的反常现象，从而导致骨质疏松和骨质增生；血钙

表 3-3　锌的日推荐量

组别	年龄/岁	用量/mg
婴儿	0~0.5	3
	0.5~1.0	5
儿童	1~3	10
	4~6	10
	7~10	10
男性	11~14	15
	15~18	15
	19~22	15
	23 以上	15
女性	11~14	15
	15~18	15
	19~22	15
	23 以上	15

表 3-4　各种锌强化剂的性状及其含锌量

名　称	性　状	含锌量/%	毒　性
氯化锌	白色颗粒状或白色粉末,易潮解结块	48	公认安全
硫酸锌	含一个或七个结晶水,无色透明或细小针状晶体或结晶状大粉末,无臭	27.7	公认安全
氧化锌	白色粉末,无臭。系两性氧化物,溶于酸、碱和氯化铵溶液中,不溶于水和乙醇。在空气中能吸收二氧化碳和水。加热至 1800℃升华,在高温时呈黄色,遇冷后又恢复白色	80	公认安全
葡萄糖酸锌	无水物或含有三分子的水含物,无臭、无味、白色或几乎白色的颗粒或结晶性粉末,易溶于水,极微溶于乙醇	12~14	公认安全
乳酸锌	白色颗粒或结晶粉末,无臭无味,稍溶于热水	22~27	公认安全
乙酸锌（醋酸锌）	白色片状或粒状结晶,溶于水和醇,溶液呈弱酸性,风化略有醋酸味	29.8	公认安全
柠檬酸锌（枸橼酸锌）	白色结晶粉末,无臭无味,稍溶于水,易溶于稀酸	32~34	公认安全
甘氨酸锌	白色结晶性粉末,无味,熔点 282℃,微溶于水,易溶于弱酸性水中,不溶于醇、醚等有机溶剂,稳定性好	28.24	公认安全

因常年处于高水平而导致动脉硬化、高血压、各种结石症和老年痴呆。中老年人的许多不适症，诸如食欲不振、情感淡漠、心律紊乱、记忆衰退、手足麻木、肌肉痉挛、多汗多尿、易疲劳、抽搐、搔痒等，大多起因于长期缺钙诱发的甲状腺亢进症。甲状腺素是调节细胞外液钙磷浓度的主要激素，其作用是维持血钙和血磷浓度处于正常水平。血钙浓度降低，可使神经肌肉组织兴奋性增高；反之血钙浓度增高，则可降低兴奋性。此外甲状腺激素可使骨细胞功能活动加强，吸收骨质，并释放钙、磷入血，结果引起骨质脱钙，产生肾性骨营养不良。

我国人民以素食为主，而植物性食物中的植酸、草酸有整合作用而使钙不易被吸收，这是中国人缺钙的一个重要间接因素。作为钙的营养强化剂，国际上允许使用的有 40 多种，列入 GB 14880—1994 的有 14 种，GB 2760—1997 补充了三种。见表 3-5。在各种钙强化剂中，有机态的钙（如葡萄糖酸钙、乳酸钙）的利用率较碳酸钙、氯化钙等无机态钙高。近年来，中国研制的由牡蛎壳制成的活性（离子）钙。钙含量高达 50% 以上，在酸性胃液中可全部溶解，并以钙的形式而被吸收。

表 3-5　钙强化剂及参考吸收率

序 号 名 称	元素钙含量/%	钙的参考吸收率/%
1. 活性钙	48	
2. 碳酸钙	40	
3. 生物碳酸钙	38～39	
4. 醋酸钙	22.7	32±4
5. 柠檬酸钙	21	30±3
6. 磷酸氢钙	23.2	39±3
7. 乳酸钙	13	32±4
8. 葡萄糖酸钙	9.3	27±3
9. L-苏糖酸钙	13	
10. 甘氨酸钙	21.3	
11. 天门冬氨酸钙	23.4	
12. 酸性焦磷酸钙	18.5	
13. 甘油磷酸钙	19	
14. 蛋壳粉	38	
15. 氯化钙	27.2	
16. 氧化钙	71.3	
17. 碳酸钙	23.2	
18. 富马酸钙	25.9	

3.2　营养强化剂使用要求

3.2.1　食品营养强化剂使用的基本原则

各种营养素为生命所必需，但不可滥用，在营养强化过程中要以科学的态度有针对地使用，其选择使用通常应遵循以下基本原则。

① 强化的营养素应是人们膳食中或大众食品中含量低于需要量的营养素；

② 易被机体吸收利用；

③ 在食品加工、贮存等过程中不易被分解破坏，且不影响食品的色、香、味等感官性状；

④ 强化剂量适当，不至于破坏机体营养平衡，更不至于因摄食过量引起中毒；

⑤ 卫生安全，质量合格，经济合理。

3.2.2　食品营养强化剂使用的法律规范

卫生部于 1986 年 11 月 14 日首次公布《食品营养强化剂使用卫生试行标准》和《食品营养强化剂卫生管理办法》，对食品营养强化剂的使用卫生和安全标准作出了明确的规定，规定了 11 种可以作为强化的营养素，1994 年 6 月 8 日发布并实施《食品营养强化剂使用卫生标准》（GB 14880—1994）。这是我国建国以来第一个有关食品营养强化纳入法制管理的文件，对指导我国食品企业生产营养强化食品起着十分重要的作用。随后每年都对其进行了补充，明确规定可以作为营养强化的营养素增加到了 38 种，已赶上并超过了一些发达国家。针对营养强化剂的使用，我国《食品营养强化剂使用卫生标准实施细则》对以下概念进行了详细的界定。

食品强化剂：指为增强营养成分而加入食品中的天然或人工合成的属于营养素范围的食品添加剂。

强化食品：指按照本标准的规定加入了一定量的营养强化剂的食品。

卫生评价：是根据生产工艺、理化性质、质量标准、使用效果、范围、加入量、毒理学评价及检验方法等是否符合国家标准或卫生要求而作出的综合性的安全性评价。

营养学评价：指评论食品营养素价值与人群（人体）需求之间的关系，如营养素的生物价值、调解生理功能的关系、供给量、代谢、营养平衡等。

同时根据生产和行业管理的需要，《食品营养强化剂使用卫生标准实施细则》还就以下重要内容作出了相应的规定。

① 生产列入本标准中并且有国家、行业质量标准的品种，必须取得由国务院主管部门会同卫生部审查颁发定点生产许可证或由省、直辖市、自治区主管部门会同同级卫生部门审查，颁发生产许可证（或临时生产许可证），方可生产。

② 使用食品营养强化剂必须符合本标准中规定的品种、范围和使用量。

③ 凡列入本标准的品种，在国家未颁发质量标准前，可制定地方或企业质量标准。

生产有地方或企业质量标准的食品营养强化剂，厂家必须提出申请，经该省、直辖市、自治区行政主管部门会同同级卫生行政部门审查颁发的生产许可证或临时生产许可证，未经批准的单位，不得生产食品营养强化剂。

④ 强化食品必须经省、自治区、直辖市食品卫生监督检验机构批准才能销售，并在该类食品标签上标注强化剂的名称和含量，在保存期内不得低于标志含量（强化剂标志应明确与内容物含量相差不得超过±10%）。

⑤ 食品原成分中含有某种物质，其含量达到营养强化剂最低标准1/2者，不得进行强化。

⑥ 使用已强化的食品原料制作食品时，其最终产品的强化剂含量必须符合本标准的要求。

⑦ 生产或使用未列入本标准的品种，或需要扩大使用范围和增加使用量以及生产复合食品营养强化剂时，可经省、自治区、直辖市食品卫生监督部门初审，送卫生部食品卫生监督检验所，组织专家审议通过后，报卫生部批准。

⑧ 凡生产经营强化食品者，必须采用定型包装，并在包装上按 GB 7718—1994 及 GB 13432—1992 的规定标明。

⑨ 进口未列入本标准名单的品种时，进口单位必须将有关资料（包括申请报告、产品品名、纯度、理化性质、质量标准、检验方法、生产工艺、使用范围、使用量、卫生评价及国外卫生当局允许使用的证明）送卫生部食品卫生监督检验所，组织专家审议通过后，报卫生部批准。

进口食品中的营养强化剂必须符合我国规定的使用卫生标准，不符合标准的，需报卫生部批准后方可进口。

上述法律法规的出台及不断完善，对于正确引导、规范我国食品营养强化剂和营养强化食品产业的健康发展起到了举足轻重的作用。

3.2.3 食品营养强化剂使用中需要注意的问题

(1) 营养强化剂在食品加工和贮存过程中的稳定性

大多数维生素在高温下都是不稳定的，最佳热处理方法是提高受热温度、缩短受热时间，因此超高温瞬时杀菌方式是乳品常用的技术。货架寿命长的产品通常维生素损失较大，因此需要在加工过程中给予适当加量的强化，以保证到货架寿命后该营养素仍能达到标签中所宣称的特定水平。

(2) 对食品风味、色泽和质构的影响

消费者不认同"为追求营养而牺牲食品风味"的选择。调查显示，风味仍是消费者选购一种食品的最重要因素（90%），第二因素才是产品的营养（74%）。因此，食品技术人员必须设法解决因添加各种不同营养素所导致的问题，如掩盖不良风味、色泽、颗粒口感、沉淀、黏度变化等问题。

强化可能会使得食品感官特性发生严重变化。很多维生素也会影响食品的色泽和风味；铁、铜等矿物质会导致食品的色泽和风味发生不良改变；时间过长，维生素 C 会产生褐变作用，β-胡萝卜素和核黄素也会使食品颜色发生变化。

（3）多种营养素的复合强化

随着对营养强化研究的深入和相关产品市场的拓展，越来越多不同性质、结构的营养素在强化食品中得到应用，其中不乏多种营养素同时在一种食品中复合使用。采取何种手段和方法使得多种营养素准确、安全高效地添加到食品中而发挥各自的作用是一个重要的技术问题。当前，最佳的工艺方法是制备营养素预混合物，这样既有利于稳定和控制需要添加的多种营养强化剂的种类、数量，又便于产品的质量控制和检测，因为仅进行一次全组分分析就适用于不同批次的强化工艺。

复合营养素预混合物制备是一项技术性很强的工作。不仅要分析组分间的相互作用，而且要选择适宜的工艺技术，在保证各组分活性的同时，需消除营养素之间以及营养素对食品品质的不良影响。例如，元素铁一般会增加产品内的脂肪酸败速率，而添加正磷酸铁或焦磷酸铁等强化剂就可以避免对脂肪酸败的催化；为屏蔽一些强化剂的不良风味，预混合物经常采用微胶囊技术，这样还可以控制释放速率，保证营养素的稳定性，防止降解破坏、吸潮风化，防止组分间的相互作用，从而增加强化产品的货架寿命。但是在实践中，选择适当的包埋材料（壁材）是生产的难点和关键。

（4）营养强化剂的生物利用率和生物活性维持

食品在加工贮存过程中必须维持强化营养素的生物活性。一些维生素的稳定性较差，而很多植物性药材维持其生物活性非常困难。营养素之间的相互作用以及营养素与其他食品组分的相互作用是营养强化中需考虑的关键点。例如，维生素 C 会改善人体对铁的吸收，而食品中含有的铁离子会加速食物中维生素的降解，这种降解作用往往会导致感官品质的降低，另外食品中含有的铜离子也会催化、降解维生素 C。

（5）营养强化剂的包装改良

包装的选择主要取决于使用目的和所设计产品的货架寿命，当然还必须综合考虑到产品及所添加营养素的固有化学敏感性。例如，维生素 C 和 β-胡萝卜素必须避免与氧接触。在饮料中，氧气会迅速降解维生素 C 和 β-胡萝卜素，若仅仅基于这一考虑，玻璃应该是一种很好的包装材料，但玻璃既重又易碎，常常被塑料包装物替代，氧气很容易通过塑料，即使是在惰性气体环境中包装的饮料最终都会与氧气接触。这个问题可以通过添加足够量、直至过量的营养素来解决。目前食品领域流行的无菌纸盒包装对减少暴露于氧气和光来说是最佳的，可作为玻璃和塑料的替代品。

（6）专用化营养强化剂的开发

不同人群有不同的营养需求。国际营养强化食品市场早已经按照各种特定人群需求进行分类，开发专用化的产品。我国在专用化营养强化剂的产品开发方面仍然不尽如人意，需要进一步投入。

（7）食品营养强化的成本和费用

强化食品成本增加首先因为添加了高价格的营养素，并且与之相配套的一系列工艺调整和设备改造、包装材料等都带来了成本的增加。为降低成本，首先需要开发出低成本的强化剂或功能性食品基料，其次是选择价格/质量比最合理的工艺强化方法。

第 4 章

大米营养强化工艺技术

4.1 概述

4.1.1 大米营养强化的原因

稻谷经过清理和砻谷脱壳得到糙米；糙米再碾去皮层（即米糠），约除去8%～10%，余下部分约占原重量的90%～92%，为最终产品——白米粒。谷粒所含的维生素、无机盐和含赖氨酸较高的蛋白质集中在谷粒的周围部分和胚芽，因此，糙米碾磨程度（即精度）越高，营养素损失越高，大米精度愈高，粗纤维含量愈少，易消化，且好吃；但是蛋白质、脂肪、无机盐及维生素等都会有很大损失。中国CDC营养与食品安全所助理研究员黄建博士说，大米本身含有的营养素在加工过程中损失明显，铁的损失将近一半，尼克酸的损失更是多达65%。而且，营养素的损失不仅仅发生在加工过程中，在烹调过程中也有营养损失。由实验数据可知，在从糙米到精米的加工过程和从精米到精米饭的烹调过程中，维生素 B_1 的加工损失率为52.5%、烹调损失率为62.5%，维生素 B_2 的加工损失率为33.33%、烹调损失率为66.67%。随着生活水平的提高，人们对粮食的要求越来越高，过分强调口感，忽略了营养，以致米、面越吃越白，越吃越精，势必造成粮食表面的维生素，尤其是 B 族维生素的大量丢失。

中国第三次营养调查结果显示，与中国营养学会制定的标准比较，我国人均摄入的维生素 B_2 仅达58.4%，维生素 B_1、锌、硒、铁则明显不足。

4.1.2 大米营养强化的历史和经验

专家指出，大米的精度越高，米饭越美味可口，但同时，加工中的营养成分流失越多，即大米的营养价值越低。为了获得美味适口而又营养丰富的大米，对大米进行营养强化是最有效的技术途径。

国外的大米强化工艺最早始于菲律宾。据联合国儿童基金会高级营养顾问叶雷博士介绍，第二次世界大战结束后，菲律宾某些地区发生了相当严重的缺乏维生素 B_1 的情况，除了出现临床症状外，一部分人还表现出心脏衰弱。菲律宾营养研究中心对大米营养强化的研究就此展开。

营养强化大米也是最先于菲律宾开始应用的，在防治当地的维生素 B_1、尼克酸及铁质缺乏症方面取得了显著成效，随后在斯里兰卡、日本等亚洲国家，古巴、哥伦比亚、委内瑞拉等拉美国家及美国的若干州陆续被采用。

日本政府早在 20 世纪 50 年代就在法律上制定了大米的营养强化标准，依靠营养强化来解决维生素 B_1 的供给问题，即在精白米中进行维生素 B_1、B_2、赖氨酸和钙等营养素的强化。美国食品和药物管理局在 20 世纪 70 年代发布对烘焙食品、通心粉和大米的统一强化标准，规定必须强化维生素 B_1、维生素 B_2、尼克酸、铁、钙和维生素 D 等营养素。国际科学研究所食品和营养委员会在同期推荐谷物强化维生素 B_1、维生素 B_2 等 11 种营养素。广大亚、非地区的发展中国家也开始对大米进行维生素 B_1、尼克酸及铁的营养强化。目前，美国 60% 的市售包装大米为强化大米。

随着我国营养食品的发展，大米营养强化对提高全民族体质和健康水平所能起到的重要作用，已引起国内不少单位的重视和关注。20 世纪 90 年代，江、浙、沪等地曾少量生产销售过营养强化大米，只是一直没有形成规模。

4.1.3 大米营养强化的意义

《中国食物与营养发展纲要（2001—2010）》指出，"食品加工业重点推行主食品营养强化，减轻食物营养素缺乏的状况。"从 2001 年开始，国家公众营养改善项目以食物强化作为我国全面改善公众营养状况的切入点，借助国家对西部地区退耕还林（还草）土地给予补助粮的政策，通过对补助面粉进行营养强化，达到改善西部地区人口营养状况的目标。从 2002 年开始，试点工作已经全面展开。

国家公众营养改善项目选择了面粉作为食物营养强化的载体，但并未忽视一个细节问题的存在，即我国南方地区居民以食米为主。只是因为大米的强化在当时还存在若干技术问题尚未得到妥善解决，所以依当时的条件，南方选择了其他的食物载体（酱油和食用油）予以营养强化。

中国是大米消费大国，大米是中国人的主食，作为营养强化载体具有广泛意义。据国家粮油信息中心统计，从 2000～2002 年，全国大米食用消费连续 3 年保持在 1.53 亿吨的水平上，人均消费 118kg，居世界首位。因此，大米的营养强化与面粉的营养强化意义同样重大。

4.2 大米营养强化的范围和标准

4.2.1 大米营养强化的范围和标准

当前以大米为主食的国家，大米所提供的热量占人体所需的 70%～80%，所提供的蛋白质占总量的一半以上。这种以大米等谷物食品为主、动物食品很少的膳食结构，部分蛋白质营养价值较低，脂肪总摄入量偏低，此外，维生素 A 的来源也极少，维生素 B_1 和维生素 B_2 因为米粒精度的提高或烹调的不合理，容易引起不足或缺乏。又因谷类中含植酸较多，某些蔬菜中含草酸较多，而膳食中维生素 D 的来源较少，因此使钙的实际摄入量和可被人体利用的钙远低于供给量水平。谷物蛋白质通常缺乏人体所需的赖氨酸和苏氨酸，可以通过强化，保持蛋白质中各种氨基酸的适当比例，从而提高蛋白质的生理价值。维生素 B_1、维生素 B_2 是大米强化的对象，而铁、钙、锌等也是我国人民所普遍缺乏的矿物盐。所以提高大米蛋白的生理价值以及补充人体必需的维生素和矿物盐是大米强化所在。

大米营养强化标准应参照每日膳食中营养素供给量标准加以制定。我国自1955 年开始采用"每日膳食中营养素供给量（RDA）"来表达建议的营养素摄入水平，以此作为膳食的质量标准，设计和评价群体膳食的依据，并作为制定食物发展计划和指导食品加工的参考。1988 年中国营养学会作了最后一次修订。在2000 年完成了《中国居民膳食营养素参考摄入量》，并发布实施。氨基酸的强化应根据世界卫生组织（WHO）的氨基酸构成比例模式见表 4-1，使强化后的大米中第一限制性氨基酸（赖氨酸）和第二限制性氨基酸（苏氨酸）达到 WHO 模式规定的数值。

表 4-1   WHO 建议模式   单位：克/100 克蛋白质

名　称	缬氨酸	亮氨酸	异亮氨酸	苯丙氨酸＋酪氨酸	蛋氨酸＋胱氨酸	赖氨酸	苏氨酸	色氨酸
WHO 模式	5.00	7.40	4.00	6.00	3.50	5.50	4.00	1.00

我国因目前苏氨酸尚没有工业化生产，只考虑赖氨酸单独强化，所以赖氨酸的强化标准必须能使赖氨酸强化后与苏氨酸的配比接近平衡，同时考虑赖氨酸在强化工艺、大米储藏和蒸煮中的损失等因素综合计算，即每 100g 大米赖氨酸的强化标准约为 0.15g。

国外一些发达国家在维生素和矿物盐的强化标准上均超过日供应量的几倍甚至几十倍，食用时把营养强化米按 1∶100 或 1∶200 等比例与普通大米混合煮食，以满足人们对维生素和矿物质的需要量。这样不仅利于加工、储运，而且使各类消费人群都能食用到所需的营养强化米。美国强化米标准见表 4-2。

表 4-2   美国强化米标准

营养素含量	1958 年制定标准	1972 年修订标准
维生素 B_1/(mg/kg)	4.4～8.8	6.4
维生素 B_2/(mg/kg)	2.6～5.3	4.0
尼克酸/(mg/kg)	35～71	53
维生素 D/(μg/kg)	13.8～56.5	—
铁/(mg/kg)	29～51	58
钙/(mg/kg)	1102～2205	2116

美国、加拿大、日本提出的大米强化方案如表 4-3。

表 4-3　国外大米强化方案

营养素	美国白米强化标准	加拿大白米强化标准	日本白米强化标准	日本新糙米	
				成分	与精白米 1∶200 混合后营养素含量
蛋白质/%				6.6	
脂肪/%				3.6	
维生素 B_1/(mg/100g)	0.53~1.07	0.45~0.56	0.12~0.15	1.5	0.87
维生素 B_2/(mg/100g)	0.32~1.07		0.05~0.10	6	0.06
尼克酸/(mg/100g)	5.29				
维生素 B_6/(mg/100g)	0.44	0.52~0.62		8	0.1
烟酸/(mg/100g)		0.2~5.2		620	4.5
泛酸/(mg/100g)		1.2~1.5		234	1.4
叶酸/(mg/100g)	0.07				
维生素 A/(mg/100g)	0.48				
维生素 D/(mg/100g)	66.67~220.4				
维生素 E/(mg/100g)				13	0.7
碘/(mg/100g)		0.016~0.02			
钙/(mg/100g)	133.33~266.67			800	10
铁/(mg/100g)	8.81	1.2~1.5		120	1.1
镁/(mg/100g)		140~175			

我国国家公众营养与发展中心出台的大米营养强化添加量基本配方见表 4-4。

表 4-4　大米营养强化添加量基本配方（推荐）　　　单位：mg/kg

营养素	维生素 B_1	维生素 B_2	尼克酸	叶酸	锌	铁
基本标准	3.5	3.5	3.5	2	25	20

4.2.2　大米营养强化遵循的原则

我国应充分考虑以谷物为主体、蔬菜进食较多的膳食结构特点，同时还要考虑强化成本及保持大米传统色泽和口味等多种因素，此外还要兼顾大米这种颗粒物料高浓度营养强化工艺十分困难等因素。根据有关营养学家的建议和强化工艺的可能，维生素 B_1 和维生素 B_2 的强化标准在扣除强化工艺、储藏和烹饪损失后，可定为日供应量的 50%。关于铁的强化标准，鉴于目前人们膳食中有效铁极低的现状，铁的强化可按日供应量的 50% 为标准，并选择生物价值高的铁盐，如乳酸亚铁等作为强化剂。钙也是当前儿童、青少年、妇女及老人所不足的矿物质，但因为钙对大米的强化十分困难，同时考虑到强化的成本等因素，所以钙的强化标准控制在日供应量的 25% 为宜。在进行强化工艺时应着重考虑以下几个方面。

（1）有明确的针对性

进行大米营养强化前必须对本地区的食物种类及人们的营养状况作全面、细致的调查研究，从中分析缺少哪种营养成分，然后根据本地区人们摄食的食物种类和数量选择强化剂的种类和用量。

（2）符合营养学原理

人体所需要各种营养素在数量之间有一定的比例关系，因此，所强化的营养素除了考虑其生物利用率之外，还应注意保持各营养素之间的平衡。

（3）符合国家卫生标准

大米营养强化剂的卫生和质量应符合国家标准，同时还应严格进行卫生管理，切忌滥用。特别是对于那些人工合成的衍生物更应通过一定的卫生评价方可使用。

（4）易被机体吸收利用

用于大米强化的营养素应尽量选那些易于吸收和利用的强化剂。例如可作为钙强化用的强化剂很多，有氯化钙、碳酸钙、磷酸钙、磷酸二氢钙、柠檬酸钙、葡萄糖酸钙和乳酸钙等。其中人体对乳酸钙的吸收最好。在强化时，尽量避免使用那些难溶也难吸收的化合物如植酸钙、草酸钙等。

（5）经济合理且有利于推广

大米营养强化的目的主要是提高人们的营养和健康水平。通常，大米的营养强化需要增加一定的成本。但应注意价格不能过高；否则不易推广，起不到应有的作用。

4.3　大米营养强化工艺技术

4.3.1　营养强化大米的生产工艺

生产营养强化米的方法很多，归纳起来可分为内持法与外加法。

内持法是借助保存大米自身某一部分的营养素达到营养强化的目的，我们熟知的蒸谷米（通过湿热处理将留存在米糠层的营养物质转移至大米内部）、胚芽米（通过特殊碾磨方式将富含营养素胚芽留存在成品米粒中，又称留胚米）、回归米（将稻谷先行碾制，然后将糠及胚芽中营养成分抽取出来，再重新加入米粒中的方法）就是以内持法生产的一种营养强化米。

外加法则是将各种营养强化剂配成溶液后，由米粒吸进去或涂覆在米粒表面，具体有浸吸法、涂膜法、强烈型强化法等。

此外，还有人造营养米，这是用维生素等营养素与淀粉类制成与米粒相似的颗粒。人造营养强化米以 1∶200 或 1∶300 比例与普通米混合，使混合大米有人体需要的足量营养素。

提高大米营养价值的另一条途径是植物育种。高铁、高锌水稻改性种不仅在技术上可行，且因其经济效益会受到农民的欢迎。一些含铁量翻一番的水稻改性种正在试验种植，初步研究显示，增加铁能与原来铁一样被吸收利用，但有的改性种所含铁和锌更易在洗淘中流失，问题关键是如何让营养素保存在籽粒内部。从长远看，植物育种方法比强化法更经济，更有持续发展性。当然，在高营养素改性水稻被开发且大规模种植之前，强化依然是改善大米营养价值的最有效途径。

（1）浸吸法

浸吸法是国外采用较多的营养强化米生产工艺，强化范围较广，可添加一种强化剂，也可添加多种强化剂，其工艺流程如图 4-1。

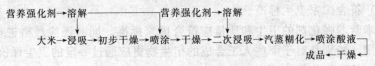

图 4-1　浸吸法生产工艺流程图

1）浸吸与喷涂

先将维生素 B_1、B_6、B_{12} 称量后溶于 0.2％的聚合磷酸盐中性溶液中（聚合磷酸盐可用多磷酸钾、多磷酸钠、焦磷酸钠或偏磷酸钠等），再将大米与上述溶液一同置于带有水蒸气的保温夹层滚筒中。滚筒轴上装置螺旋叶片，起搅拌作用，滚筒上方靠近米粒进口处装有 4～6 只喷雾器，可将溶液洒在翻动的米粒上。此外，也可由滚筒另一端吹入热空气，对滚筒内米粒进行干燥。浸吸时间为 2～4h，溶液温度为 30～40℃，大米吸附溶液量为大米重量的 10％。浸吸后，鼓入 40℃的热空气，启动滚筒，使米粒稍稍干燥，再将未吸尽溶液由喷雾器喷洒在米粒上，使之全部吸收，最后再次鼓入热空气，使米粒干燥至正常水分。

2）二次浸吸

将维生素 B_1 和各种氨基酸称量后，溶于聚合磷酸盐中性溶液中，再置于上述滚筒中与米粒混合进行二次浸吸，溶液与米粒之间比例及操作与一次浸吸相同，但最后不进行干燥。

3）汽蒸糊化

取出二次浸吸后较为潮湿的米粒，置于连续式蒸煮器中进行汽蒸。连续蒸煮器为具有长条运输带的密闭卧式蒸柜，运输带慢速向前转动，运输带下面装有两排蒸汽喷嘴，蒸柜上面两端各有蒸汽罩，将废蒸汽通至室外。米粒通过加料斗以一定速度加至运输带上，在 100℃蒸汽下汽蒸 20min，使米粒表面糊化，这对防止米粒破碎及水洗时营养素损失均有益处。

4）喷涂酸液及干燥

将汽蒸后的米料仍置于滚筒中，边转动边喷入一定量 5％的醋酸溶液，然后鼓入 40℃的低温热空气进行干燥，使米粒水分降至 13％，最终得到营养强化米。

（2）涂膜法

涂膜法是在营养强化剂充分浸吸后，再在米粒表面涂上数层黏稠物质。这种方法生产的营养强化米，淘洗时营养损失可减少一半以上。其工艺流程如图 4-2。

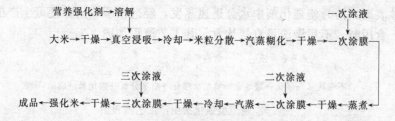

图 4-2　涂膜法生产工艺流程图

1）真空浸吸

先将需强化的维生素、矿物质和氨基酸等按配方称量，溶于一定量 20℃的温水中，大米须先干燥至水分为 7％，取 100kg 干燥后的大米置于真空罐中，同时注入强化剂溶液，在 80kPa 真空度下搅拌 10min，米粒中空气被抽出后，各种营养素即被吸入内部。

2）汽蒸糊化与干燥

从真空罐中取出上述米粒，冷却后置于连续式蒸煮器中汽蒸 7min，再用冷空气冷却，使用分粒机将黏结在一起的米粒分散，然后送入热风干燥机中，将米粒干燥至含水量 15％。

3）一次涂膜

将干燥后的米粒置于分粒机中，与一次涂膜液共同搅拌混合，使溶液覆在米粒表面。一次涂膜液配方是：果胶 1.2kg、马铃薯淀粉 3kg 溶于 10kg 50℃热水中。一次涂膜后，将米粒自分粒机中取出，送入连续式蒸煮器中汽蒸 3min，通风冷却。接着在热风干燥机内进行干燥，先以 80℃热空气干燥 30min，然后降温至 60℃连续干燥 45min。

4）二次涂膜

一次涂膜并干燥后的米粒，再次置于分粒机中进行二次涂膜。二次涂膜方法是：先用 1％阿拉伯胶溶液将米粒湿润，再与含有 1.5kg 马铃薯淀粉及 1kg 蔗糖脂肪酸脂溶液混合浸吸，然后与一次涂膜工序相同，进行汽蒸、冷却、分粒、干燥。

5）三次涂膜

一次涂膜并干燥后，接着便进行三次涂膜，将米粒置于干燥器中，喷入火棉胶乙醚溶液 10kg（火棉胶溶液与乙醚各半），干燥后即得营养强化米。

涂膜法中第一层涂膜可改善风味，并具有高度黏稠性；第二层涂膜除同样具有黏稠性外，更可防止老化，改善光泽，延长保藏期，也不易吸潮，且可降低营养素在储藏及水洗时的损失。

（3）强烈型强化法

强烈型强化法是将各种营养素强制渗入米粒内部或涂覆于米粒表面。将大米和按标准配制的营养素溶液分次进入各道强化机中，在米粒与强化剂混合并受强化机剧烈搅拌的过程中，利用强化机内的工作热，使各种营养素迅速渗入米粒内部或涂覆于米粒表面。同时使强化剂中水分迅速蒸发，经适当缓苏后，便可生产出营养强化大米，食用时，不用淘洗可直接炊煮。其工艺流程如图 4-3。

营养素溶液　　营养素溶液
↓　　　　　↓
不淘洗米→强化→缓苏仓→第二次强化→白米分级→强化米→成品

图 4-3　强烈型强化法生产工艺流程图

生产免淘洗米时，米粒进入强化机后，先以赖氨酸、维生素 B_1、维生素 B_2 进行第一次强化，然后入缓苏仓静置一段时间，期间营养素向米粒内部渗透，促使水分挥发。第二次强化钙、磷、铁，并在米粒表面喷涂一层食用胶，形成抗水保护膜，起到防腐、防电、防止营养损失。第二次缓苏后再经筛分，去除碎米，包装后即为强化米产品。

（4）挤压强化法

以碎米为原料，微粉碎后与营养强化剂预混料混合，通过蒸汽和水作用，进行调质后进入挤压机重新制粒，最终干燥后与自然米进行混配，得到营养强化大米。该方法是将营养素与米粉混合后重新制粒成米粒，所以营养素分布的均一性和稳定性较好，对于淘洗过程，损失也较小。工艺流程如图 4-4 所示。

乳化剂、维生素、矿物质、蛋白质
↓
碎米→粉碎→混合→调质→挤压→预干燥→干燥→筛分→混配或包装

图 4-4　挤压强化法生产强化米工艺示意图

原料碎米一般为大米厂加工过程中正常出现合格碎米，不含有大小杂质和异色发霉粒，这样可直接经粉碎机粉碎。如果原料碎米从米市场直接采购，则需要进行除杂和筛洗。

微量元素添加在调质前进行，通过微量添加系统与米粉按一定比例同时向调质器进行喂料，喂料过程由电脑自动控制完成。调质过程就是通过添加蒸汽和水使淀粉吸水糊化到一定程度后再进入挤压机，通过挤压剪切力作用，重新制成营养米粒，营养米粒需经过干燥，水分降至安全水分 15% 以下，以便于后续与自然米进一步混合。

4.3.2　锌强化大米加工工艺与技术

（1）锌强化工艺流程

在我们的实验方案中，锌强化大米加工采用一次强化、一次涂膜覆盖、二次缓苏的强化加工工艺。具体如图 4-5 所示。

不淘洗米 → 强化机 → 缓苏仓 → 强化机 → 缓苏仓 → 分级精选 → 营养强化米
　　　　　　↑　　　　　　　　↑
　　　　锌强化剂溶液　　　食用胶等溶液

图 4-5　锌强化工艺流程图

（2）锌强化剂的选择与锌强化剂溶液的配制

根据锌强化剂溶解度、生物效价、成本、消费者接受度、强化工艺效果等因素，本强化工艺采用葡萄糖酸锌作为锌强化剂。

根据上面已涉及的研究分析，确定大米锌强化量为 40mg/kg（以 Zn 计），若强化过程中强化液添加量为 0.8%，则锌强化剂溶液需配成含锌浓度为：$\dfrac{40mg/kg}{0.8\%}=$ 5000mg/kg＝5g/kg（以 Zn 计），考虑强化工艺效果与强化率，锌强化液含锌浓度配成 6g/kg 左右，葡萄糖酸锌的含锌量为 14%，则每千克强化剂溶液中需葡萄糖酸锌为：$1kg \times \dfrac{6g/kg}{14\%} = 43g$ 左右。

（3）流量控制器

为保证不淘洗米能以稳定可知的流量进入大米强化机，我们在强化米机的进料口上配置了一台流量控制器。其结构如图 4-6 所示。

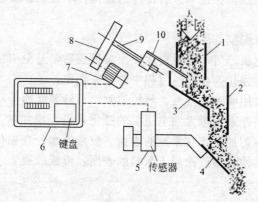

图 4-6　流量控制器

1—变截面料斗；2—流量调整槽；3—缓冲板；
4—冲板；5—传感器；6—控制箱；7—执行电动机；
8—齿轮箱；9—滚珠丝杠；10—闸板

该机主要由冲板流量检测系统、智能显示调节系统和精密板阀执行系统组成。其工作原理是：大米从变截面料斗 1 流入，经流量调整槽 2 调整大米的流动状态后，冲击冲板 4，流动大米的重量经压力传感器 5 转换为输出电压信号，送入控制箱 6 中的计算机系统处理显示。根据实际生产需要，设定强化段过机流量值，智能流量调节器根据检测比较进行调节，驱动阀板执行系统进退闸板，改变料斗截面，使流量符合所设定的流量值，从而使进入强化段的流量稳定可知。工艺设计中即根据此可知流量，调节锌强化剂溶液流量，确保锌强化量。

（4）强化米机

本强化米机采用压缩空气与锌强化剂溶液形成的粒度极其微小的"雾化液滴"送入强化米机的强化室内，使其在短时间内最大限度地均匀分布到每一粒米粒表面。在大米进机流量稳定可知的情况下，锌强化剂溶液以 0.5%～0.8% 比例进行添加。米粒在强化机内不受碾磨作用，但受到强化机的剧烈搅拌作用。米粒在搅拌运动的过程中，与锌强化剂溶液充分混合，同时强化机的强化室内温度升高（可达 60℃），此时锌强化剂迅速渗入米粒内部或涂覆于米粒的表面，而强化剂溶液中的水分迅速蒸发。在此基础上，经过缓苏后锌强化剂再次渗透到米粒的内部。由于锌强化剂溶液在米粒表面均匀分布，因此每一淀粉组织的体积膨胀十分均等，保证了大米强化的均匀度，同时也防止了米粒爆腰与龟裂的发生。

本强化米机配备一台 0.5m³/min、0.5MPa 的无油空压机恒压供气，保证强化剂溶液雾化供给，并使雾化液滴细小（尽可能小于 10μm）。

（5）缓苏仓

大米经强化机强化后，通过缓苏仓缓苏后使锌强化剂再次渗透到米粒的内部，使微量元素锌不仅仅附着于米粒的表面，避免了大米在淘洗时的锌元素流失。同时使出机米温度适当降低，保证米粒有良好的结构力学性质。缓苏仓一般设计为缓苏 0.5～1h 为宜。

（6）食用胶溶液配制及添加

米粒经一次强化缓苏后，通过食用胶涂膜覆盖后，避免未渗透到米粒内部、尚附着在米粒表面的锌强化剂在淘洗过程中的流失现象。

食用胶可选用食用明胶、果胶、阿拉伯胶、马铃薯淀粉等均可，配成合适黏稠度的食用胶溶液。同样采用带无油空压机的强化米机，添加量为 1% 左右，胶液在压缩空气的作用下均匀地分布在米粒的表面。胶液内水分在强化米机内热的作用下蒸发，后经缓苏后，使食用胶涂覆于米粒的表面，形成胶膜，包裹了大米表面的强化成分。

4.4 大米营养强化存在的问题

4.4.1 包装形式与营养素的损失

强化大米中的强化成分，如各种维生素及一些氨基酸，遇到热、光、氧等极易被破坏受到损失。因而强化成分在加工与储藏过程中就有所降低，要保持其营养成分，可采取以下措施。

① 改变强化剂本身结构：强化米中主要的强化成分维生素 B_1 是水溶性的，在煮炊前的清洗过程中极易溶解流失。用稳定性能良好的二苯酰硫胺素强化面粉，经储藏 11 个月后测定，维生素 B_1 仍含有 97%。

② 添加稳定剂：添加 EDTA、BHA、卵磷脂、维生素 E 等稳定剂可提高维生素的稳定性能。

③ 改善包装法：采用聚乙烯塑料薄膜小包装、罐装、真空包装、充氮包装、充二氧化碳包装等可以保持营养成分并延长保藏期。

4.4.2　盲目强化

科技发达的今天，人们可以随意将一种营养素添加到一种食品中。毋庸质疑，强化大米在改善公众营养状况的同时，也给碾米企业带来了巨大的商机。但有的企业在大米强化上不仅目的意义不明确，缺乏食品强化的针对性，甚至有的名为强化实为促销，或者强化的量不足。此外，尽量避免同时食用两种以上添加同一种营养素的食品。例如，食盐中已有碘的强化，如果再盲目地在大米中强化碘，势必造成碘中毒。

4.4.3　营养吸收率

营养素在人体内的新陈代谢是一个复杂的过程，各种营养素的吸收是相互联系的。它们有的相互促进，也有的是相互抵触。在目前人们还没有完全了解各营养素在体内代谢机理的情况下，一味地对营养素进行强化，可能起到相反的效果。例如：维生素 D 有利于钙、磷的吸收，但当食物内有植酸、草酸以及脂肪酸等存在时，它们可以与钙形成不溶性的钙盐而影响钙的吸收，同时当食品中有大量钙存在时，因形成不溶解的锌、钙、植酸盐复合物，对锌的吸收干扰更大。

4.4.4　强化对象过于宽泛

强化大米针对的是普通消费者。但强化剂可能给某些不需要特定营养素的人带来问题。例如患有血色素沉着症的人应忌强化铁食品。有甲状腺机能亢进和甲状腺炎的人要忌碘强化食品。在现今的强化大米生产中，并没有考虑到这些因素。

由于我国幅员辽阔，各地消费者所缺的微量元素不尽相同，大米特征也因地不同。这需要我们的专家在制定标准和过程中能够权衡各方面的利弊，能予以更多的规制，也需要生产厂家在投入项目的时候谨慎跟进，以及消费者购买时结合自己的实际需要。

第5章
面粉营养强化工艺技术

5.1 概述

　　长期以来，我国北方居民习惯以面粉类制品为主食。但小麦粉在研磨过程中损失了大量人体不可缺少的营养素，造成部分地区居民呈现了营养缺乏症状，这种情况在经济欠发达地区和广大农村表现得尤为突出。营养强化面粉在发达国家的出现和食用已有60余年的历史，近年来发展中国家也加强了对营养强化面粉的推广，并通过面粉强化的方式获得了较好的营养改善效果。欧美等发达国家通过法令法规强制规定在面粉中必须添加人体必需的生理营养素。

　　中国是世界上最大的小麦生产国、消费国。我国小麦产量占世界小麦主产国总产量的16%～18%，我国有小麦制粉企业近4万家，处理小麦能力在100～200吨以上的企业有508家，其中400吨以上的大、中型小麦制粉企业有80家左右。小麦粉是我国居民主要的食物来源，也是加工部分食品的基础原料，它具有其他粮食作物不可替代的优势。所以说，小麦不仅是我国重要的粮食作物之一，也是维护国家粮食安全的重要物资，在国家粮食安全中占有重要的战略地位。因此对小麦粉进行强化将对公众营养改善工作产生积极的推动作用。

　　我国的营养强化面粉最早出现于1997年，是北京潞河面粉公司（北京古船食品公司的前身）生产，主要有增钙面粉、补锌面粉、富铁面粉、糖尿病人主食面粉等多个品种，有一定的消费群体，但因为宣传力度不大，人们的消费水平有限等因素没有形成规模，只有个别品种保留下来。而且是企业行为，没有产生广泛的影响。面粉的营养强化工作真正全面地开展始于2002年。

　　2002年，国家粮食局会同卫生部，在河北、甘肃等地开展了退耕还林补助面粉营养强化的试点工作，在发放给退耕农户的补助面粉中强化了铁、锌、钙、维生素A等七种微量营养素。几年来，试点工作取得明显成效，从食用效果检测的数据显示，食用营养强化面粉的农民血液中缺乏铁、锌等微量元素的现象有了明显改善，食用人群发病率明显下降。在此项试点的推动下，我国内地数十家面粉企业也陆续生产营养强化面粉，深受消费者的欢迎，市场份额正在快速增长。目前，由全国粮油标准化技术委员会起草制订的《营养强化小麦粉》国家标准已进入审定阶段，它的颁布实施将进一步规范和促进我国营养强化小麦粉生产经营的健康发展。

5.1.1　面粉营养强化工作试点开展情况

2002 年 8 月在甘肃省兰州市和河北省承德市开始实施的退耕还林补助面粉营养强化试点工作，是由国家粮食局调控司和卫生部疾控司共同领导，公众营养与发展中心负责组织实施的。国家粮食局和卫生部领导对试点工作高度重视，并得到了国务院西部开发办、国家发改委、财政部等部门，试点地区政府、企业以及有关专家的大力支持，同时还得到了联合国儿基会和其他国际组织的大力支持与帮助，试点工作进展顺利，并取得了明显的效果，达到了试点的预期目的，为在全国大规模开展面粉营养强化工作奠定了坚实的基础。

为了探索中国公众营养改善的有效途径，根据我国面粉消费量大，消费面广的特点以及公众营养不平衡状况，同时考虑到国外有成熟的经验和做法，经有关部门和专家多次论证，决定利用退耕还林时国家向退耕农户发放补助粮的有利时机，开展面粉营养强化试点工作。通过试点，一是总结营养强化面粉生产工艺，二是总结营养强化面粉包装、运输及储存要求，三是了解消费者对营养强化面粉的接受程度，四是测定食用营养强化面粉在改善公众营养状况方面的效果，为推动全国面粉营养强化工作积累经验。通过对西北地区有退耕还林任务的省份进行比较、分析和筛选，以及国内外专家实地考察，选择甘肃省兰州市和河北省承德市试点。国家粮食局会同卫生部分别于 2001 年 10 月 11 日和 2002 年 8 月 14 日，联合下发了《关于在退耕还林、草地区补助粮食供应中开展营养强化试点工作的通知》[国粮调[2007] 179 号]，决定于 2002 年 8 月在兰州市和承德市正式启动退耕还实施退耕还林补助面粉营养强化试点工作，时间为 3 年，在此基础上认真选定具体试点乡镇和承担加工营养强化面粉的企业。我国一些著名的营养专家、技术人员和国际专家一起，针对中国人群营养缺乏的基本状况，参照中国营养学会推荐的营养素摄入量，经多次论证和研讨，决定在试点地区退耕还林补助面粉中添加维生素 A、维生素 B_1、维生素 B_2、叶酸、尼克酸 5 种维生素和铁、锌 2 种矿物质。技术组人员通过对营养强化面粉进行多次检测，并做成各种熟食进行比较、分析、测算，确定了比较符合我国公众营养改善的强化配方，经卫生部正式批准，同意在面粉营养强化试点中使用。

5.1.2　面粉营养强化试点工作的成效

从食用效果检测的数据显示，试点群众血液中铁、锌等微量元素缺乏现象明显改善，食用营养强化面粉的实验人群发病率明显下降。大规模、长时间进行食用效果跟踪调查首开世界先河，填补了国际上面粉强化食用效果的研究空白。联合国儿基会、美国疾病预防控制中心、全球营养联盟等国际组织对试点工作高度重视，并给予大力宣传，在国际社会引起广泛关注。

从试点情况看，添加到面粉中的营养素成本比较低，普通消费者也有能力购买，而且不需要改变消费者的饮食习惯和膳食结构，具有安全、有效、低成本和方便可行的特点。通过面粉营养强化，可以较小的代价、较快的速度使广大的人群收益，有效预防或消除营养不良现象，从而获得最大的社会效益。

总之，面粉营养强化试点工作是成功的。面粉营养强化是适合我国公众营养改善的一条有效途径。

5.1.3　营养强化面粉的市场前景

在项目执行的第一年 2003 年，全国有 12 个生产强化面粉的厂家，生产强化面粉 8614 吨。目前，全国已经有 78 个被批准生产强化面粉的工厂，年产量 100 万吨。在全国有 18 个省市生产强化面粉。

综上所述，营养强化必将主导面粉生产和消费的方向，因此我国面粉生产厂家应及早抓住小麦粉营养强化的商机，积极开展对小麦粉营养强化的工艺研究。

5.2　面粉营养强化的范围和标准

5.2.1　面粉营养强化的范围和标准

小麦的营养成分是非常全面的，但各种成分的分布很不均匀。面粉加工主要是将小麦胚和皮层去除，以得到灰分低、粉色好的精致面粉，并且精度越高，则面粉中微量营养素损失就越大。特制二等粉与全麦粉相比，蛋白质、维生素 B_1、维生素 B_2、烟酸、铁、钙、锌等分别损失 15%、83%、67%、50%、80%、50% 和 80%。此外小麦粉本身存在着一定的营养缺陷，主要表现在蛋白质的氨基酸组成不平衡，第一限制性氨基酸是赖氨酸，其含量不足推荐模式的 40%；第二限制性氨基酸是苏氨酸，其含量不足推荐模式的 57%。这样会影响其生物效价，即营养学的"木桶效应"：蛋白质是否优质关键要看蛋白质的氨基酸比例是否合适，特别是 8 种必需氨基酸（人体不能自身合成）是否均衡，只要其中某一种氨基酸缺失，机体需要的特定蛋白质就不能被合成，以致其他氨基酸得不到利用而被排泄。

表 5-1 为美国现行的面粉强化标准。近年来，全美营养协会提出扩大面粉的营养强化范围，建议制定新的面粉强化标准，以适应不同地区人们缺乏的不同营养素。这主要是因面粉是人们饮食中应用普遍的食品，容易将这些营养素混入松散均匀的粉料中，所以在技术上易解决。现行的面粉强化中还添加有如下营养素，每 100g 面粉：维生素 A 含量 0.2mg，维生素 B_6 含量 0.44mg，叶酸含量 0.066mg，锌含量 2.2mg。

表 5-1　美国面粉强化标准　　　　　　　　单位：mg/100g

强化成分	强化面粉和强化自发面粉	强化粗粒粉
维生素 B_1	0.64	0.40～0.60
维生素 B_2	0.64	0.26～0.33
维生素 B_3	0.64	3.50～4.64
铁	4.40	2.90
钙	211	110

注：1. 钙的添加，在强化自发面粉中是强制性的，在强化面粉、强化粗粒粉中是任选的。

2. 表中数据为 100g 面粉中含量。

　　加拿大强化面粉的标准见表 5-2，在每 100g 面粉中，还允许任选的营养素包括：维生素 B_6 0.25～0.31mg，叶酸 0.4～0.5mg，泛酸 1.0～1.3mg，镁 150～190mg，碳酸钙和食用骨粉要达到提供足量的钙 110～140mg。

表 5-2　加拿大强化面粉的标准　　　　　单位：mg/100g

强化成分	最低	最高	强化成分	最低	最高
维生素 B_1	0.44	0.77	维生素 B_3	3.50	6.40
维生素 B_2	0.27	0.48	铁	2.90	4.30

　　美国、瑞士等加工强化小麦粉供婴儿食用，其中含有多种定量的维生素和矿物质，完全满足婴儿生理营养需要，其婴儿强化面粉的强化剂含量见表 5-3。

表 5-3　婴儿强化面粉强化剂含量标准　　　　　单位：mg/100g

国家	维生素 B_1	维生素 B_2	维生素 B_3	钙	铁
英国	0.24	—	1.60	120	1.65
美国	0.44～0.55	0.26～0.33	3.50～4.60	210	2.90～3.60
瑞典	0.40	0.13	4.00	—	3.00
丹麦	0.50	0.50	—	200	3.00
瑞士	0.42	0.25	5.00	—	2.60

注：表中数据为 100g 面粉的含量。

　　2002 年底，国家公众营养与发展中心和国家公众营养改善项目办公室组织国内营养专家进行论证，参照国际营养强化的有关标准，针对中国人群特点，确定了"7＋1"强化面粉营养的推荐配方（表 5-4）。"7"即维生素 B_1、维生素 B_2、尼克酸、叶酸、铁、锌和钙，是必须添加的营养素；而"1"即维生素 A，是选择性添加的营养素。"7＋1"面粉营养强化配方见下表经过"7＋1"配方强化后的面粉，营养素利用率高，保质期内质量稳定，无营养素间相互反应，可放心食用。

表 5-4　"7＋1"面粉营养强化配方表　　　　　单位：mg/kg 面粉

营养剂名称	维生素 B_1	维生素 B_2	尼克酸	叶酸	铁	锌	钙	维生素 A
含量	3.5	3.5	2	2	20mg(EDTA 钠铁)或 40mg(硫酸亚铁)	25	1000	2

注：维生素 A 添加与否由生产企业自定。但是如果添加，添加量必须按表中的规定值

5.2.2　我国营养强化面粉配方制定的原则

　　我国居民的膳食结构、身体素质、营养素消化吸收机制、膳食结构明显的二元化特征以及我国小麦品种、品质、加工方式等与西方国家具有显著差异，所以面粉的营养强化必须避免盲目照搬西方模式，应基于我国国情设计具有普适性和针对性的配方。

　　根据我国公众的膳食情况和营养调查结果，以及面粉的组成性质，按照"针对

需要，营养上平衡，卫生上可靠，经济上合理，不影响原有风味，强化剂有合理的保存率"的营养强化原则，可将面粉中需要和适宜添加的营养素分为氨基酸类营养素、维生素类营养素、矿物质类营养素三大类。

营养强化面粉配方设计应考虑如下原则。

① 我国小麦品种、营养组分和制粉工艺特点。

② 面制品的加工方法。我国面粉加工方式多为蒸、煮、煎、炸，而国外多为烘焙，这些加工方式对强化面粉营养成分的影响是不同的，蒸制过程中损耗40%，而在油炸过程中损耗30%。

③ 我国城乡居民饮食习惯、经济条件及地域的不同造成营养素摄入量的较大差异，主要表现在城市、农村的巨大差异，所以应分别考虑。

④ 营养素之间的相互作用对吸收率的影响。

⑤ 面粉储藏期间营养素活性的损失与保护。

⑥ 营养素的添加对面粉及面制品的口感、加工特性，如黏性、弹性、韧性的影响。

⑦ 营养素的强化对面粉成本的影响。

由于我国地域广阔，地区及城乡差别比较大，存在着明显的二元化特征，即农村居民的膳食结构与城市居民的膳食结构有显著差异，如农村居民的谷物食物日摄入量比城市居民高80余克，而其动物性食品日摄入量（125g）仅为城市居民（248g）的一半，城市居民的肉、蛋、奶消费量明显高于农村居民，此外城市居民其他食物资源也比农村丰富得多。因此，我国营养强化面粉配方设计必须考虑城市与农村的膳食结构及营养水平的二元化特征，应分别设计。

5.2.3　有关强化食品的法律法规

目前我国食物强化的法律、法规主要有：

①《食品添加剂卫生管理办法》；

②《食品营养强化剂使用卫生标准实施细则》；

③《食品添加剂使用卫生标准 GB 2760—1996》及其历年增补；

④《食品营养强化剂使用卫生标准 GB 14880—1994》；

⑤《面粉厂卫生规范》；

⑥《食品通用企业卫生规范》；

⑦《特殊营养食品标签》；

⑧《食品广告管理办法》；

⑨ 卫生部、国家粮食局关于退耕还林（还草）补贴面粉强化工作的联合文件等。

5.3　面粉营养强化工艺技术

营养强化面粉作为改善公众营养健康水平的载体，要经过储存、加工熟化等过程，所以如何保证这些营养素的稳定性和提高营养素的吸收率、安全性至关重要。

5.3.1　营养素的筛选和优化

随着科学技术的进步，营养素的种类越来越多。在营养素筛选时应考虑营养素的安全性、含量、吸收率与生物效价的比值、稳定性、成本、对面粉加工性能的影响等因素，合理优化组合，提高其营养学效率。

（1）钙源的选择

钙源应具备钙含量高、溶解度好及在胃液中释放率高、吸收率好、无副作用、服用方便、口感好等特点。常见的钙源有碳酸钙、氧化钙、葡萄糖酸钙、柠檬酸钙、乳酸钙、羟基磷酸钙以及各种氨基酸钙等。其中碳酸钙的含钙量最高为 40%，其次为柠檬酸钙 21%、乳酸钙 13% 和葡萄糖酸钙 9%。碳酸钙属于无机钙，需要胃酸溶解才能被吸收，对于胃酸缺乏的人不宜选用。葡萄糖酸钙和柠檬酸钙属于有机钙，可空腹吃，但葡萄糖酸钙含钙量较低，柠檬酸钙则是目前吸收率较高的。所以综合考虑可选择柠檬酸钙为营养强化面粉的钙源。

（2）铁源的选择

铁强化剂包括：无机铁，如硫酸亚铁、碳酸亚铁、氯化亚铁等；小分子有机酸铁盐，如乳酸亚铁、葡萄糖酸亚铁、琥珀酸亚铁、富马酸亚铁、柠檬酸亚铁、醋酸亚铁、乙二胺四乙酸铁钠等。乙二胺四乙酸铁钠为淡土黄色结晶粉末，性质稳定，可耐高温，不易被氧化，贮藏不变质，无金属铁腥味，口感好，易溶于水，在食品中应用引起的感官改变较小。其稳定的螯合物结构，无肠胃刺激，其在胃中结合紧密，进入十二指肠后，铁才被释放和吸收。在吸收过程中，EDTA 还可与有害元素结合迅速排泄而起到解毒剂的作用，还能避免植酸等对铁吸收的阻碍，其铁的吸收率为硫酸亚铁的 2～3 倍。乙二胺四乙酸铁钠还具有促进膳食中其他铁源或内源性铁源吸收的作用，同时还可促进锌的吸收，而对钙的吸收无影响。综合考虑铁含量、吸收率、稳定性等因素，铁源选择乙二胺四乙酸铁钠。

（3）锌源的选择

列入使用卫生标准的锌营养强化剂有：氯化锌、硫酸锌、氧化锌、葡萄糖酸锌、乳酸锌、乙酸锌（醋酸锌）、柠檬酸锌和甘氨酸锌。由于乳酸锌具有苦涩味，葡萄糖酸锌含锌量低，所以一般选择柠檬酸锌或锌酵母作为锌营养强化剂。柠檬酸锌是母乳中锌的一种存在形式，这种锌剂无苦涩味，锌含量高（31%～34%）。

（4）氨基酸的选择

赖氨酸和苏氨酸是小麦蛋白质的第一限制性氨基酸和第二限制性氨基酸。面粉中添加 0.1% 的赖氨酸和 0.1% 的苏氨酸可使面粉蛋白质的营养效价增加 50%。赖氨酸是 8 种必需氨基酸之一，能增强胃液分泌和造血机能，使白细胞、血红蛋白和丙种球蛋白增加，有提高蛋白质利用率、保持代谢平衡、增强抗病能力、增加食欲等作用。所以将赖氨酸作为小麦粉的氨基酸营养强化剂，如考虑成本因素可选择大豆分离蛋白作为赖氨酸的天然强化剂。

（5）维生素的选择

根据营养与健康调查结果可知，我国居民膳食营养缺乏但又较为重要的维生素是维生素 B_1、维生素 B_2、叶酸、尼克酸、维生素 A。维生素的选择一般是其纯品或其盐（酯）。

5.3.2　营养素活性的保护与稳定技术

面粉营养强化剂中的营养素尤其是水溶性营养素如维生素 B_1、维生素 B_2、铁营养剂等，在储藏、加工中易受光、热、湿、氧气等的不利影响，在蒸煮过程中易随汤汁流失，因此如何保证这些微量营养素的稳定性是营养强化面粉成功的关键。

微胶囊技术作为现代工业高新技术，是利用一些天然或合成高分子成膜物质将固体、液体、气体等囊心物质包埋封存在一种具有聚合物壁壳的微型容器或包装物之类的半透性或密封性胶囊内，成为一种固体微粒产品，其微胶囊粒径大小在微米范围。微胶囊化技术可以使囊心与外界环境相隔离，免受氧气、温度、水分、紫外线等各种环境因素的影响，改善囊心的稳定性，同时具有缓慢释放的效果。因此利用微胶囊技术可以解决营养强化面粉营养素的活性保护问题。

维生素 B_1、维生素 B_2、烟酸、叶酸、铁、锌等都属于水溶性的营养素，分别有不同程度的热敏、光敏、氧敏、湿敏等性质，易变质失活，并且一般在肠道中吸收，所以选择水不溶性或肠溶性纤维素，如乙基纤维素和邻苯二甲酸醋酸纤维素酯作为微胶囊壁材。它们的化学稳定性好，耐冷、热、强碱，力学强度高，形成膜透明、有弹性、电绝缘性好，高低温均保持较高强度，韧性良好；而且在消化过程中，不溶于口胃，只溶于肠道，是优质的微胶囊壁材。这样可以避免营养素在胃中低 pH 值下失活或对胃的刺激。

5.3.3　面粉营养强化关键技术

面粉营养强化的载体是常规小麦粉，在营养强化面粉生产工艺中不涉及清麦及制粉工艺的调整，需要改进的主要是面粉后处理工序。营养强化面粉的最终质量主要取决于两大因素：营养素的物理化学性质（即营养素在面粉中的稳定性和损失情况；对面粉的营养品质和加工品质的影响情况）以及营养素的添加工艺（即混合工艺选择与设计、混合均匀度控制）。

5.3.3.1　营养素在面粉中的稳定性和损失情况分析

（1）储存及货架期营养素的稳定性

左曙辉等人通过试验发现：强化面粉中的营养素在保藏过程中基本稳定，除叶酸外的其他维生素和微量元素的含量基本稳定，只是叶酸含量下降明显，但在复合营养素中，叶酸已作了一倍以上的增补。所以强化面粉的质量可以在 6 个月的保存期中得到有效保障。

（2）烹调加工方式的影响

我国传统的烹调加工方式主要是蒸、煮、煎、炸等，左曙辉等人通过试验得到了如下结论：不同的烹调方式对营养素的影响不同。采用强化面粉加工制作的面包、饼干、方便面、油条、烙饼、馒头、切面等，数据显示方便面中各种营养素损失最小，而油条中损失最大；饼干和面包中两种加工方式的营养素损失基本相同，均相对较小；烙饼、馒头、切面的加工方式对维生素 B_1、维生素 B_2 和烟酸、尼克酸的影响较大；各种烹调方式对铁、锌、钙的影响均较小。

(3) 营养素活性的保护与稳定

面粉营养强化剂中的营养素尤其是水溶性营养素，如维生素 B_1、维生素 B_2 以及铁营养剂等，在储藏、加工中易受光、热、湿、氧气等的不利影响，在蒸煮过程中易随汤汁流失，对此可以借鉴现代食品加工中的微胶囊技术来解决营养强化面粉中营养素的活性保护问题。

(4) 营养素对面粉营养品质和加工品质的影响

营养强化剂的添加对小麦粉的质量指标有所影响，具体表现如下。

① 气味与色泽　对面粉及成品的气味无影响，但面粉的色泽变黄，个别营养强化面粉和面后，面团表面有黄点，但不明显。

② 加入营养强化剂使小麦粉的灰分和含砂有所升高，分析认为灰分含量的增高主要是由于添加钙所致。但水分、粗细度、湿面筋等无明显影响，小麦粉白度稍下降，湿样和烫样比不加营养强化剂时稍黄。

③ 营养强化剂对小麦粉面团的形成时间不产生影响，但对面团的其他特性有所影响，对高、中筋小麦粉而言，面团吸水率稍增加，稳定时间降低，弱化值变大，延伸性降低，抗拉阻力增加，低筋粉的稳定时间稍变大，不同的基粉其影响有差异。

④ 对小麦粉烘焙性能的影响随不同制品的加工工艺不同而变化。比如：馒头制品除色泽稍黄外对其他的加工特性基本无影响；面条制品在其成形过程中延展性和可操作性变差，但蒸煮出的制品光泽度好，色泽稍黄，口感无明显差别；面包制品在和面时无影响，但在操作成形时面筋弹性变弱，烘焙性能下降，包心色泽稍黄，烘焙制品的比容评分稍低；蛋糕制品其比容和膨胀性变好，内部色泽较黄，口感无明显变化。

⑤ 保质期：营养强化面粉放置 1～3 个月后，面粉及制成品色泽逐渐变白，对其他指标无影响。

事实上，普通面粉与营养强化面粉无论在色泽、口感，还是在手感上都很难区别，加工成各种食品后，在外观和口感上也无明显差异。

5.3.3.2　营养素添加工艺设计

(1) 利用配粉系统的面粉营养强化工艺

国内一些规模较大的面粉厂基本拥有配粉设备，该设备可以定量称取营养素并与一定量的面粉进行混合。它通过对微机系统的控制，设定配粉时各配粉仓面粉流量及进入混合搅拌机的面粉总重，当混合搅拌机中基础面粉达到设定量，系统则停止向混合搅拌机送料，然后定量称取微营养素（或微营养素预混料），与基础面粉进行混合，混匀后打包。具体工艺流程及设备布置如图 5-1 所示。

配粉系统强化工艺为间歇性的生产工艺过程。配粉系统混合强度大，比较适合预混料在面粉中均匀混合。相比总粉绞龙添加工艺而言，批量配粉系统强化工艺操

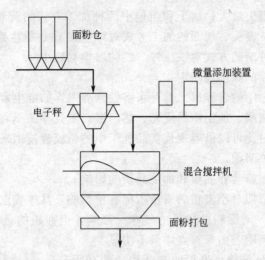

图 5-1　利用配粉系统的面粉营养强化工艺流程图

作简单，营养素预混料的添加容易控制，混合均匀度较高，但其投资成本较高，拥有该设备的面粉企业不多。

（2）利用总粉绞龙的面粉营养强化工艺

普通的面粉厂一般不具有配粉设备，但均拥有总粉绞龙，此时的添加工艺可以这样设置：营养强化剂→粉碎→过筛→预混合→微量添加器→混合绞龙→输送机→检查筛→面粉打包

安装的微量加料器，用于在面粉中添加营养强化剂，在总粉绞龙实现对面粉和添加剂的搅拌混合。在设备布置时，需在微量添加装置与总粉绞龙粉流量之间设置随动跟踪装置，即可以由总的电气控制程序启动系统（继电器或 PLC），或者由设置在电动机或总粉流之间独立的随动跟踪系统进行控制，从而实现总粉绞龙停机或虽未停机而粉流中断时，微量喂料器自动停机断流，避免当总粉绞龙停机或粉流中断时，喂料器仍在继续运转，粉流再次恢复时，营养素预混料会集中在少量面粉中，导致过量添加，可能给食用者造成损害。另外，总粉绞龙系统通常要求微量添加器添加位置设在总混绞龙的中点上，因为当添加位置靠前时，面粉不能充实绞龙，流量不稳定，造成预混料添加不均匀；而当添加位置靠后时，预混料与面粉混合行程较短，也易造成不能均匀混合。其具体工艺流程及设备布置参见图 5-2 所示。

总粉绞龙系统强化工艺对微营养素预混料的相对添加率及粒度有要求。微量添加器的加量范围通常为 $100\sim600\mathrm{mg/kg}$，即微营养素预混料相对面粉的最大添加率为万分之六，这就限制了宏量矿物营养素在面粉中的强化；另外，微营养素预混料的粒度，要求必须能全部通过检查筛。

从有关厂家的实际生产情况看，以上两种方式生产的营养强化面粉，其均匀度

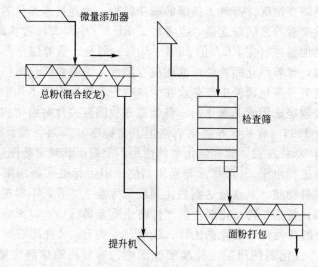

图 5-2　总粉绞龙添加流程图

基本能达到有关固体混合的要求。

（3）混合均匀度控制与检测

1）混合均匀度控制

评价面粉中营养强化剂与面粉混合的均匀性指标为混合均匀度变异系数 CV 值，一般要求 $CV \leqslant 7\%$。在采用后处理混合添加工艺时，据实验结果，每次混合时间控制在 10min 左右比较合适。

而对于总粉绞龙添加工艺，由于面粉加工生产线的产量一般都很大，通常为 200～1000t/d，导致混合机的混合周期比较短（约 5min 左右）。所以在添加痕量的营养强化剂时，仅仅依靠混合机很难达到理想的均匀度，这样营养强化面粉的质量就难以保证。因此要求在添加痕量营养强化剂时，必须先采用预混合工艺，即先用面粉对强化剂进行稀释，然后再通过混合机使预混料与大宗面粉进行混合。

2）混合均匀度检测方法

混合均匀度检测可用示踪物（甲基紫、同位素等）来计算混合均匀度。批量添加方式的检测是按照每一批次在不同部位分别采集 10 个样品，至少检测其中一种元素的添加量（如铁含量），然后按照计算公式测算 10 个样品的变异系数（CV）（具体计算方法略）。

总粉绞龙混合均匀性的检测参照上述方法，即按照打包的每 1 吨小麦粉（40 包×25kg）采集 10 个样品，即每隔 3 包面粉采 1 个样，然后测算其变异系数（CV）。

5.3.4　营养强化面粉的安全性保障措施

相对而言，选用面粉作为营养强化载体具有很强的安全性。因为作为强化载体的食物都具有"响限性"，即人体自身食用量可预计控制；添加营养素种类的确定是根据我国营养调查情况并参考了各国的成功经验；营养素添加量的确定既考虑了我国居民不同种类营养素的缺乏量，也考虑了 RDA（中国人口营养素摄入推荐量）的要求，一般添加量控制在 RDA 的 25%～30%。但是，营养强化面粉生产涉及的因素众多。目前，营养强化面粉的标准还没有出台，给营养强化面粉的质量监控带来了难度，作为营养强化面粉生产企业在生产时应着重把握以下几个方面。

（1）严格按规定选用营养强化剂，自觉遵守我国有关食物强化的法律、法规

GB 14880—1994《食品营养强化剂使用卫生标准》所列谷类及其制品中使用的营养强化剂有 20 种左右，营养强化剂的使用不能超出其规定范围，必需使用的，要通过法定程序进行申报。《食品营养强化剂使用卫生标准实施细则》规定，食品原成分中含有某种物质，其含量达到强化剂最低标准 1/2 者，不得进行强化。添加微量元素强化剂，特别是钙强化剂，要严格防止重金属污染，以影响面粉的食用安全。自觉遵守我国有关食物强化的法律、法规，主要有：《食品添加剂卫生管理办法》、《食品营养强化剂使用卫生标准实施细则》、《食品添加剂使用卫生标准 GB 2760—1996》、《食品营养强化剂使用卫生标准 GB 14880—1994》、《面粉厂卫生规范》、《食品通用企业卫生规范》、《特殊营养食品标签》、《食品广告管理办法》等。

（2）应用 HACCP 体系保障营养强化面粉的质量安全

实施营养强化面粉生产的 HACCP 体系应遵循 HACCP 体系的 7 大基本原理，即按照 HACCP 计划的逻辑顺序，针对面粉加工工艺的每个工序，进行危害因素分析，然后判断出工艺中的所有关键控制点，根据判定的关键控制点依据简捷、有效、经济的原则确定关键限值和更严格的操作限值，编制出关键限值技术报告，随后对 HACCP 计划建立监控、验证和记录管理程序，当某一 CCP 值发生偏离关键限值时必须对其采取纠偏措施。表 5-5 给出的是与面粉强化工艺直接相关的 HACCP 计划与控制表，供有关厂家参考，与普通面粉生产工艺一致的 HACCP 计划在此不再描述。

表 5-5　面粉营养强化工艺的 HACCP 体系

加工工序	危害性	关键限值	控制过程	控制频率
营养强化剂添加	化学添加剂过量	添加剂使用满足 GB 2760—1996 的规定	严格按国家规定使用营养强化剂，制定添加剂控制程序和作业指导书	使用添加剂时
			向供应商索取法定检测报告	半年 1 次
			对供应商进行评价	每年 1 次
			产品送检	每年 2 次
基粉仓配粉仓	发霉、微生物污染	面粉不得出现发霉、结块现象	对滞留时间长的仓壁粉进行清扫	每季度 1 次
检查筛	虫害、异物等污染	面粉中不得发现虫害和异物	验粉筛检验	2 小时 1 次
			经常检查筛网，必要时更换	筛网破损时

食品营养强化工作，关系到广大群众的营养安全和健康，它对面粉加工企业的卫生状况有着非常严格的要求，HACCP 体系是"营养强化食品"标识的通行证。实施 HACCP 体系可增强面粉企业发展的动力，确保其生产的营养强化面粉安全可靠。

（3）成品包装注意事项

营养强化面粉不同于等级粉和专用粉，因此必须在外包装上有明显区别。包装袋上应标注出"营养强化面粉"字样及添加营养素的含量，有其他认证标志的也应同时标注。

中国是世界上最大的小麦生产国、消费国。我国的小麦产量占了世界小麦主产国总产量的 16%～18%，我国有小麦制粉企业近 4 万家，处理小麦能力在 100～200 吨以上的企业有五百余家。小麦粉是我国居民主要的食物来源，也是加工部分食品的基础原料，它具有其他粮食作物不可替代的优势。从试点情况看，添加到面粉中的营养素成本低，普通消费者也有能力购买，而且不需要改变消费者的饮食习惯和膳食结构。通过面粉营养强化，可以以较小的代价、较快的速度使广大居民受益，达到有效预防或消除营养不良的现象，从而获得最大的社会效益。因此，对小麦粉进行营养强化必将对公众营养改善工作产生积极的推动作用，也拓展了面粉加工企业的发展平台。

第 6 章

大米食用品质及改良

6.1 大米食用品质评价

在许多国家，大米是一种很受欢迎的主食食品，可提供很高百分比的每日热量摄入。同时大米作为中国绝大部分人的主食，除了为人体提供糖类、蛋白质、脂肪及膳食纤维等主要营养成分外，还为人体提供大量必需的微量元素，如铁、锰、铜、锌、硒和钙等。

人们日常生活中的"煮饭"主要是利用了淀粉糊化的机理，当大米加水浸渍后，水分通过米粒表面细胞间隙渗透到内部，水分再通过细胞壁的渗透进入淀粉粒微晶束间隙中，拆散淀粉分子间的缔结状态，淀粉分子或其集聚体高度水化，失去原有的取向成为混乱的排列，致使体积膨胀，黏性增加。不同的大米具有不同的品质，主要是由于大米本身所含的化学成分和大米的物理特性的不同引起的。

6.1.1 大米食用品质概述

（1） 大米食用品质概念

大米的食用品质指大米在蒸煮和食用过程中所表现的各种理化及感官特性，如吸水性、溶解性、延伸性、糊化性、膨胀性以及热饭及冷饭的柔软性、弹性、色、香、味等。

蒸煮品质主要指米饭的分散性、完整性、干湿、香味、颜色和光泽等，决定食用品质的指标主要是淀粉的组成及直链淀粉含量、直链淀粉的溶解性、支链淀粉的链长、凝胶性、糊化温度等。

影响大米食用品质的化学成分主要有淀粉、蛋白质、水分、各种微量元素等，其中微量元素的含量与大米的营养价值和人类的健康有着密切的关系。

影响大米食用品质的物理特性主要有含碎率、新陈度、爆腰率，还有均匀度、精度、粒度、纯度等。

同时，一些环境因素，如水、土壤质量、农药等也对大米的质量产生了很大影响。

目前对大米食用品质的研究主要包括三个方面，一是研究大米直接蒸煮试验的标准和感官评定米饭品质的内容与定等方法；二是寻找间接指标和分析方法，以便用小量样品和简易快速的方法来预测米饭的适口性；三是研究大米在蒸煮过程中的物理化学变化，进一步了解大米煮熟性能的本质。

（2）大米食用品质评价指标

大米的食用品质主要从大米的直链淀粉含量、糊化温度、胶稠度、米粒延伸度、香味等几个方面来综合评定。前人已经开始利用大米理化指标（如直链淀粉含量、胶稠度、糊化温度等）对食用大米的食味品质进行间接评价（陈能等，1999）。评价大米食味品质特性的最好方法是人的感官品尝，即官能鉴定。然而，由于官能鉴定不仅需要耗费大量的人力、物力，而且难以对大量样品进行快速有效的食味鉴定。一方面，大米食味品质主要取决于大米的物理和化学特性，而后两者与食味品质有很大的关系。因此，一般采用客观的物理及化学特性指标来间接反映大米的食味品质。围绕着大米蒸煮食味品质特性与食味的关系以及蒸煮食味品质特性间的相互关系国外已进行了大量的研究。在我国，至今仍然主要以直链淀粉含量、蛋白质含量、胶度及碱消值等几项理化特性来反映蒸煮食味品质的优劣（金正勋等，2001）。

6.1.2　影响大米食用品质的因素

6.1.2.1　大米化学成分对大米食用品质的影响

（1）蛋白质与食用品质

大米蛋白是我国人民日常生活摄取蛋白质的一个重要来源。大米蛋白体主要由谷蛋白、球蛋白、清蛋白和醇溶性蛋白组成，米蛋白质是品质良好的植物蛋白质，其蛋白质组成及含量常作为营养品质衡量的主要指标。

大米蛋白质含量多少将直接影响做饭时米粒的吸水性。蛋白质含量越高，米粒结构越紧密，淀粉粒之间的空隙小，吸水速度越慢，吸水量越少，因此米饭蒸煮时间越长，淀粉不能充分糊化，米饭黏度低，较松散。从影响米饭食味的物理特性的角度来讲，蛋白质含量高、结构紧密的硬质粒在显微镜下可以发现其横断面呈放线状，蒸米切片周边仅部分组织崩坏，残留许多生淀粉粒，中心部则大部分以组织原状残留，因此米饭较硬。

（2）直链淀粉与食用品质

直链淀粉含量是评价大米品质的一个重要指标，与食味品质的好坏有着密切的关系。大米直链淀粉含量与米饭的黏性、光泽等食味官能鉴定值、淀粉糊化特性值关系密切（M. Ramesh, et. al, 1999）。

大米中含有90%的淀粉质量，而淀粉包括直链淀粉和支链淀粉两种，淀粉的比例不同直接影响大米的食用品质，直链淀粉黏性小，支链淀粉黏性大。当大米中直链淀粉含量低于2%时，这种大米呈糯性，蒸煮时米饭很黏；直链淀粉在12%～19%的大米，蒸煮时吸水率低，蒸煮的米饭柔软，黏性较大，涨性小，冷却后仍能维持柔软的质地，食味品质良好；直链淀粉含量在20%～24%的大米，蒸煮时吸水率高，体积膨胀较大，糊化温度高，米饭蓬松，较硬，冷却后变硬；直链淀粉含量在25%以上的大米，蒸煮时米饭蓬松，硬，黏性差，冷却米饭变得更硬。因此，从食用角度看，低直链淀粉大米涨性小，其米饭很黏，含水多而软，较易消化；中直链淀粉大米，其米饭有一定黏性、较蓬松而软。直链淀粉含量的高低与大米的蒸煮品质及食用品质呈负相关关系。从食品加工的角度看，如果大米直链淀粉含量超过 25%，制成米饭后易出现韧性差、易断条、蒸煮后易回生等问题。另据曾庆孝等研究报道，直链淀粉含量与米饭的硬性成正相关关系，与大米浸泡吸水率呈负相关关系；直链淀粉含量高的大米浸泡时吸水性较低，蒸煮的米饭口感较硬，保存期内较易回生，而选择直链淀粉含量稍低（<20%）的大米，则较易生产出较柔软爽口的方便米饭。一般大米的直链淀粉含量变异于 6%～34%，可分为极低（<9%）、低（9%～20%）、中（20%～25%）和高（>25%）。

（3）胶稠度与食用品质

胶稠度是指米粒凝胶在平板上的流淌长度，是评价稻米品质的一个指标。一般分 3 级：胶流长度 40mm 以下为硬，40～60mm 为中，60mm 以上为软。一般中或低直链淀粉含量的品种都是软胶稠度，直链淀粉含量高的胶稠度大，一般糯米大于粳米，粳米大于籼米。其差异主要存在于高直链淀粉含量之间，同时，高直链淀粉含量品种中，以软胶稠度大米食味较好。胶稠度与米饭硬度也有很大关系，胶稠度硬的食品，米饭也硬，这一趋势在高直链淀粉大米中特别明显。硬的米饭往往也不黏，因此胶稠度能够用来测定在米饭冷却过程中变硬的趋势。除了用来做米粉面以外，一般均喜欢选用软胶稠度的大米。在中等直链淀粉的大米品种中，胶稠度较软的其米饭也比较软，在低直链淀粉的大米品种中大多数的碱扩散值也较低，硬的胶稠度也和硬的米饭相联系。

（4）糊化温度与食用品质

糊化温度是指大米淀粉在加热的水中开始发生不可逆的膨胀，丧失其双折射性和结晶性的临界温度。糊化温度与蒸煮米饭所需的时间和温度密切相关。

不同大米品种的糊化温度通常在 50～80℃。大米的糊化温度也分为高、中、低三级，大于 75℃ 为高，介于 70～74℃ 为中，而小于 70℃ 为低，或以大米的碱扩值间接测定糊化温度。碱扩值的 6～7 级对应于高的糊化温度，高糊化温度的米虽不易消解，但碱消度小，对碱的低抗性强，米饭黏性小，食味差；4～5 级对应于中等糊化温度，中糊化温度的米做出的米饭黏度大，米的食味好；1～3 级对应于低的糊化温度，低糊化温度的米易消解，米饭黏度小、食味差。糊化温度直接影响煮饭时米的吸水率、膨胀容积和伸长程度。通常糊化温度高的多为黏性差的大米，而糊化温度低的多为黏性强的大米，即粳型米比籼型米的糊化温度低，而糯米的糊化温度则更低。糊化温度高的米比糊化温度低的米在蒸煮时需要添加更多的水分，且要延长蒸煮的时间，这对米粉、方便米饭等的生产是很重要的。

（5）磷脂与食用品质

磷脂是生物体内的一种重要的成分，在生理上有重要的作用，对人体有相当的营养价值，对某些疾病有一定的疗效。大米中脂类含量是影响米饭可口性的主要因素，而且油酸含量较高，米饭光泽越好。据国外文献报道：米饭香味与米粒所含不饱和脂肪酸有关。但是，油脂的水解和氧化所产生的酸败，是引起大米陈化和劣变的重要原因。

（6）水分与食用品质

大米籽粒中水分按其存在状态可分为游离水和结合水两种，一般测定大米粮食水分数值是游离水和结合水总和。游离水又称自由水，存在于粮食细胞间和毛细管中，其具有普通水性质，作为溶剂参与粮粒生化反应，在 0℃时能结冰。当大米水分达 14％左右，便会出现游离水，游离水在粮粒内很不稳定，受环境温度影响而自由解吸，通常大米等粮食水分增加或减少，实质上是游离水量变化。结合水又称胶体束缚水，主要存在于籽粒细胞内，与蛋白质等亲水胶体牢固结合在一起。这种水不具有普通水一般性质，在 0℃甚至到－20℃也不结冰，不能作为溶剂，也不参与籽粒内生化反应，性质较稳定。结合水含量大小取决于粮食籽粒内亲水胶体多少，含淀粉、蛋白质等亲水胶体多的谷类籽粒，其结合水含量就较高，大米结合水一般为 14％左右。

大米的含水量对米饭的黏度、硬度、食味有很大的影响。大米的吸水主要是通过淀粉细胞间隙而进入米粒内部，而米粒的腹部和背部的细胞间隙不同，腹部细胞间隙较大，是米粒吸水时水的主要渗透路线。当本身含水量低（＜14％）的米粒被浸渍时，腹部与背部产生水分差，两部分体积产生偏差的瞬间引起龟裂，即开花现象，造成米粒淀粉粒从龟裂处涌出，使米饭失去弹性，成为发黏的低质米饭。

（7）大米中所含的各种元素与食用品质

1）有益的微量元素

大米中含有很多种对人体有益的微量元素，这些微量元素不仅是人体某些组织的重要成分，还是酶系统的活化剂及辅助因子，而且能调节人体的生理机能，如铜、铁、锰、锌、硒、碘等。由于其对人类的生命与健康有正效应，如：铜、铁、锌等微量元素对人类的生命起着促进作用，能促进酶的催化功能，活化上千种酶，同时还参与激素的分泌和新陈代谢，所以应通过各种办法如人工合成、添加和化学改良等方法使大米中这些元素的含量增加，或者有针对性地增加某种有益元素，这对某些人群的健康很有意义。

2）重金属等有害元素

大米中也存在对人体有重大危害的元素，如砷、锑、镉、汞、铅等。砷及砷的化合物具有较高的生物毒性，长期接触砷会引起细胞和毛细血管中毒，甚至诱发恶性肿瘤，慢性砷中毒可出现皮肤病，白细胞减少，甚至引起心血管病。锑对人体代谢的生理作用也有一定的影响。汞属于重金属系列，有剧毒，汞中毒是因为汞离子与酶蛋白结合，抑制了各种酶的活性，使细胞的正常功能发生障碍，严重地破坏脑血管，侵入中枢神经。铅和镉都是公认的有害金属元素，并可在人体内累积，食物是人体每日摄入铅、镉的主要来源，特别是儿童、妊娠妇女最易受影响，少量铅摄入即可引起儿童血铅过高。铅及铅盐主要损害神经系统、造血器官和肾脏；而镉由于半衰期一般为 10～35 年，在人体内主要是肾脏累积作用，危害较大。

尽管这些元素含量很低，但由于这些元素的存在对人体的健康有很大危害，长期食用这些有害元素含量高的大米会使人的生命健康受到严重的危害，所以应正确地检测大米中这些元素的含量，并严格控制在一定的范围内，同时对大米中这些元素的产生原因作精确的调查，对稻谷种植地的水、土、空气、雨水、气候等作跟踪采样研究，避免这些元素通过大米对人的生命健康造成危害。

6.1.2.2 大米物理特性对大米食用品质的影响

(1) 含碎率

碎米由于水渗透的路线增多，渗透路线减短，因此其吸水速度比整米粒快。做饭过程中，其断面淀粉使米粒表面成浆糊状。因此碎米含量高的大米做成的米饭呈现出饭粒过烂，米饭咀嚼感差；碎米少的大米做成的饭，米粒吸水均匀，米饭的黏度、硬度相对较好，且外观质量好。

(2) 新陈度

大米新陈度对大米的食用品质影响很大。首先，大米经过一定时间的陈化后，淀粉微晶束结构加强，水分子拆散淀粉分子间的缔结状态就不容易，因此不易糊化；其次，在陈化过程中，蛋白质肽链的交联度增加，结合体增大，胶体体系由溶胶变成了凝胶，形成了坚固的网状结构，阻碍了水分的渗透，抑制了淀粉的膨胀，因此做成的米饭变硬，黏性下降；第三，大米在贮藏过程中，其所含的脂质在水、气、热、光等作用下引起氧化和水解，脂肪水解产生游离脂肪酸，脂肪酸氧化后主要产生油酸和亚油酸，进一步分解为过氧化氢、醛、酮等，这些物质有刺鼻的陈腐气味，因此做成的米饭气味差，失去了应有的稻米香味；第四，在陈化过程中，细胞内各组分吸水能力增强，含有蛋白质、果胶、纤维素等的细胞壁失水，再加上蛋白质本身结构缔结更为坚固，致使细胞壁硬化，水分难于渗透至细胞内部，淀粉难于糊化，即使糊化了，由于细胞壁的溶解性下降，胞壁不易破裂，抑制了淀粉的自由膨胀和可溶出物的溶出。

(3) 爆腰率

爆腰率高的米在做饭过程中，吸水速度快，细胞内部淀粉易溶出，并呈现在米粒表面，使饭粒成浆糊状，食用品质较差。

(4) 腹白

米粒的腹部有一不透明的白斑，其中心部位称"心白"，外腹部称"外白"，腹白小的米是以籽粒饱满的稻谷加工的，食用品质好；腹白大的米不够成熟或含水量过高，食用品质差。

(5) 其他物理特性

对大米食用品质有影响的还有粒度、整齐度、精度、纯度和色泽等。

粒度大、整齐度好的大米，在做饭时吸水均匀稳定，做成的米饭外观质量和食用品质均较好。

精度高，米粒表面含皮少，也就是说水分容易渗透，吸水均匀；而精度低，含皮多，渗水速度慢，吸水不均匀，淀粉膨胀不均匀，做成的米饭因含米皮较粗糙且带色，食用品质差。

大米的色泽和纯度也将影响米饭的食用品质。

6.1.2.3 环境影响因素

有很多环境因素如水分、光照以及土壤的质量对产出稻谷的质量有很大影响。水稻由于其生长环境的不同，中后期控水的变化和使用农药等情况都能引起稻谷的灌浆不足、不完善粒或病斑多，从而大大影响了成品大米的品质。

国内外专家研究表明，对于同一品种在不同环境条件下生产出的稻谷，其品质上存在着明显的差异，特别是温度和光照对稻米品质的影响相当大。一般灌浆结实期光照强、日夜温差大，有利于提高稻米品质；高低温，特别是结实期的高温对稻米品质不利，所以早稻一般难以形成较高档优质米。

与此同时，如果稻谷在收获阶段遇高温多雨未能及时脱粒干燥，米粒很容易被沤黄，加工的大米常带有黄粒米，严重时可使整批大米带有黄色。黄粒米产生的主要原因是大米中的营养成分发生了成色反应，一般认为是粮食中的氨基酸和糖类等物质发生反应而产生颜色，也称为非酶褐变。

6.1.2.4 其他影响因素

栽培技术特别是施肥法、灌水方式、收脱方法，对水稻品质的影响都很大。同时大米食用品质的好坏还与其自身品种的好坏密切相关，例如早稻米一般腹白较大，硬质粒较少，米质疏松，品质较差；而晚稻米则反之，品质较好。所以，大米品质的好坏不是单一原因所造成的，是以上种种因素共同影响的，同时还跟大米的后天加工与储存有很大关系。

6.2 稻米陈化对大米食用品质的影响

稻米是我国膳食中最主要的主食之一，随着时代的进步，人民生活水平的提高，广大消费者对大米的食用品质有了新的要求。新鲜的绿色大米越发受到人们的欢迎。然而稻米耐储性较差，在常温下储藏半年至 1 年、在高温下储藏 1～3 个月就会导致稻米的陈化。陈化稻米虽未发霉生虫，但其工艺品质、食用品质严重下降。要想保持好稻米品质，延缓稻米陈化速率，必须先了解稻米陈化的机理。近20 年来，国内外研究者加大了研究力度，并取得了新的进展。

稻米的陈化主要是由于稻米自身含有各种酶以及寄生在大米籽粒上的微生物分泌出的各种酶的作用，使稻米发生一系列的生理、生化、质地结构的变化。

6.2.1 稻米陈化过程中的生理变化

稻谷是个生命体，要保持稻谷的生活力，呼吸作用必不可少。然而对于储藏中的商（食）用稻谷，呼吸作用则是造成储粮不稳定的重要原因。因此，既要保持稻谷有良好的新鲜度，即保持其一定的生活力，又要使稻谷能安全储藏，就必须使稻谷的生理活动，即稻谷呼吸抑制在极微的水平，尽可能减少养分消耗，延缓稻谷陈化，保持良好的品质。稻谷籽粒的各部位，以胚部呼吸能力最强，其次是糊粉层，而胚乳细胞呼吸不明显，因此加工成大米后籽粒的呼吸作用基本停止。

稻谷的新鲜与否，其表现为发芽率，稻谷的陈化开始造成第二代植物体的胚芽的活性衰退、发芽率下降。陈化严重的稻谷，胚芽的活性丧失，发芽率也丧失。

食用大米的生理变化，主要是在各种酶的作用下进行的，稻米中酶活性减弱或丧失，其生理作用将会随之减弱或停止。比如新鲜稻米含有较高活性的过氧化氢酶和 α-淀粉酶，随着储藏时间的延长，这些酶的活性逐渐减弱直至完全丧失。α-淀粉酶对大米的食用品质有直接的影响。研究发现，陈米不如新米好吃的原因之一就是陈米的 α-淀粉酶失去了活性。

6.2.2 稻米陈化过程中质地结构的变化

稻米的陈化表现为粮粒组织硬化、柔性和韧性变弱、米质变脆、米粒起筋、淀粉细胞变硬、细胞膜增强、糊化及吸水率降低、持水力下降、米饭破碎、黏性较差、呈现"陈米臭"气味。

（1）大米陈化中胞壁的变化

胞壁是很薄的初生壁，由 50% 半纤维素和 α-纤维素长链分子组成，排列整齐。胞壁中间有微纤丝充填，并含有 5%～10% 脂类和 5% 蛋白质，还有中胶层、果胶酸，多酚类化合物与果胶质对胞壁及米的陈化起着重大作用。

里特（Little）证实，米质变化的原因不在淀粉而在胞壁的淀粉粒周围的蛋白质变化，组织化学研究表明，胚乳胞壁厚薄的分布与细胞内蛋白质含量及米饭粒破裂形式有关。坦克西（Takashi）等人研究，大米细胞壁弹性改变是由于与陈米游离酚酸增加有内在联系，这是由于结合态酚酸在陈化过程中，通过酶促与非酶促被游离出来，破坏新米胞壁原有的弹性和网络结构，使纤维素、半纤维素晶体排列紧密，阻止水分的进入，蒸煮时胞内淀粉难以糊化膨胀，胞壁不能破裂，但只能大量吸水而使细胞膨大，这可用以解释为什么陈米出饭率高的原因。

日本江蟠守卫等和我国甘智林等共同研究米的食味指数 TPI 的变化，如米粒的黏/硬值一般在 0.15～0.20 之间，发现陈米会逐渐变硬。这与陈米胚乳的胞壁变硬有关。

（2）稻米组织结构在陈化过程中的变化

江南大学钱海峰等运用组织切片的方法，借助电子显微镜观察，将大米陈化导致的组织变化直观表示了出来，结果为大米的胚乳腹部断面呈现出一种交叉的十字形，从中心到外部边缘的胚乳细胞大小基本一致。从断面的形状分析，大米胚乳中淀粉储藏细胞的形状不是光滑平坦的，而是呈现多面体的结构。但是陈化以后的大米胚乳的断面形状显粗糙，估计与淀粉储藏细胞结构变化有关。从超薄切片的结果来看，陈米与新米在结构上表现出较大差距。陈米是果皮至内胚乳的细胞结构比较模糊，或者说这部分细胞首先受到外部环境的影响。这也就是淀粉糊化过程中水分不能以最快速度进入米粒内部的原因。陈化过程中，米粒内部发生显著的变化。首先，新米保持了良好的胚乳细胞构造，淀粉粒以及胞间通道都比较完整，淀粉粒的排列是整齐有序的，淀粉储藏细胞的胞间通道也非常明显。而储藏 1 年的陈米则有部分淀粉颗粒变得模糊不清，估计是由于呼吸作用导致的。另一种现象是储藏 5 年的陈米胚乳内部整体变得模糊，淀粉储藏细胞的胞间通道已完全没有了原先的边界，说明是胚乳内部淀粉颗粒受到酶促作用的影响导致的，这就是陈米蒸煮后没有新米饭那样有滑润口感的主要原因。

6.2.3 稻米陈化过程中大米化学成分变化

稻米陈化过程中，一般认为脂类变化最快，淀粉次之，蛋白质变化较缓慢。

（1）脂类及脂肪酸的变化

稻米中脂类含量并不高，稻米在 2%～3%，精米在 1% 左右，但含量不高的脂类与稻米的陈化有着极大的相关性。

脂类在稻米籽粒中的分布是不均匀的，胚芽中含量最高，其次是种皮和糊粉层，而胚乳中含量极少，因此大米中的脂类含量则随碾米精度的提高而减少。

稻米中的脂类主要是亚油酸、油酸、软脂酸，另还含有少量的硬脂酸和亚麻酸，其中不饱和脂肪酸所占比例较大，这些不饱和脂肪酸在空气中的氧及稻米中相应的酶作用下，氧化较快。据分析，新鲜稻米中亚油酸占 50% 左右，而陈米中油酸含量较高，亚麻二烯酸和亚麻三烯酸含量较少。日本研究者发现稻米在储藏过程中，在光和热的影响下，脂类在解脂酶和脂肪氧化酶的作用下，脂类的双键被打开，成为游离脂肪酸，尤其在仓温较高（35℃）储藏的稻米，脂肪酸含量将以每日 4%～5% 的速度增加，在 10～20 天脂类可失去食用价值。因为游离脂肪酸对稻米陈化所起的作用，不仅能使蒸煮品质下降，而且因本身进一步氧化或水解，生成己醛和己酮等挥发性羰基化合物而使稻米出现"陈米臭"。近年来，我国张向民等人也研究发现，稻米在陈化过程中，其粗脂肪含量呈下降趋势。他们在试验中发现，在 38℃ 环境下储藏 6 个月，稻米的非淀粉脂中的游离脂肪酸变化较大，其中软脂酸和亚油酸相对减少，油酸含量相对增加，而淀粉脂中的脂肪酸变化较小，淀粉脂和非淀粉脂中的糖脂和磷脂含量下降，尤其是糖脂下降速度较快。赵素娟等也曾试验报道，安全水分的稻谷，在 35℃ 温度下储藏 3 个月，稻谷的脂肪酸含量明显增高，此时稻谷也开始陈化。

稻米中的真菌是导致稻米脂肪分解，脂肪酸值升高的又一个重要因素，这一点逐渐被人们所重视。稻米感染的真菌中，有一部分能分泌出解脂酶，如黄曲霉、黑曲霉、烟曲霉、灰绿青霉、类地青霉、毛霉和白曲霉以及细菌中的芽袍杆菌属菌、假单袍杆菌。微生物分解脂肪产生的初级产物——高级脂肪酸是比较稳定的化合物，这些化合物容易在稻米籽粒中积累而导致脂肪酸值（酸价）增高。据最近研究报道，粮食中的脂肪与粮粒中的霉变粒百分率之间有很好的相关性，在粮粒初期劣变，即开始陈化时，相关性 $\gamma = \pm 0.978$。这一研究进一步证实了几十年来人们常以游离脂肪酸含量及其增长速率来作为粮食开始陈化的指标的正确性。

（2）大米陈化过程的淀粉性质变化

江南大学食品学院钱海峰等人对大米在陈化过程中淀粉性质的变化进行了研究，并探讨了陈化导致大米直链淀粉和支链淀粉各自的化学组成的变化。研究结果显示，陈化使大米的支链淀粉在总淀粉的比例明显下降。

陈化过程中，支链淀粉有脱支的倾向，是导致陈米饭黏度下降的原因之一。陈米淀粉吸水率降低，说明陈米淀粉颗粒的致密程度要比新米淀粉的高，这正是影响陈米蒸煮时淀粉的糊化特性的主要因素。

据美国阿肯色州州立大学生物和农业工程系 J. Fan 等研究人员 1999 年报道，他们采用差示扫描热量仪研究了 2 个品种稻谷在储藏期间米粉糊化和陈化特性的变化，结果表明，稻谷品种、储藏温度、湿度和贮藏期均能影响米粉糊化和陈化的焓值和温度，在 38℃ 条件下储藏的稻谷与在 21℃ 下的稻谷相比，储藏时间对其糊化和陈化特性影响更大。且呈良好的线性关系。

近年来国外研究者又一次证实了稻米中感染的微生物是导致稻米在陈化过程中淀粉发生生化变化的重要因素之一。稻米籽粒带有的微生物中大多数有很强的淀粉分解能力，如：曲霉属、青霉属、根霉属和毛霉属等中的多种霉菌，因具有分泌淀粉酶的能力，能将淀粉分解。一些细菌，如梭状芽孢杆菌属、枯草芽孢杆菌等也能使淀粉分解。各种微生物分泌出淀粉酶的种类和能力不同，有的可直接把淀粉水解为葡萄糖或麦芽糖，有的只能将淀粉水解成糊精，再由其他酶进一步水解成麦芽糖和葡萄糖。稻米中的微生物分泌的蔗糖酶还可将稻米中的蔗糖（非还原糖）分解为葡萄糖和果糖，其他低聚糖也可在微生物分泌的相应酶类作用下分解为单糖。当稻米陈化过程中，稻米的还原糖有增加的趋势，而非还原糖则因被微生物分解而呈规律性的下降，因此在评价稻米陈化程度时，常以非还原糖作指标。

（3）大米陈化过程中蛋白质及巯基的变化

大米化学成分中，蛋白质约占 7%～8%，主要为谷蛋白，约占蛋白质总量的 85%～90%，其余为白蛋白、球蛋白、醇溶蛋白。大米蛋白水解产物含有 20 多种不同氨基酸，其中半胱氨酸、β-硫氨酸、α-氨基丙酸含有巯基成分，而巯基可以脱氢生成二硫键。大米陈化过程中 SH 基会减少。据郑州粮院卞科研究报道，在储藏期间，不论水分高低（14% 或 16%），储藏温度在 25℃、35℃、40℃，储藏 60～120 天，SH 基均减少。日本松本和森高真太郎报道，大米蛋白质储藏一年，巯基下降，二硫键增多，陈米较新米巯基含量减少，氧化成二硫键交联的数量明显增加。米饭陈化后风味变劣，巯基减少，可以认为 H_2S 是由蛋白质中的 SH 基团形成，新米做饭时挥发物中 H_2S 含量明显高于陈米。由此可见，巯基变化直接与米的品质有关。巯基高的米，蒸煮的米饭软而黏性大，陈化米蒸煮的米饭黏性小而硬。因此巯基被氧化所产生的双硫键多寡与大米流变学与食味有关。

米饭的气味由 100 多种化学成分所组成，而陈米气味主要是羰基化合物。日本人报道，大米香味的成分是硫化氢，其中发现检出挥发性硫化物以硫化氢最多，其余是甲硫醇、二甲硫、二甲基硫化物。新米与陈米相比，硫化氢和二甲基硫化物高出很多，这与前面提到的硫化氢前身是蛋白质和氨基酸，陈化米的巯基减少即是蛋白质和氨基酸的巯基被氧化成二硫交联键所致。新米或低温储藏的米硫化氢多，米新鲜，且有香味，30℃以上高温储藏时碳基化合物多，硫化氢少，有陈米臭味。

无锡轻工大学任顺成等人对大米储藏前后蛋白质及米的质构特性进行了研究，并对其相关性进行了分析，结果表明，大米经储藏后，蛋白质的碱提取率降低，巯基含量减少，二硫键含量增多，蒸煮米的黏度下降，硬度和吸水率增加，蛋白质荧光强度增强。蛋白质碱提取率、清蛋白和球蛋白比值、二硫键/巯基比值分别与大米质构特性呈极显著正相关、显著负相关和较好的负相关。

结果同时还表明，高温储藏加速了大米的陈化，低温储藏延缓了大米的陈化，其原因不仅与淀粉、脂类、细胞壁等相关，而且与蛋白质网状结构的形成也相关。

大米中蛋白质含量将直接影响米粒的吸水性。蛋白质含量高，米粒结构紧密、淀粉粒间的空隙度小，吸水速度慢、吸水量少，大米蒸煮时间长，淀粉不能充分糊化，米饭黏度低，较松散，所以蛋白质含量与米饭的黏稠度有良好的相关性。蛋白质含量的高低影响煮成米饭的色泽，高蛋白米饭比低蛋白米饭更加透明，但对冷米饭，蛋白质与光泽具有明显的负相关。

日本松奇昭夫等人研究了米饭中氨基酸与其食用品质的关系，表明谷氨酸和天冬氨酸与米饭食用品质呈正相关，粳米的食用品质好是由于游离氨基酸较少而谷氨酸和天冬氨酸相对多的缘故。

稻米中微生物大多具有不同程度的蛋白质分解能力，其中最强的是霉菌，如青霉属、曲霉属、毛霉属、根霉属和单端孢霉属。微生物分解利用蛋白质时，先分泌蛋白酶到细胞外，将蛋白质水解为短肽后再透入细胞，细胞内的肽酶进而将肽分解成氨基酸。因此在稻米陈化过程中，粮食的蛋白氮有所减少而非蛋白氮有所增加。

不同微生物在相应的酶系催化下，也可通过脱氨基作用和脱羧基作用进一步分解，生成多种代谢物，使稻米酸度增高，变色，甚至产生异味和带毒。

稻米陈化机理是十分复杂的，国内外研究者进行几十年的研究，已对稻米陈化机理基本了解。纵观以往几十年的研究，主要集中在大米特性、α-淀粉酶活性、直链淀粉与支链淀粉的比值以及米饭的质构等特性方面。虽说这些研究已部分探索出稻米陈化的机理，但还不能很好说明大米陈化过程中的所有变化。而近 20 年的国内外研究者在稻米陈化机理方面的研究又有了新的突破，这为我们寻求延缓稻米陈化，保持稻米新鲜度打下了良好的基础。

国际稻米研究所的 B. O. Juliano 博士认为，稻米的脂类氧化产生羰基化合物与蛋白质的协同作用，使蛋白质溶解度下降以及巯基氧化为二硫键和胞壁变化，是稻米陈化又一重要因子，日本研究者森高真太郎也认为，脂类、蛋白质、淀粉的共同作用是影响稻米质构特性的关键，稻米陈化与这 3 种化学成分协同作用密切相关。我国粮食储藏专家路茜玉也曾指出，大米粒是植物组织，并不是单纯的脂类、蛋白质和淀粉的混合物，因此研究大米的陈化不仅要研究这些成分的变化，更需要深入研究在陈化过程中各组分变化之间的协同关系。

6.3 大米食用品质改良技术

6.3.1 物理方法改良

（1）瞬间加热处理

将陈米与 70℃以上的热水和水蒸气浸渍数秒钟，使生成糠味和陈注味成分的酶失去活性，如果将米洗净，使之充分吸水，则可缩短加热处理时间。例如，将浸渍米与 80℃的热水接触 3s，则能抑制酶的活性，抑制产生糠味和陈米味。经过这种瞬间加热，只对米粒表面进行处理，而米粒内部温度稍有升高，因此米粒中的淀粉几乎没有糊化，可以作为米粉或糯米粉原料。米粒经处理后即使经洗涤、浸渍、吸水，淀粉和呈味物质的流失量也很少，不会影响米饭、年糕的风味和口感。瞬间急速加热处理后，立即用水洗净、浸渍，进一步除掉残存的米糠、着色物质、糠味等异味成分，同时使酶加热失活，并能除掉新产生的异味成分。经过这样处理的陈米，加工软罐头米饭时，可提高制品的品质。

（2）弱酸加热处理

将陈米放在 70℃以上呈弱酸性的热水或水蒸气（pH2～7）瞬间加热处理后，进一步进行水洗、浸渍、吸水、沥水处理，可除掉糠味和陈米味。通过弱酸处理，可使米粒变得有筋力，提高米饭白度，改善口感，明显提高米的品质。利用这种处理米为原料，可以加工出口品质良好的软罐头食品、方便米饭、糕、米粉等米制食品。利用此法处理陈米，还需注意以下几个问题。

① 将热水或水蒸气调整为中性或弱酸性时，可使用有机酸和有机酸盐，其中可含有少量的食盐和多磷酸盐。尽量使用含 Ca、Mg、Fe 等金属离子含量低的软水，因为这些离子能与米中的植酸钙镁类结合，影响淀粉 α 化，降低口味和色泽。

② 用含有有机酸的水调整热水或水蒸气，使用的有机酸有柠檬酸、酒石酸、醋酸等，添加有机酸，将热水或水蒸气用水的 pH 值调整为 2～7，添加酸还能防止淀粉质溶离，防止着色。

③ 如果热水或水蒸气的温度不到 70℃则不能防止产生糠味，可用 70～100℃的热水浸渍或洒水处理。如果温度高，则应缩短处理时间。用 70℃的温度处理效果好，但需要数秒时间，而用 80℃的温度处理只需要 3s，用 120℃的高压水蒸气处理 1～2s 即可，适合连续、大量处理。水蒸气的温度范围为 70～120℃，处理时间因温度不同而已，可根据热水或水蒸气温度适当变化。总之，通过加热处理可使

米粒均匀受热，而且不会浪费热量。

（3）高压静电场处理

将大米铺在静电场中，接通电源，调到所需电压，达到一定的处理时间后，切断电源，取出样品进行测定。

① 各种米在电场中都随着场强的变化，最短烹煮时间发生着相应的变化。在电场为 15kV/10cm 时，最短烹煮时间最长。有研究表明，经电场处理后的大米开始糊化温度呈上升趋势，因此，可能由于糊化温度的改变而导致了最短烹煮时间的改变。

② 在电场中，各种大米的吸水量都有一个升高和降低的过程，与最短烹煮时间相一致的是，吸水量分别在 15kV/10cm 达到最大，只是各种米吸水量的变化趋势各有不同，籼米最为显著。

③ 在电场强度为 15kV/10cm 时，出现一个固形物含量的峰值，而随着场强的增加，曲线呈下降趋势。

④ 经电场处理后，大米的胶稠度发生了改变。在 20kV/10cm 时出现峰值。

⑤ 通过电场作用后，直链淀粉的含量都略有增加，这不但可以增加米本身的营养价值，有利于人体的吸收，而且由于直链淀粉和支链淀粉的比例调整，使得大米制品的口感更好。

总的来说，通过高压静电场和负压电场对粳米、籼米、糯米的处理，都使粳米、籼米、糯米的烹煮品质发生了相应的变化，米的各项烹煮品质在 15kV/10cm 呈现最佳状态。因此，从改良米的品质而言，用 10～20kV/10cm 的场强来处理大米是比较适宜的。

（4）高压蒸煮处理

胚乳细胞作为淀粉的储藏细胞，在储藏过程中发生细胞壁中酚酸的游离，纤维丝产生局部结晶等现象，使蒸煮过程中淀粉粒不能溃散形成完全凝胶，致使胚乳细胞吸水量加大而失去弹性，也是影响到米饭质构的因素，采用物理高压蒸煮和纤维素酶或半纤维素酶来作用细胞壁，破坏 α-纤维丝的局部结晶区或部分降解胞壁，促使淀粉的糊化及其他可溶物析出。陈米、低品质米加压到 1000atm（1atm＝101325Pa），经过 10min 处理后，促进其淀粉吸水，达到改良黏弹性的目的。在压强小于 200MPa 和纤维酶等作用下，可增强普通大米的柔软性。

6.3.2　改良剂改良

目前食用品质改良剂主要有：酶类、不挥发性酸类和葡萄糖酸内酯、表面活性剂类、多糖类、金属盐类等。

（1）酶类

大米食用品质改良用酶类主要有蛋白质分解酶和肽键内断酶、纤维酶和木聚糖酶。

① 蛋白质分解酶和肽键内断酶。这两种酶都能与米粒的细胞壁及淀粉粒子间

的蛋白质颗粒产生化学作用，水解蛋白质，因此阻碍米粒水分吸收的蛋白质变弱，淀粉的糊化程度提高，做成的米饭黏性好，提高了米饭的口感；同时蛋白质分解酶还能分解大米中的异味物，能有效地去除大米中的陈米味。蛋白质分解酶的一般用量为 0.01%，肽键内断酶适宜用量为 $0.1\% \sim 1.0\%$。

② 纤维素酶和木聚糖酶。胚乳细胞壁由纤维素骨架部分与木聚糖的骨架部分构成，纤维素酶能使细胞壁中纤维素骨架部分分解，而木聚糖酶能使细胞壁中木聚糖的骨架部分分解，细胞壁被部分分解后，使水分容易进入米的细胞内部，使淀粉糊化，糯性增加，平衡度提高。在使用时只选其中一种、两种同时使用，会使细胞壁大部分被破坏，胚乳细胞的物理强度会降低，糯性、咀嚼感反而变差。适宜用量纤维素酶为 $0.01\% \sim 1.0\%$；木聚糖酶为 $0.01\% \sim 1.0\%$。

（2）不挥发性酸类和葡萄糖酸内酯

酸浸透到米粒中后能软化米细胞壁，同时能切断淀粉分子，破坏一部分牢固的微胶粒，使水分充分进入淀粉细胞内微晶束结构中。使用的酸为无臭的不挥发性酸，最好是带羧基的有机酸，如苹果酸、柠檬酸、酒石酸、葡萄糖酸等，添加量为每千克米 $1 \sim 100 \text{mg}$；葡萄糖酸内酯是葡萄糖在分子内酯化后的产物，其本身还是酸，溶解于水中后部分解离成酸。当水溶液温度高时，解离度大，作为酸的特性大，当温度降低时作为酸的特性小，在温度较低时，部分返回酯。因此煮饭时葡萄糖酯内酯表现出酸的特性。葡萄糖酸内酯能提高淀粉的糊化率，煮出的米饭软硬适度，富有黏性。一般使用量为 1kg 大米添加 10mg。例如在 1L 水中加入 5g 乳酸和 5g 琥珀酸钠，溶解后制成添加液。煮饭时，取 450g 低品质陈米，淘洗后，加入 550g 水和 2.5mL 添加液，浸 15min 后在电饭锅中煮熟。得到的米饭在外观和口感上均好于对照米饭。

（3）表面活性剂

一般使用卵磷酯与蔗糖酯等可食用表面活性剂，并配合使用。磷酯是两性表面活性剂，具有很强的亲油性倾向，而蔗糖酯是具有亲水性倾向的表面活性剂。在煮饭时，首选是磷脂作用于米粒的疏水性的表面，接着是蔗糖作用于米粒表面，提高其亲水性。在它们作用下，使水的表面张力变小，易浸透到米粒内部细小的细胞间隙中。卵磷脂与蔗糖酯的比例为 $1:1.6$，活性剂的添加量为米重量的 $0.0005\% \sim 0.003\%$ 范围内。

表面活性剂的制备可在 1 份卵磷脂中加入 1.6 份蔗糖脂肪酸酯，充分搅匀后加入 0.5 份粉末柠檬酸，得到高黏性液体。再加入 40 份乙醇（$70℃$）得到糊状物，然后加入适量可溶性糊精，得到白色粉状物，以 $60℃$ 干燥，粉碎，即得到米饭添加剂。

（4）多糖类

多糖类能粘附在米粒表面，因其保水性而吸水，防止水分蒸发，使米淀粉更易糊化，做成的米饭完全无散硬现象，米饭风味、口感良好，同时能抑制陈米味。使用的多糖一般分为两类，即凝胶性多糖和非凝胶性多糖。凝胶性多糖一般有菜豆胶、角叉藻胶、藻酸钠、琼脂、果胶等，非凝胶性多糖有环糊精、糊精、麦芽糖环糊精、变性淀粉等，一般两类配合使用，具有凝胶性的多糖含量应在 0.15% 以上，凝胶性多糖用量为精白米的 0.01%～1.0%，非凝胶性多糖能提高凝胶性多糖对米饭粒间的粘附性。例如在洗后的陈米中加入一定量水后，添加 0.5% 麦芽糖基环糊精，浸 15min 后蒸 15min，做成的米饭质地柔软，陈米味明显得到抑制。

（5）　金属盐类

使用的金属盐分为无机金属盐和有机金属盐，无机金属盐主要是钾、钠、钙、镁的硫酸盐、盐酸盐；有机金属盐主要是不挥发性有机酸的钠盐、钾盐、钙盐、镁盐。金属盐使用时一般需要有机酸、无机酸盐、有机酸盐配合使用，这样可明显提高米饭的外观特性和香味特性。使用量一般为 1kg 米中添加有机酸 1～100mg，有机金属盐 1～50mg，无机金属盐 0.03～1mg。

（6）　复合添加剂类

通过上述多种添加剂混合使用，充分发挥各类添加剂的协同作用，达到改良陈米品质的目的。经研究，可采用 43kgβ-环糊精、2.5kg 淀粉酶（1000 单位/g）和 2.5kg 水溶性明胶组成的复合添加剂能有效地消除陈米味，使米质变软，并富有弹性。添加量为米量的 0.2%。

（7）　天然添加剂类

1）天然增香剂

糯米香草是生长在我国西双版纳的一种野生香料草本植物，它不仅与当地一些香米品种（如闻香糯、大香糯等）有相同的特征香气，而且与栽培于江苏苏南地区的香稻名品—香粳 8618 具有相同的特征香气。通过研究米香叶香气成分分离提取工艺条件，制得米香叶的精油、浸膏和净油，以此作为天然大米增香剂的主香剂，辅以定香、稀释等添加剂，制成油型、乳化型和水剂型天然大米增香剂。目前已研制出与糯米香草和香粳 8618 的呈香物质完全相同的新型新效大米增香剂 RLG。使用时先将添加剂组分粉末用 4～8kg80℃ 以上热水充分溶解，待水温降至室温后再倒入主香剂组分粉末，充分搅拌均匀后使用，一般采用喷涂上光方式粘附到陈米上。配置大米增香剂的用水量和大米增香剂的添加量可根据大米增香的要求确定。

另外多功能陈米增香营养改良剂也已研制成功。该改良剂以米糠为原料，先加淀粉酶进行酶反应，然后再经蛋白酶分解处理，以得到的加水分解物为主成分，根据需要再添加增量剂而制成。添加本剂做出来的米饭，具有与新米做成的米饭同样清香的食味。基本原料与米同质的米糠，特别是精米米糠中含有一定的蛋白质，故本剂还有加强营养的效果。

2）天然坚果粉和种子粉

坚果粉和种子粉营养丰富，除脂肪和蛋白质含量高以外，还含有钾、磷、镁、钙、铁等矿物质以及维生素 B_2 等。添加坚果粉和种子粉，可赋米饭香味，改善口感。可使用的坚果粉有杏仁粉、腰果粉、花生粉、核桃粉，可使用的种子粉有芝麻粉、南瓜子粉、西瓜子粉、葵花子粉等。例如使用中，可取陈米 160g，水洗后加入 240g 水和 1.6g 白芝麻粉（环糊精 80%），浸 30min 后按常法煮饭，煮出的饭带有芝麻香味，无陈米味。

第 7 章

面粉品质及改良

7.1 概述

目前，我国许多面粉厂技术水平已经接近或达到世界先进水平，但由于东方在饮食文化方面的发展远超过西方，中国人对食品的挑剔程度，特别是对面粉加工的要求远高于欧洲。同时我国的面粉市场竞争越来越激烈，使得对面粉的要求也越来越高。

一般来讲小麦粉主要用于制作面制食品，一般是以小麦粉为基本原料，有时加油及糖等其他辅料，经过加水、和面、成形、醒发等，再经蒸、煎、炸、煮、烤等工序，制成具有固定形状及风味的食品，如馒头、面条、油条、包子、烧饼、面包、饼干、蛋糕、月饼等。

在上述的面制食品中，有的属于我国传统面食品，像烧饼、油条、包子等，这些食品过去被认为对面粉的专用特性要求不强，一般的通用面粉即可以达到要求；而有的面制食品如面包、饼干、糕点、面条、方便面等，则对面粉的品质特性具有很高的要求。随着主食食品生产工业化的发展，原来被认为对面粉的专用特性要求不强的食品，像馒头、面条、月饼、油条等，事实上也同样存在着其对面粉品质的要求问题。总之，花样繁多的面制食品对面粉的品质特性的要求是多种多样的。因此，对现代制粉企业而言专用小麦粉的开发生产是大势所趋。

我国食品工业"十五"发展规划中明确指出：小麦加工业积极发展食品专用粉，开发强力粉、中力粉、薄力粉等多品种面粉和传统食品专用粉，合理使用面粉添加剂；大力推广面粉食品主食工业化生产，使一日三餐主食消费的工业食品城镇居民占 50％以上，农村居民占 20％以上；加强小麦及其副产品的综合利用开发，积极开发谷朊粉、小麦胚芽、小麦麸皮制品等。规划为面粉加工企业的发展提出了具有前瞻性的指导意见。每一个面粉加工企业都在想方设法稳定和提高产品质量，以增强产品在市场上的竞争力，使企业利润最大化。因此，对于面粉品质改良技术的研究意义重大。

7.1.1 面粉分类及质量标准

目前，我国市售面粉种类品种繁多，绝大多数为通用面粉，除国标规定的特一粉、特二粉、标准粉、高筋粉、低筋粉等之外，其他如特精粉、富强粉、雪花粉等面粉品质指标多为企业自主制定，标准不一，这也是受市场需求差异以及面制品加工产业化程度不高等因素的影响。面粉企业应该在稳定通用面粉生产的基础上，逐步增加专用面粉的生产比例,因此,对专用面粉分类及品质指标的了解是十分必要的。专用粉根据其基本指标及用途可大致分为 4 类。

① 面包粉及高档方便面粉　该种粉对蛋白质含量及质量要求较高,要求面筋质筋力强,弹性好,面粉粉质曲线稳定时间长。

② 家庭用粉　该类粉主要适合于制作馒头、面条、饺子,要求蛋白质含量中等,稳定时间适中。这一类面粉是市场中的主导产品,占有绝大部分市场份额,应该是面粉加工企业重点研究的一类产品。

③ 饼干及糕点粉　该类粉要求蛋白质含量低,面筋质筋力弱,弹性差,塑性好。

④ 营养保健面粉　该类面粉主要添加一些营养剂使其成为功能性面粉。

目前我国有关面粉的国家标准有 3 个:GB 1355—1986,GB 8607—1988 及 GB 8608—1988,这些标准中仅仅对面粉的常规指标做出了规定,而对一些与面制食品质量关系较大的面筋质量、面团流变学特性等没有列入,对面粉的食用品质也没有提出要求。显然这种面粉质量标准是无法满足加工制作各种品种和品质优良食品要求的。1993 年原商业部颁布实行的"各种专用粉质量标准",可以作为专用面粉生产的参照依据,见表 7-1。

表 7-1　专用面粉行业标准

分类/等级		项目						
		水分/%	灰分(以干基计)/%	粗细度		湿面筋/%	粉质曲线稳定时间/min	降落数值/s
				CB36 号筛通过率	CB36 号留存率/%			
面包粉	精制级	≤14.5	≤0.60	全通	≤15.0	≥33	≥10	250~350
	普通级		≤0.75			≥30	≥7	
面条粉	精制级	≤14.5	≤0.55	全通	≤10.0	≥28	≥4	≥200
	普通级		≤0.70			≥26	≥3	
水饺粉	精制级	≤14.5	≤0.55	全通	≤10.0	28~32	≥3.5	≥200
	普通级		≤0.70					
馒头粉	精制级	≤14.5	≤0.55	全通 CB36 号筛		≥25~30	≥3.0	≥250
	普通级		≤0.70					
发酵饼干粉	精制级	≤14	≤0.55	全通	≤10.0	24~30	≤3.5	250~350
	普通级		≤0.70					
酥性饼干粉	精制级	≤14.5	≤0.55	全通	≤10.0	22~26	≤2.5	≥150
	普通级		≤0.70				≤3.5	
蛋糕粉	精制级	≤14	≤0.53	全通 CB42 号筛		≤22	≤1.5	≥250
	普通级		≤0.65			≤24	≤2.0	
糕点粉	精制级	≤14	≤0.53	全通	≤10.0	≤22	≤1.5	≥160
	普通级		≤0.70			≤24	≤2.0	

表 7-1 中所列 8 种专用面粉标准中，首次加入了粉质曲线稳定时间、降落数值的规定，当然，这些标准中有些指标，比如粉质曲线稳定时间，多数企业无法检测或者无法经常检测，所以，专用小麦粉行业标准只是一个推荐性的标准，企业可以根据自身条件、市场竞争中的地位和消费对象等因素再制定一个切合实际的内控标准，也可以采取更直接的方法来对专用粉进行品质检验，如馒头粉、水饺粉、面条粉等做一下蒸煮实验；面包粉、蛋糕粉等进行烘焙实验。我国历史悠久，地广人多，不同地区的饮食习惯和食品结构非常复杂，同一质量的专用粉，在某一地区受青睐，在另一地区不一定受欢迎；不同的习俗、评价标准，加工工艺不同，对面粉品质的要求也不同。

7.1.2　影响面粉品质的主要因素及控制措施

（1）小麦品质

面粉厂想要做到面粉品质的稳定，首先要把好小麦采购关，确保加工原粮产地、品种、来源的稳定性。原粮入库前要进行例行化验，校核原粮与样品的一致性，对化验结果、样品等建档备案。原粮进厂后要严格管理，分仓储存，定期检查，确保品质完好。同时根据全年通用粉、专用粉品种生产计划，对照样品品质检验数据，编制品种小麦的采购方案，然后根据市场的变化随时予以调整。在生产专用粉之前，应根据其生产的专用粉品种，对原粮进行搭配。原粮搭配应打破传统的根据颜色、软硬搭配方法，应主要根据需生产的专用品种所要求的蛋白质含量、面筋质强弱搭配原粮，使之基本符合所要求的指标。

（2）面粉加工工艺及操作

小麦的清理工艺效果直接影响面粉的含砂量及磁性金属物含量指标；小麦的润麦水分及时间决定着面粉水分的高低，对于面粉白度及出粉率也有一定影响。先进的制粉工艺以及高效运转的制粉设备是面粉质量稳定的前提，工艺设计、磨粉机技术参数以及高方筛筛路设计应符合原粮和产品要求，专用粉的生产要求粉路更加完善、灵活，需设置配粉系统，必要时进行面粉搭配。不论生产何种产品，设备的管理维护保养都是提高和稳定面粉质量的保证。另外，加强员工的素质教育，精心操作，完善质量控制体系，是保证面粉质量稳定提高的重要步骤。

（3）面粉品质改良剂

当前乃至今后相当长一段时间内我国还不能从根本上解决优质小麦问题，用国产小麦又难以生产出符合要求的各种专用粉和高质量的面制品，在这种情况下科学地、合理地使用国家标准允许的品质改良剂，来开发各种专用粉，改善面粉质量，既是一种不得不采取的必要补充手段和有效途径，也是一个科学的、务实的、正视现实的态度。

7.1.3　面粉品质改良的意义

面粉是面食品的基本原料，是生产面食品的基础，优质面粉能够形成面团的基本面筋网络结构，却不能形成良好的组织纹理结构。形象地说，优质面粉好比是建筑材料，用于房屋框架结构；而面粉品质改良则好比是对房屋进行装饰。面粉品质改良的特殊作用是通过小麦育种、配麦和配粉等措施无法达到的。所以，为了满足消费者对面粉品质的要求，必须对面粉进行品质改良。

影响面粉品质的因素很多，包括原料、生产工艺、水分、灰分、蛋白质含量、面筋数量和质量、粗细度、白度、损伤淀粉含量、酶活力及面食品生产配方、工艺等。它们之间相互影响、互为关联，共同控制食品的品质。

面粉品质改良是指对现有的、可以选择的原料小麦所生产出来的面粉的品质特性进行有效的调整、改进及完善。由于面粉品质改良作业的目的性不同，对面粉品质特性发生影响的机理不一样，其途径与方法也不完全一样。总体来看，面粉品质改良有两大途径，一是在不添加外来成分的前提下，通过一定的工艺与设备对面粉进行处理，以达到改良面粉品质的目的，像面粉的气流分级、面粉的热处理、面粉的陈化或后熟等，通常这条途径不会产生安全性问题，不受有关法律法规的限制；二是通过向面粉中添加适量的面粉品质改良剂，如各类添加剂、谷朊粉、淀粉、酶制剂等，此方法容易产生安全性问题，例如有些添加剂的使用量往往受到有关法律法规的限制，对其中有些添加剂的添加量有着严格的要求。

面粉品质改良是通过面粉品质改良剂来实现的。现在俗称的面粉品质改良剂是一个笼统的概念，实际上改良剂应该分为两类：一类是面粉厂使用，用来改良面粉品质的，叫面粉品质改良剂，如过氧化苯甲酸、氯气、营养强化剂等；另一类是面食品厂使用的，叫面团改良剂，如乳化剂、酶制剂等。现在人们把面食品厂使用的改良剂提前加到面粉里而统称面粉品质改良剂。面粉品质改良剂的特殊功效就在于能够提高面粉品质，使面筋网络结构更具有规律性，纹理清晰，组织均匀，气孔壁薄，透气性好，色泽洁白。

通过面粉品质改良能够有效提高面粉品质及面食品质量，所以对面粉品质进行改良是非常有意义的。面粉品质改良包括面粉感官品质改良、面团理化品质改良、面粉营养品质改良等。

7.1.4 面粉品质改良剂作用机理与分类

衡量面粉质量最主要的指标是面粉筋率大小，这主要由面筋蛋白数量和质量所决定，不同面制品对面粉筋率有不同要求。例如面包、面条需要高筋粉，馒头、花卷、饼干、饺子需要中筋粉，大多数糕点如蛋糕、月饼、桃酥等需要低筋粉，因此，根据不同食品品质要求可分成高筋面粉、中筋面粉和低筋面粉。

对面粉品质改良剂研究和应用已有近百年历史，目前，国内外已开发应用了许多品种的面粉品质改良剂，按其特性大致可分为以下几类。

（1）面粉增白剂

面粉白度取决于其含有的色素表皮及胡萝卜素，后者导致面粉逐渐变黄、变暗，当胡萝卜素被空气中氧氧化而褪色时，面粉就"熟化"变白；但这种成熟很慢，时间较长，也很不充分，不能满足市场需求。选择一种能使面粉快速"熟化"，且安全无毒，使用方便的氧化剂十分重要，其主要用于增强面粉白度，改善面粉色泽，提高面粉等级。增白剂重点用于工业化生产面包、糕点、饼干、馒头、饺子、包子、馄饨等高等级专用面粉。低等级面粉因含有丰富维生素，添加增白剂会破坏这些维生素，从而降低面粉营养价值；另外，低等级面粉中还含有较多麸皮，而增白剂对麸皮不起任何增白作用，因此在低等级面粉中是没有必要使用增白剂的。

已开发应用的增白剂有：过氧化苯甲酰（BPO）、活性大豆粉（脂肪氧合酶）、二氧化氯、氯气、二氧化氮、四氧化二氮、亚硝酰氯等。

（2）面粉增筋剂

增筋剂是最主要的面粉品质改良剂，主要用于提高面包、部分面条面粉的筋力。增筋剂对面粉强筋作用机理是将面筋蛋白质分子中"—SH"基氧化成"—S—S—"键，二硫键可使更多蛋白质分子结合成大分子海绵状网络结构骨架，从而增强面团弹性、韧性、持气性。目前已开发应用的增筋剂有以下几种。

1）氧化剂类

抗坏血酸（未被氧化成维生素 C）、偶氮甲酰胺（ADA）、过硫酸铵、二氧化氯、氯气、磷酸盐、过氧化钙。

2）乳化剂类

离子型乳化剂硬脂酰乳酸钠（SSL），硬脂酰乳酸钙（CSL）、双乙酰酒石酸单甘酯（Datem）等。SSL、CSL 为 W/O 型乳化剂，可与小麦中面筋蛋白结合，增强面筋弹性及稳定性，减少糊化，使面团膨松柔软，且耐揉不黏，缩短面团发酵时间，增大产品体积及防老化。这两种乳化剂是用量最大的乳化剂，其作用主要是强筋，同时具有保鲜等其他作用，可利用微胶囊技术将乳化剂制成粉末状，广泛应用于面粉中。

3）酶制剂类

葡萄糖氧化酶、戊聚糖酶（真菌木聚糖酶）、真菌淀粉酶、脂酶、真菌脂肪酶、半纤维素酶、混合酶（真菌 α-淀粉酶＋真菌木聚糖酶；真菌淀粉酶＋半纤维素酶）。

4）天然物质

野生沙蒿籽、活性大豆粉（脂肪氧合酶）、谷朊粉等。

（3）面粉降筋剂

降筋剂实质上是一种还原剂，其作用机理与氧化剂相反，它将面粉面筋蛋白质分子中的"—S—S—"键还原成"—SH"基，使面筋蛋白质由大分子结构断裂成小分子结构，从而降低面团弹性、韧性，起到降筋作用。降筋剂主要有还原剂和蛋白酶，用于降低或减弱面粉筋力。还原剂是通过将面筋蛋白质中二硫键还原为巯基；蛋白酶是通过切断面筋蛋白质肽链，二者都是使互相交联在一起的大分子面筋网络转变为小分子面筋，从而减弱面团筋力。降筋剂常用在生产饼干、蛋糕软麦粉中。目前，我国国产小麦品质以中筋和低筋为主，故不能盲目使用降筋剂，应以配麦或配粉作为主要技术措施来解决面粉筋力过强问题。已开发应用的降筋剂有：L-盐酸半胱氨酸、山梨酸、焦亚硫酸钠、亚硫酸氢钠、抗坏血酸（未被氧化维生素 C）、蛋白酶（木瓜蛋白酶、细菌蛋白酶、霉菌蛋白酶、胃蛋白酶、胰蛋白酶）等。

L-半胱氨酸具有还原性，它对面粉影响来自两个方面：其一是可激活面粉中木瓜蛋白酶的活性，木瓜蛋白酶可分解面筋蛋白质，从而软化面筋，这种对面筋蛋白质的改变不随面团静置时间延长而增加；其二是直接参与氧化还原反应，使—S—S—键还原为—SH 基，从而软化面筋。L-半胱氨酸能降低面团弹性，增加延伸性。

蛋白酶主要应用于韧性饼干和发酵饼干中，其通过水解蛋白质切断肽链将面筋蛋白质分子切断成较小分子，达到减弱面筋筋力，降低面团弹性和韧性，提高面团伸展性和延伸性，以利于饼干生产和加工；同时，改善饼干食用品质，口感酥松、入口即化、风味佳，不粘牙、不糊口。

（4）发酵促进剂

发酵促进剂是保证面团正常、连续发酵，或加快面团发酵速度的一类添加剂。

① 真菌 α-淀粉酶　主要用途是补充面包粉中 α-淀粉酶活性不足，提供面团发酵过程中酵母生长繁殖时所需的能量来源。淀粉酶能将面粉中的淀粉连续不断水解成小分子糊精和可溶性淀粉，再继续水解成麦芽糖、葡萄糖，提供给酵母作为生长繁殖的能量来源，保证面团正常、连续发酵，使面包体积和比容达到正常标准，内部质构和组织均匀细腻。

② 铵盐类　主要为氯化铵、硫酸铵、磷酸铵。它们提供酵母细胞合成所需的氮源，加快细胞合成，促进酵母生长繁殖。

③ 磷酸盐　主要指磷酸二氯钙等提供酵母生长繁殖所需钙源。

（5）膨松剂

面粉膨松剂可分为化学膨松剂和生物膨松剂两类。化学膨松剂又分为碱性膨松剂和酸性膨松剂，前者提供二氧化碳，后者提供反应时的 H^+。碱性膨松剂主要有碳酸盐和碳酸氢盐（碳酸氢钠、碳酸氢铵、碳酸钙）。酸性膨松剂主要有酒石酸氢钾、硫酸铝钾及各种酸性磷酸盐（如酸性焦磷酸钠、磷酸铝钠、磷酸钙、磷酸二钙等）。常用的生物膨松剂为酵母，酵母在发酵过程中，由于酶类作用，使糖类发酵生成乙醇及二氧化碳气体，从而使面团起发，体积增大，并具有弹性，同时产生醛、酮、酸等风味物质。

（6）营养强化剂

作为磨制面粉原料的小麦，原本各种维生素和矿物质并不缺乏，但由于大部分分布在皮层和胚芽中，这些维生素和矿物质在加工过程中大量被损失掉（实则都留在麸皮中）。为了恢复在加工过程中损失的维生素和矿物质，可将这些维生素和矿物质人为再添加入面粉中（有时为了一些特殊人群需要也添加这些群体所缺乏的维生素和矿物质），诸如维生素 B_1、B_2、铁、钙、小麦胚芽粉、烟酸及其他复合型添加剂等。

（7）增稠剂

主要增强面团的黏稠度，提高面团强度和面筋网络稳定性，并能提高面团持气和膨胀能力，增大产品的比容和体积。常用的增稠剂有：海藻酸钠、黄原胶、CMC、瓜尔豆胶等。

7.1.5 面粉品质改良剂发展趋势

（1）天然、安全、高效是面粉改良剂开发的主要方向

随着对环境及食品安全问题的日益重视，回归大自然，崇尚绿色消费，已成为一种潮流。因此十多年来，我国食品添加剂行业，提出大力开发"天然、营养、多功能性添加剂"的发展方针。国家发改委、国家经贸委和农业部联合发布的全国食品工业"十·五"发展规划中也指出，天然、营养、多功能且安全可靠是我国食品添加剂发展方向。

为了消费者健康及国家产业政策，面粉品质改良剂也应走食品添加剂天然、营养、多功能的发展道路。当然天然不一定是天然原料提取物，也包括虽是化学合成，但其化学结构与天然物相同物；还有些生物合成，进入体内能代谢转化成营养和能量，这些应视之为天然物。像面食品质改良剂中常用的乳化剂和酶制剂，很多乳化剂原料是由脂肪酸、食用有机酸和糖醇或甘油合成的；近年新开发的中短链脂肪酸酯乳化剂，尚具有降脂功能。而酶制剂本身就是一种蛋白质，这些添加剂人体能吸收代谢，不会积累，应是较安全的食品添加剂。

目前，国内外在总结百余年使用人工合成面粉改良剂的历史后，围绕着面粉增筋剂今后发展方向已形成共识，即限制、逐步减少人工合成制品的使用，通过立法程序达到禁止使用毒性较大、化学合成的面粉品质改良剂（如溴酸钾）；同时，积极研制、开发纯天然、安全无害面粉改良剂已成为历史必然的发展阶段，如使用乳化剂 SSL 和 CSL、谷朊粉、维生素 C、天然野生沙蒿籽，通过复合配制成能代替溴酸钾的新型面粉品质改良剂。

（2）生物改良剂开发

酶是一类具有高度专一性的生物催化能力蛋白质，一般从生物体内提取制成酶制剂。酶制剂在食品中应用广泛，在食品工业中属加工助剂类添加剂。生产酶制剂的原料有动物性、植物性和微生物性，随着科学技术发展，近代酶制剂主要来源多为微生物性。目前已知的酶制剂有近百种，常用的有 30 多种，如在烘焙工业中应用的麦芽和微生物 α-淀粉酶已有数十年历史。酶是一种纯天然的生物制品，是标准绿色食品源，在崇尚天然食品的今天，酶不仅在烘焙食品和其他面制食品加工中越来越起着重要作用；而且，近几年在面粉工业中的应用愈来愈引起人们重视，在专用粉生产和通用粉改造中，各种酶制剂发挥着不可忽视的作用。目前常见的酶制剂有如下几种。

1）葡萄糖氧化酶

葡萄糖氧化酶（GOD），系统名为 β-D-葡萄糖氧化还原酶，最先于 1928 年在黑曲霉和灰绿青霉中发现，在有氧参与条件下，葡萄糖氧化酶能催化葡萄糖氧化成

δ-D-葡萄糖酸内酯，产生过氧化氢，所生成的 H_2O_2 在过氧化氢酶作用下，分解成 H_2O 和［O］。葡萄糖氧化酶具有高度专一性，它只对葡萄糖分子 C1 上 β-羟基起作用，而对 C1 上的 α-羟基几乎不起作用。葡萄糖氧化酶用于面粉中，面筋蛋白中巯基（—SH）将会被氧化形成二硫键（—S—S—），从而增强面团的网络结构，使面团具有良好的弹性和耐机械搅拌性。H_2O_2 是面团中起作用的活性成分，研究表明，添加葡萄糖氧化酶的面粉和面团水溶性抽提物中—SH 基含量明显下降，这说明由 GOD 催化葡萄糖氧化所产生 H_2O_2 氧化了—SH 基，生成二硫键，从而强化了面团。

将葡萄糖氧化酶与硬脂酰乳酸钠（SSL），谷朊粉、维生素 C 等面粉改良剂复配，在面粉中使用，研究其对面团流变学特性影响，结果表明，葡萄糖氧化酶与其他面粉改良剂复配使用，可显著改善面粉的粉质特性和拉伸特性。GOD 作为面粉品质改良剂的组成成分，是生物工程技术在面粉品质改良方面的一大突破，并认为可代替溴酸钾对面粉品质进行改良。

2）淀粉酶

根据淀粉酶对构成淀粉糖苷键作用的不同，淀粉酶可分为 α-淀粉酶、β-淀粉酶和葡萄糖淀粉酶。其中 α-淀粉酶主要存在于小麦籽粒的胚乳部分，而 β-淀粉酶主要存在于小麦籽粒的皮层和糊粉层，因此精制粉中主要是 α-淀粉酶。α-淀粉酶用于补充面包粉中酶活力的不足，提供面团发酵过程中酵母生长繁殖时所需能量来源。它能将面粉中损伤淀粉连续不断地水解成小分子糊精和可溶性淀粉，再继续水解成麦芽糖、葡萄糖，从而保证面团正常连续发酵。淀粉酶来源较多，有细菌淀粉酶、真菌淀粉酶和谷物淀粉酶等。长期以来，馒头老化回生是限制我国主食品工业化发展的一大障碍，因此，在馒头专用粉生产中麦芽糖、α-淀粉酶有很好的应用前景。β-淀粉酶一般可配合 α-淀粉酶使用，它可快速减少 α-淀粉酶的水解产物（较大糊精），并保持面团的持水性。

3）脂肪氧合酶

面包芯色泽部分是由于面粉天然存在黄色素——类胡萝卜素（包括 β-胡罗卜素、叶黄素及黄酮类）所造成的。1kg 小麦面粉约含 3mg 类胡萝卜素，其中主要是叶黄素。过氧化苯甲酰是最普遍使用的面粉漂白剂，但它仅在某些国家（如加拿大、美国）允许使用，过氧化苯甲酰主要影响面粉中的亲脂色素。脂肪氧合酶是大多数欧洲国家允许使用的漂白酶制剂，其中两种类型氧化还原酶可对面粉中色素进行漂白：过氧化氢酶和过氧化物酶。过氧化氢酶将过氧化氢转变为水和氧气；过氧化物酶可催化一些芳香胺及酚类氧化（通过过氧化氢）。过氧化物酶有较好的漂白性，尤其是在亚油酸存在条件下，同时它还对面团有其他积极影响，如面包面团中蛋白质之间交联、改善稠度、面包芯结构及柔软性等。另外，在面粉中加入脂肪氧合酶后，该酶可催化分子氧对具有戊二烯 1,4 双键的油脂作用，生成的氢过氧化物具有氧化作用，可将巯基氧化为二硫键，从而使面筋筋力加强，同时还可消除面粉中蛋白酶激活因子—SH，防止面筋蛋白水解。

脂肪氧合酶主要缺点是它会对产品风味产生不良影响，酸败也限制了脂肪氧合酶在面包中使用。例如脂肪氧合酶作用于大豆粉时，其中脂类生成氢过氧化物，而它们易转变成引起食品风味恶化的碳基化合物。

4）木聚糖酶和戊聚糖酶

木聚糖酶和戊聚糖酶均能调整面团性能，增大面包体积，特别是在欧式面包中应用很广。传统面包工艺多采用戊聚糖酶，戊聚糖酶又称半纤维素酶，其对水不溶性戊聚糖作用主要是使其增溶，因面粉中水不溶性戊聚糖对面包品质有消极影响，它使面包体积减小，面包瓤质构变差，品质恶化。而水溶性戊聚糖则对面包品质起到积极作用，水溶性戊聚糖吸水性强，糖度高，可增强蛋白质的膜强度和弹性，在焙烤时降低 CO_2 分散速度，提高面团持气性；且使气体分布更均匀，气泡大小和稳定性都得到改善。戊聚糖酶对水不溶性戊聚糖的增溶作用，一定程度上减小了水不溶性戊聚糖的消极影响，提高了面包品质。随着生物技术发展，由基因变性微生物制得的木聚糖酶比传统戊聚糖酶更优越。木聚糖酶能提高面筋网络弹性，增强面团稳定性，改善加工性能，改进面包瓤质构，增大面包体积。但木聚糖酶和戊聚糖酶添加过量时，会使面粉中戊聚糖过度降解，从而破坏面粉中戊聚糖的水结合能力，使面团发黏。

5）蛋白酶

面粉根据蛋白质含量高低可分为高筋粉、中筋粉和低筋粉。蛋白酶可用来处理筋力过强面粉，蛋白酶作用与还原剂打断二硫键交联相似，但它们作用存在不同。二硫键还原是可逆的，而肽键断裂是不可逆的，一旦面筋链被蛋白酶水解，面粉便变为弱力粉。另一点不同是在反应速率与程度上，还原剂很快作用于面团，且每个分子仅作用一次；而蛋白酶作用则较缓慢，作为催化剂一直作用至变性。前者的面筋软化数量取决于所加还原剂量，而后者则取决于加入酶量及蛋白酶所作用时间。过量蛋白酶能使面团变黏，导致面包质量下降，这归因于决定面团强度主要因素的面筋蛋白水解。同时，蛋白酶也作用于蛋白质和多肽形成多肽和氨基酸，制作面包时添加蛋白酶会使面团中多肽和氨基酸含量增加，而氨基酸是形成香味中间产物，多肽则是潜在的滋味增强剂、氧化剂、甜味剂或苦味剂。蛋白酶种类不同，产生羰基化合物也不同，若蛋白酶不含产生异味的脂酶，适量添加有利于改善面包香气。

（3）功能性添加剂

我国已批准列入 GB 2760 国家使用卫生标准的几百种食品添加剂中，虽分类中并没有功能性添加剂这一类目，但确实有不少兼具生理活性功能性的食品添加剂，已分别列入保健食品和药物名单中。例如着色剂红曲（降血脂）、甜味剂甘草甜（改善肝功能）和木糖醇（糖尿病辅助治疗），均被列入 2002 年药物名单。根据不同人群需要，可在面食中添加相应功能性添加剂，制作以主食为载体的功能性食品，特别在北方面食消费地区使用较多。

（4）采用复配技术研制开发多功能面粉品质改良剂

根据协同增效原理和方便用户出发，当今面粉品质改良剂研制与开发技术均采用多种物料进行复合配制手段，共同混合使用，可起到协同增效效果。如将乳化剂、增筋剂、漂白剂、酶制剂、保鲜剂等经科学配置，物理混合，达到高质、均质状态，使其同时具备增筋、漂白、保鲜、促进发酵、改善质构等多种功能，并起到协同增效作用。以面包添加剂为例，酶制剂与乳化剂复合作用，如戊聚糖酶/乳化剂；酶制剂与酶制剂复合使用，如真菌木聚糖酶/淀粉酶，真菌脂肪酶/半纤维素酶，聚糖酶/半纤维素酶、真菌 α-淀粉酶，脂肪酶/细菌麦芽糖淀粉酶，葡萄糖氧化酶/脂肪酶；乳化剂与乳化剂复合使用，如卵磷脂/单二酸甘油酯，单硬脂酸甘油酯/双乙酰酒石酸单二酸甘油酯等。

多种成分复合使用的面包添加剂，如蚕豆粉、小麦芽、维生素 C、半纤维素酶、真菌 α-淀粉酶；葡萄糖氧化酶、硬脂酰乳酸钠（SSL）、维生素 C、谷朊粉等。

多种成分复合使用的饼干添加剂，如蚕豆粉、小麦芽、半纤维素酶、真菌。A-淀粉酶、蛋白酶等。

7.2 面粉品质改良技术

7.2.1 原料的掌握与搭配

对于专用粉生产而言，原料小麦的品质是关键的因素。优质的原粮，是生产专用粉的基础。综上所述，小麦和成品小麦粉品质的对应性是极其重要的。对生产专用粉，小麦中的蛋白质的供应量和质量决定了小麦粉的面筋蛋白质的数量和质量。由此可见，原粮小麦的品质，尤其是蛋白质的供应量和质量，是影响小麦粉品质优劣的关键，决定了小麦粉的用途。因此，生产专用粉首要的是优选原粮。制粉厂在确定生产专用粉的品种之前，必须对原粮进行严格的检验，包括体积质量、水分、千粒重、理论出粉率、硬度、灰分蛋白质含量和质量，然后选择适宜蛋白质含量和质量的小麦加工生产对应的专用小麦粉，做到专麦专用。如果一种小麦达不到专用小麦粉的品质要求时，可以采取小麦搭配的方法，以最终达到生产专用小麦粉的要求。

（1）选择进口专用小麦

由于我国过去更多地重视小麦产量的提高，而相对忽视其加工和食用品质的改良。所以，就我国现阶段小麦品种的质量而言，还无法满足生产高品质面包粉和糕点粉的要求，具体表现在硬麦和专用软麦上。我国所用的硬麦主要来自加拿大、美国、澳大利亚等国；软麦主要来自美国、澳大利亚和欧洲等国。进口小麦也同样存在品质不稳定和质量差的情况，所以应科学、实事求是地掌握每一批小麦的品质等级及加工特性、面团流变学特性、烘焙等食品制作特性。

（2）选择国内专用小麦

由于我国地域广阔、生态条件各异，农业以家庭联产承包为基础，土地经营规模小且分散，由于受各种自然、社会的历史条件的限制，导致我国商品小麦生产中存在优质麦比例小和优劣相掺两大难题，使严格按小麦面筋质供应量和质量分等级种植、收获、收购、储存、运输与加工诸环节中分类并使之专用化相当困难，小麦混种、混加工的增加了专用粉生产的难度。但这并不是说没有选择的余地。许多传统食品的专用粉，如面条粉、饺子粉、馒头粉、拉面粉等则完全可以采用国产小麦为主要原料。

我国各地小麦品质存在着差异，就蛋白供应量、制粉品质和烘焙品质这三方面而言，我国小麦品质分布的总趋势是由北向南逐渐变差。因此，可以从北方挑选面包以及馒头、面条用小麦品种，可以从南方挑选糕点、饼干用小麦品种。本着就地取材、因地制宜的原则，北方着重开发面包、馒头和面条用粉，南方着重开发糕点和饼干用粉，南北两地形成各具特色的专用小麦粉生产线。所以，面粉加工企业要重视原料小麦的质量测评，结合我国各种植区内小麦品质的分布特点，强化小麦品种的优选工作。而且优质小麦的选购，不应局限于国家标准，要以实际品质测评为主。以面包粉为例，原商业部颁布的我国八种专用小麦粉的质量标准中，规定面包粉的稳定时间不得低于 7min，此项指标对国产绝大多数小麦品种而言是无法达到的。大量的研究表明，稳定时间 4min 以上的国产小麦即具有制作面包的可能性，可作为优选的对象，一般稳定时间在 4～6min 的小麦往往具有良好的面包烘焙性能，全部采用这些国产小麦生产面包粉，通过适当的工艺调整或添加剂修饰，也能烘焙出品质优良的面包来。在国产小麦中，适于生产馒头和面条的小麦还是比较多的。许多面粉厂以国产小麦为主，少量搭配优质进口小麦，生产品质优良的馒头、饺子、面条等传统面制食品类专用粉，充分利用了国产和进口小麦资源，实现了经济效益和社会效益的双丰收。

（3）原料小麦的生产管理

由于我国小麦资源分布的特殊性和复杂性，决定了我国制粉企业在生产过程中要特别注重原料小麦的管理，因此要重点做好如下几项工作。

1）面粉品质改良，要强化原料品质意识

生产管理员要尽可能熟悉我国不同地区小麦的品质特性，结合开发工作经验，积累不同地区小麦适用性的信息，做到心中有数，并为原料采购人员提供方向性的指导。这项工作越细致、越深入，就越有利于优质适用原料的选择和采购。一般是先行购买部分样品进行化验测评，然后再决定其是否可以大批购入。

2）严把采购关

采购时，必须坚持原料的特色性和均一性相结合的原则，特色性原则就是小麦在面筋含量、质量等理化指标方面符合某种特定专用小麦粉的要求；均一性则是指一批小麦的质量均等，从一批小麦的不同部位取样化验，其结果应基本一致。为了保证原料采购的特色性与均一性，许多企业采取三级把关的管理体制，即化验、入库、生产环节都有权拒绝品质不符合要求的原料小麦。

3) 为原料小麦建立品质测评档案

原粮小麦购入后，在入库前必须进行化验测评，校核原粮与样品的不一致性，对化验测评结果应建档备案，有条件的还可以建立数据库，为配麦提供参考数据。

4) 建立健全并坚持实行储存、使用和出库的规范性

一般储存原粮时要严格分类存放，通常应遵循如下规范：品种不同的小麦互不混放，国别不同的小麦互不混放，色泽不同的小麦互不混放，角质率按 40% 以下、40%～60%、高于 60% 三类分别存放，面筋质按 25% 以下、26%～29%、高于 30% 三类分别存放，水分差异低于 1% 的和高于 1% 的小麦分别存放。

使用原料小麦不仅要依据产品质量标准及经过专用粉开发定型的小麦搭配方案，而且要兼顾各类原粮的库存情况，如使用数量、贮存时间，同时还有仓库的利用和周转周期，但不能影响产品的质量和稳定性。

原料小麦的出库管理是专用粉生产的开端，是配麦方案实施的第一步，在出库时也要不断地进行抽样化验测定，与原粮档案核对，以保证原料小麦的质量。

（4）面粉品质改良中小麦搭配的原则和要求

1) 小麦搭配的原则和要求

① 对于麦源合适的小麦　选择品质质量指标相近的小麦，构成搭配麦源。所谓品质质量指标的相近是指各种不同的小麦应该在麸皮厚度、胚乳硬度以及色泽等方面相近，这是小麦搭配的基础，不然即使品质指标测定工作以及搭配精确度再高，仍难以生产出符合质量要求的专用小麦粉。

② 对于麦源不太合适的小麦　根据小麦的色泽不同进行搭配。把红麦和白麦搭配，按一定比例入磨。

根据小麦的粒质，把硬质小麦和软质小麦搭配，按一定比例入磨。

根据小麦面筋质的数量和质量，面筋含量不同、品质不同的小麦搭配加工，保证面粉品质。

对于有缺陷的小麦，搭配量控制在 10%～20%，对于含杂多的小麦应单独处理，再与好小麦搭配加工，以防止杂质含量多的小麦影响好小麦。

对每批小麦进行随机抽样，实验制粉，并进行具体的各项品质指标的测定，掌握其具体数据。这些数据包括小麦体积质量、面粉的湿面筋含量、稳定时间、稳定率、评价值、延伸性、降落值等。小麦面粉的这些品质指标为小麦本身所特有的，基本不随工艺的变化而变化。

③ 根据客户提出的专用粉类型，确定成品面粉的质量指标　将成品质量指标与数据库中库存小麦的有关数据比较，找出数据相近的库存小麦，并通过计算或实验磨制粉，测定相关数据，初步确定配麦的大致方案和搭配比例。

④ 实验制粉　按初步确定的比例进行配麦，进行实验制粉，并将所得面粉进行全面品质指标测定，将测出指标与成品所要求的质量指标进行比较，如相同，即确定该配麦比例为实际生产操作的配麦比例；如差异，则调整搭配比例，继续实

验，考虑到搭配后小麦实验粉品质指标数据与成品面粉质量指标相符，最终确定配麦比例。

确定的配麦比例即是在实际生产中的搭配比例。我们将现代配麦方法与传统的配麦方法进行比较，就不难发现传统生产方法是什么原粮生产什么质量的成品面粉，面粉品质改良是根据成品的质量指标特别是品质指标来确定选用原料小麦以及搭配比例。

2）搭配方法

① 下粮坑搭配　用人工按小麦搭配比例在下粮坑下料，这种方法在中、小型厂使用较多，对专用粉生产则不适用。

② 立筒库或主麦仓搭配　在立筒库或毛麦仓贮存不同品质的小麦，按方案，利用仓底闸门的开启程度或通过配麦器混合搭配小麦，这种方法，在大型制粉厂使用较多。润麦前搭配是比较合理的方法，虽然这种方法有时会出现问题，如麦仓快空仓时，容积式配麦器中的麦流会不均匀，而且必须对小麦进行预清理。有的厂家是通过在麦仓下安装自动连控的自动秤以解决这一问题。

③ 润麦仓搭配　即在润麦仓下进行搭配的方法。将不同品质的小麦分别进行清理和水分调节，然后在润麦仓下搭配。因为将不同品质小麦分别处理，所以能使小麦调质工作更符合制粉工艺的要求。但润麦后搭配需要更大的仓容，还会因润麦时间的不同导致不同小麦的清理调度、协调工作发生困难。

7.2.2　小麦调质处理技术

小麦原粮的品质和水分差别很大，为了更好地提高小麦的物理、生化及制粉特性，必须在小麦入磨前进行适当的调质处理。小麦的调质处理是指通过物理以及化学的方法来改善小麦的加工品质和食用品质。实践证明，对小麦进行合适的调质处理能够保证小麦最佳的制粉状态，从而能达到降低电耗、提高小麦粉品质的目的。

（1）调质过程中小麦籽粒结构的变化

在调质过程中，皮层以纤维为主，吸水后韧性增加且脆性减弱，从而保证了研磨过程中麦皮的完整性，减少了小麦粉中的麸星含量，有利于提高小麦粉的精度，降低小麦粉灰分。胚乳主要由淀粉粒与蛋白质组成，二者的吸水膨胀系数是不同的。因此，小麦吸水后，蛋白质和淀粉粒之间会产生位移，使胚乳结构变得疏松，不但容易把胚乳研磨成一定的细度，而且大大降低磨粉间的电耗。另外，由于胚乳和皮层膨胀系数的不同，在它们之间也会产生微量的位移，从而使皮层和胚乳之间的结合力降低，这有利于皮层、胚乳的分离。

最近研究发现，随着水分含量的增加，淀粉的结晶度逐渐增加，最终会达到一个平衡值（约 45%）；当水分大于 19.4% 时，淀粉颗粒中的无定型区域处于橡胶态，其 X 射线衍射图形仅由微晶区域形成；再增大水分含量，会导致晶片层和剩余的无定型片层的同时分离。当然，它只是针对纯淀粉，而对小麦籽粒中淀粉的变化情况，有待于进一步研究。

（2）调质处理的方式

1）常温加水调质

常温加水调质就是在常温下进行加水调质，通常是一次加水；如果需要增加的水分较多，应进行二次加水调质，且每次加水后都应保证一定的润麦时间。

2）加热水调质

加热到一定温度进行的调质就是加热水调质。提高温度有利于促进水分的渗透和扩散，从而减少润麦时间。但是温度也不能太高，否则，小麦中的蛋白质和淀粉等成分会发生变性。研究表明，小麦的安全温度与小麦的水分含量负相关，水分为20％时，安全温度降为56℃，所以，在加热调质时，温度不宜超过56℃。

3）蒸气调质

蒸气调质就是用蒸气加热小麦的润麦方法，可采用热蒸气润麦绞龙进行着水润麦，也可直接向润麦仓通蒸气润麦，蒸气压力可以调节。Kathuria 等曾对蒸气润麦进行过研究，结果表明，蒸气调质可降低小麦粉的灰分含量；但是，由于蒸气调质温度较高，这会导致脂肪氧化酶的活性降低，进而使小麦粉中大量的类胡萝卜素不能被氧化，最终加深了小麦粉的色泽，尤其是面条的色泽。

4）轻微研磨润麦法

轻微研磨润麦法是 20 世纪 80 年代发展起来的一种方法，其基本工艺过程是：预着水（2％）→润麦 15min→第一道预研磨→着水到最终需要水分→润麦 15min→第二道预研磨→制粉。预研磨所用的设备是一种特制磨粉机，磨辊采用齿辊，两辊转速相同，一般转速采用 28r/min，轧距为 0.16cm。Finney 曾经对轻微研磨润麦法进行过研究，结果表明，此方法可将润麦时间缩短到 30min 左右，而且对制粉特性和小麦粉品质不会产生负面影响。

5）压裂润麦法

生产实践表明，经过打击产生裂纹的小麦，润麦时间较短。压裂润麦法就是基于此思想建立起来的。压裂润麦的基本工艺是：先采用速比 1：1 的光辊对小麦进行轻微的挤压，使其产生裂缝然后再进行润麦。此方法关键在于对光辊轧距的掌握，最好是先进行小批量的试验，确定最佳的轧距。Posner 曾对压裂润麦法进行过研究，结果发现，压裂润麦法可减少一半的润麦时间。并且，该法并未对制粉特性和小麦粉品质造成负面的影响。国内一些厂家也在使用该法润麦，但技术尚不成熟。

6）臭氧润麦

臭氧具有杀死细菌和微生物的作用，其杀菌效果比氯水还要强好几倍。臭氧润麦的基本工艺是：先使用臭氧发生装置产生臭氧，再通入水中得到一定浓度的臭氧水，然后进行着水润麦。有学者对臭氧润麦进行过研究，结果发现，用臭氧水润麦，不会改变小麦粉的理化特性和小麦的制粉特性，但可以显著地减少小麦中细菌微生物的含量。

7）振动着水润麦

振动着水润麦法既可用于一般制粉工艺，也可用于剥皮制粉工艺，用于剥皮制粉工艺需配备动态润麦仓。其基本过程是，小麦经着水机着水后立即进入预混器进行混合，然后谷水混合物进入端面积较小的垂直槽内，槽作高速振动；最后经物料输出分配装置送入润麦仓润麦。振动着水润麦不但一次加水量大，而且可大大缩短润麦时间。其机理是，在振动槽产生的加速度作用下，大水滴被破碎成小水滴并均匀分布在谷粒表面，振动产生的渗透压能加速水的渗透。

8）入磨前净麦仓调质

生产实践表明，皮层水分越高越有利于保持麸皮的完整性，因此一般希望入磨小麦的水分满足：皮层水分高于胚乳水分，胚乳水分高于原粮小麦水分。但在实际生产中，着水后的小麦要经过较长时间的润麦以及数道光麦清理工序，最终导致水分分布比例达不到要求。为使水分分布满足要求，最有效的办法就是在入磨前进行喷雾着水，着水量以 0.3% 为宜，仅仅是为了增加皮层的水分，并不希望水分渗透到籽粒内部。

（3）调质处理对小麦粉品质的影响

调质处理能降低小麦的硬度，从而降低小麦粉中损伤淀粉的含量。关于调质处理对小麦粉粉质拉伸特性的影响，有些专家认为影响不大，有些专家认为有一定的影响。采用一次润麦，提高目标水分或在相同目标水分下采用两次润麦，延长一次润麦时间，能改善小麦粉的拉伸指标（延伸性增加，接近最大、最大阻力较高、曲线面积最大）。蒸气调质时，由于温度较高，会降低脂肪氧化酶的活性，导致大量的类胡萝卜素不能被氧化，最终导致较深的小麦粉色泽；蒸气调质对面条的质地没有显著的影响，但烹饪时面条会容易断裂。由于蒸气调质的温度较高，很可能使蛋白质等发生变性，这也会对小麦粉品质产生一定的影响。

7.2.3　配粉技术

7.2.3.1　主要配粉技术说明

不同品质的小麦分别生产出的面粉进入不同品质的面粉散装仓，各散装仓的面粉品质有差别（如灰分、面筋质含量等），客户需要什么面粉，就搭配什么品质的面粉。但需在面粉入仓时配备较多的面粉散装仓。

实际上，先配麦、后制粉是一种折中的办法，但不可避免地存在这样或那样的问题。比如几种小麦搭配在一起加工，就不如将其各自分别加工能达到最好的效果。如果每种小麦按其自身的特点，调整操作、单独加工，就可以生产出出粉率最高、质量最好的面粉。所以，最好是不同的小麦分别单独加工，采取在配粉仓配粉的方法，来实现专用小麦粉的生产目标。

（1）粉流在线配粉法

所谓粉流在线配粉，是指在面粉的生产流程中，根据各出粉口面粉（称为粉流）的质量及品质差异情况，将质量、品质相近的面粉混配在一起，而得到一种或几种专用粉的配粉方法。利用粉流在线混配技术能有效解决国产小麦生产某些专用粉的不足。该技术是在制粉流程中，利用同一种小麦，其不同层次的蛋白质含量和性质的不同，实现有效地逐层剥刮制粉，利用制粉流程中各系统粉流之间的特性差异，在流程中根据专用粉的品质要求，将质量、品质相近的粉流拨入同一绞龙，混配成符合要求的专用面粉。

1) 粉流在线配粉的依据

前已述及，胚乳中蛋白质的含量及质量分布是不均匀的，面筋质的含量及其质量与其相对应。从胚乳中心单位向外围扩展，面筋质的含量越来越高，但质量越来越次。由于胚乳内面筋质分布呈现有规律的不均匀性，使粉流在线配粉成为可能。我们知道，整个研磨过程被分成皮、心、渣、尾等不同系统，每个系统的货料都是每粒小麦中各个不同单位的集合。而小麦的不同部位其结构和品质各异，因此，各系统货料质量存在差异，研磨所得面粉的品质理所当然各不相同。一般的规律如下。

灰分含量：渣磨粉低于心磨粉，心磨粉低于皮磨粉，前路粉低于后路粉。

面筋质含量：皮磨粉高于渣磨粉，渣磨粉高于心磨粉，后路粉高于前路粉。

面筋质量：用吹泡仪检测，皮磨粉延伸性好，弹性差；心磨粉延伸性差，弹性好；渣磨粉，延伸性、弹性较适中。重筛特性与皮磨相近。以渣磨粉为中心，搭配部分皮磨粉，增加延伸性，再搭配部分心磨粉增加弹性，可达到面包要求。

一般剥开麦粒所取得的小麦粉，来自麦粒的中心部位，蛋白质含量少，但质量较好。后经皮磨系统逐道研磨，所得小麦粉蛋白质含量增加，但其质量渐次变差。心磨系统的小麦粉趋势相似。灰分含量则与蛋白质的增加成正比关系，在皮磨系统中，灰分含量上升更为迅速。通过对各个粉流的品质进行化验，特别是通过对面团流变学特性和烘焙性能的实验就可清楚地发现有的粉流具有较高的吸水率、较好的形成时间和较长的稳定时间，呈现良好的延伸性，具有良好的烘焙性能；而有的粉流则吸水率低、稳定时间短、延伸性差或匹配不理想，导致烘焙效果很差。这样就需要根据生产专用粉的需求来优选粉流进行混配，以获得高质量的专用粉。因此，粉厂在小麦加工的过程中应适当调整加工工艺，尽量扩大制粉系统粉流的品质差异，并对各系统粉流的面团流变学特性予以测定，作为优选粉流、混配专用粉的依据。

2) 粉流在线配粉应注意的几个方面

① 粉路设置要完善，分级要精细，逐层剥刮、轻研细分是在线粉流配粉的保证。

② 在粉路设计中，对再制品的流向强调垂直流向的原则，尤其在前路皮磨系统的渣、心物料采用分流分进的流向，各道皮、心磨的送接物料基本对应，心磨筛出物逐道后移，这样避免了灰分接近但品质差异较大的渣、心物料混合研磨。获取的物料尽可能在不同心磨系统制粉，从而扩大心磨各系统各粉流品质特性的差异，

为粉流选择性混配成专用粉创造条件。

③ 提倡分磨分筛，尽量避免分磨混筛。不同磨辊研磨的物料，所得面粉的品质有所差异，若分磨混筛，势必减少了这种差异，对粉流在线配粉不利。因此，只要条件允许，就应该尽量采用分筛，以增加面粉流的个数及相互间的品质差异。

④ 吸风粉和刷麸粉要单独处理，不要回入系统中去，吸风粉和刷麸粉与其他粉流相比，在品质和精度上存在较大的差异，应分开单独处理。

由于吸风粉粒度极细，其中含有大量的蛋白质碎片，因此含量很高，可将此粉流并入高筋粉中去。刷麸粉是从接近皮层部位得到的面粉，其蛋白质含量高，但其面筋质量稍次。

⑤ 对各粉流要进行品质测定、烘焙或蒸煮实验，为粉流在线混配提供依据。

（2）利用配粉仓

优质的原料小麦是生产专用小麦粉的基础，配粉则是生产专用小麦粉的关键。配粉是将几种单一品种的小麦分别加工生产出的不同精度、不同品质的基础粉按照专用的品质，特别是面粉流变学特性的要求，经过适当比例的配合，制成各种专用小麦粉，并可添加各种改良剂、营养强化剂等。

配粉生产工艺与配麦生产工艺的一个显著判别在于专用小麦粉不是在制粉过程，而是各路小麦粉先按不同质量组成各种基础面粉，再经配粉形成各种专用小麦粉。

绝大部分专用小麦粉可通过以下方法配制获得：

在面筋质量基本相同的情况下，根据面筋含量配粉；

根据面团评价值配粉；

将降落数值换算成液化值配粉；

根据灰分值配粉。

1）配粉仓配粉的作用

配粉仓配粉是目前最完善、最先进、最合理的面粉品质改良工艺，配粉仓配粉具有以下几方面的优点。

① 实现了面粉多品种。将蛋白质含量及质量不同的小麦分别加工得到的"基础面粉"分别存放在不同的粉仓内，根据食品厂家的需要，可以制成多种类型的专用面粉。

② 便于采用最佳的工艺效果加工不同品种的小麦。不同的小麦品种有不同的制粉性能，如果混合加工，不能获得最佳的制粉效果；而采用配粉工艺，就能满足不同种小麦根据其自身的加工特点调整最佳的加工工艺效果的要求。

③ 实现三班连续生产、白天包装发放。这可以提高工作效率、节约劳动力并减轻了操作人员的劳动强度。高速多工位包装机只有在粉仓条件下才能保证其产量及不中断作业。据统计，三班生产的面粉厂仅在白天包装发放，可以节约劳动力50%。同时，工人不上夜班对健康有益。

④ 可以使出厂的成品面粉均质、稳定。食品工业对面粉质量的最重要要求即

均质、稳定，只有通过配粉仓才能得到保证。保证产品均衡的主要手段：一是多仓设置，二是面粉倒仓，使质量、色泽稍有差异的面粉通过大批量混合达到均质化。

⑤ 有利于劣质面粉的利用。开、停机时所产生的劣质面粉可以单独放入粉仓，便于以后逐步搭配出厂。

⑥ 可在配粉的同时，正确均匀地添加各种改良剂和营养剂。

⑦ 使三散技术成为现实。面粉散储、散装、散运，可以完全减少包装环节，节省了布袋或纸袋费用和袋装面粉搬运的劳动力。这一优点目前在发达国家已明显地显示出来，例如在美国，"三散"技术已在 80％ 以上的粉厂及食品工厂应用。我国由于各方面的原因尚未推广，但可以肯定的是它将成为增加经济效益和社会效益的重要途径。

2）配粉生产工艺

现代化配粉生产工艺主要由以下几大部分组成。

① 输送系统 输送系统将制粉车间生产的基础面粉向储存系统输送。基础面粉的输送主要靠正压输送管道相连接。当一个口的输送管道需进多个散存仓时，有两种分配器：一种是双向阀，瑞士布勒公司经常采用；另一种是多路阀，原英国西蒙公司经常采用，后者构造简单。

② 面粉的散储系统 完善的配粉系统设有较多的储存仓，由于储存来自粉间的基础面粉，所以要求仓容量较大。美国大多数粉厂的散粉存量达 3～6 天的车间生产量。为了节约建筑投资，国内的散粉存量一般在 2～3 天的车间生产量。

基础粉进入储存仓（配粉仓）之前，一般通过复筛、自动秤、磁筒和杀虫处理。通过这些处理计算出粉率，检查小麦粉粗细度，去除小麦粉中磁性金属，将混在小麦粉中无法筛分的虫卵击碎以保证小麦粉在一定时间内不生虫。基础粉在进仓前要取样化验，掌握散存仓内每种基础粉品质情况。

③ 配粉系统 它的主要作用是将基础面粉按配方比例在配粉仓下配粉及混合，其主要设备和功能与配合饮料厂相似。

根据专用粉的要求和已有基础粉的品质情况设计配粉的配方。

配粉工艺涉及的主要设备如下。

批量秤：每种粉的重量按配方指令而定，当达到规定重量时，绞龙停止喂料，同时卸出小麦粉使之进入批量混合机，容量为 1～3t，精度为 2kg。

微量组分添加器：添加器的形式很多，仅需添加单一组分，可采用绞龙式添加器。需同时添加多种组分时，一般采用管洞式计算添加器，即在小型批量秤（10～20kg）上有若干管状金属洞（最多 15 个），按配方指令先后进入小型批量秤称后，也进入批量混合机与各种基础粉混合配匀。在增加微量组分时，其应与基础粉的颗粒大小基本相仿时，方能进行良好的混合。

批量混合机：在一定时间内将来自批量秤的面粉连同微量元素添加系统的物料混合均匀。一般采用卧式双轴叶片混合机或双轴带混合机。每批混合时间 6min，检测批量混合机工作性能的主要指标是混合均匀度和放料后机内的残留量。

检查筛：这是进入打包系统或散装发放系统前的最后一道质量把关，主要防止杂物混入粉中。

④ 面粉的散装发放：有几个装有不同品种面粉的装车仓。仓内面粉的计量可以有两种方法：一是以发放秤预先称好存入仓中；另一种是在仓体下装有重量传感器，装到要求的重量为止。

散粉发放仓使用的卸料器与一般的卸料器不同，是通有压缩空气管道的"流态化出仓器"，当工作时可使装在仓内的粉处于"沸腾"状态，使仓内面粉迅速地装入散装车内。一般装 10～15t 粉仅用 2～3min，这样就大大缩短了装车时间。连接卸料器出口与散装车入口的柔性连接也用压缩空气操纵，并完全密闭不使粉尘逸出。

⑤ 计算机控制部分：上述面粉储存管理系统为完全自动化控制时，用一微机控制数据处理单元。计算机控制部分以人机之间的语言为基础，均通过键盘及屏幕来实现控制。控制信号通过一继电路接口传送至各种电子-机械设备。在特殊情况下也可手动操作。

7.2.3.2　操作要求

在制粉工艺上，设备是基本不变的，而原料品质、成品要求、气候条件则可能经常改变，因此，在操作上要求有适度的灵活性，以适应不同的情况。

在实际操作中，除熟练地掌握各设备的操作方法外，还应注意以下几点。

① 严格按操作规程操作，严防设备带病作业。

② 根据原料变化相应调整操作方法，当软质麦增多时，前路出粉多，出渣少，胚乳与皮层粘连强。剥刮较困难，此时应调整磨机，适当放松前路，控制取粉率，保证各系统流量平衡，后路则应加强研磨，以保证对麸皮的剥刮，筛网适当放稀，加强打麸。硬麦增多时，则与此相反。

③ 根据设备的自然磨损情况相应调整操作，操作时尽量做到各道设备流量均匀，物料流量不能忽大忽小，要均匀地分布于设备的整个工作面上，以充分发挥每道设备的作用。

④ 在粉路操作中，要严格控制前路的剥刮率和取粉率，使与规定指标相接近，保证粉路负荷的均衡。

⑤ 研磨与筛理应密切配合，尽量降低平筛筛上物的未筛净率，保证下道的研磨效果。

配粉对小麦粉理化品质的影响作用不大，符合加性效应模型，但搭配比例合适，也能使某些理化品质得到一定的改善；配粉能使面团品质得到显著的改善和提高，但评价值不如形成时间和稳定时间的改善程度大。一般优质粉搭配比例越大，混配粉的焙烤品质越好，但在优质粉所占比例较小时（30%左右），面包体积的改善程度最显著，因而 2 种互补性较强的小麦粉以合适的比例搭配，其加工品质的改善程度较为明显。

第8章
谷物制品营养强化及品质改良工艺中的质量控制

8.1 HACCP 质量管理体系概述

HACCP 是 "Hazard Analysis Critical Control Point" 的英文缩写，即危害分析和关键控制点。HACCP 体系被认为是控制食品安全和风味品质的最好、最有效的管理体系。

什么是 HACCP 体系？国家标准 GB/T 15091—1994《食品工业基本术语》对 HACCP 的定义为：生产（加工）安全食品的一种控制手段；对原料、关键生产工序及影响产品安全的人为因素进行分析，确定加工过程中的关键环节，建立、完善监控程序和监控标准，采取规范的纠正措施。国际标准 CAC/RCP-1《食品卫生通则(1997 修订 3 版)》对 HACCP 的定义为：鉴别、评价和控制对食品安全至关重要的危害的一种体系。

8.1.1 HACCP 的产生与国外发展概况

近 30 年来，HACCP 已经成为国际上共同认可和接受的食品安全保证体系，主要是对食品中微生物、化学和物理危害的安全进行控制。近年来政府及消费者对食品安全性的普遍关注和食品传染病的持续发生是 HACCP 体系得到广泛应用的动力。HACCP 发展大致分为两个阶段。

（1）创立阶段

HACCP 系统是 20 世纪 60 年代由美国 Pillsbury 公司 H. Bauman 博士等与宇航局和美国陆军 Natick 研究所共同开发的，主要用于航天食品中。1971 年在美国第一次国家食品保护会议上提出了 HACCP 原理，立即被食品药物管理局（FDA）接受，并决定在低酸罐头食品的 GMP 中采用。FDA 于 1974 年公布了将 HCCP 原理引入低酸罐头食品的 GMP。1985 年美国科学院（NAS）就食品法规中 HACCP 有效性发表了评价结果。随后由美国农业部食品安全检验署（FSIS）、美国陆军 Natick 研究所、食品药物管理局（FDA）、美国海洋渔业局（NMFS）四家政府机关及大学和民间机构的专家组成的美国食品微生物学基准咨询委员会（NACMCF）于 1992 年采纳了食品生产的 HACCP 七原则。1993 年 FAO/WHO 食品法典委员会批准了《HACCP 体系应用准则》，1997 年颁发了新版法典指南《HACCP 体系及其应用准则》，该指南已被广泛地接受并得到了国际上普遍的采纳，HACCP 概念已被认可为世界范围内生产安全食品准则。

（2）应用阶段

近年来 HACCP 体系已在世界各国得到了广泛的应用和发展。联合国粮农组织（FAO）和世界卫生组织（WHO）在 20 世纪 80 年代后期就大力推荐，至今不懈。1993 年 6 月食品法典委员会（FAO/WHO CAC）考虑修改《食品卫生的一般性原则》，把 HACCP 纳入该原则内。1994 北美和西南太平洋食品法典协调委员会强调了加快 HACCP 发展的必要性，将其作为食品法典在 GATT/WTO SPS 和 TBT（贸易技术壁垒）应用协议框架下取得成功的关键。FAO/WHO CAC 积极倡导各国食品工业界实施食品安全的 HACCP 体系。根据世界贸易组织（WTO）协议，FAO/WHO 食品法典委员会制定的法典规范或准则被视为衡量各国食品是否符合卫生、安全要求的尺度。另外有关食品卫生的欧共体理事会指令 93/43/EEC 要求食品工厂建立 HACCP 体系以确保食品安全的要求。在美国，FDA 在 1995 年 12 月颁布了强制性水产品 HACCP 法规，又宣布自 1997 年 12 月 18 日起所有对美出口的水产品企业都必须建立 HACCP 体系，否则其产品不得进入美国市场。FDA 鼓励并最终要求所有食品工厂都实行 HACCP 体系。另一方面，加拿大、澳大利亚、英国、日本等国也都在推广和采纳 HACCP 体系，并分别颁发了相应的法规，针对不同种类的食品分别提出了 HACCP 模式。

目前 HACCP 推广应用较好的国家有：加拿大、泰国、越南、印度、澳大利亚、新西兰、冰岛、丹麦、巴西等国，这些国家大部分是强制性推行采用 HAC-CP。开展 HACCP 体系的领域包括：饮用牛乳、奶油、发酵乳、乳酸菌饮料、奶酪、冰淇淋、生面条类、豆腐、鱼肉火腿、炸肉、蛋制品、沙拉类、脱水菜、调味品、蛋黄酱、盒饭、冻虾、罐头、牛肉食品、糕点类、清凉饮料、腊肠、机械分割肉、盐干肉、冻蔬菜、蜂蜜、高酸食品、肉禽类、水果汁、蔬菜汁、动物饲料等。

8.1.2　我国HACCP应用发展情况

中国食品和水产界较早关注和引进 HACCP 质量保证方法。1991 年农业部渔业局派遣专家参加了美国 FDA、NOAA、NFI 组织的 HACCP 研讨会，1993 年国家水产品质检中心在国内成功举办了首次水产品 HACCP 培训班，介绍了 HACCP 原则、水产品质量保证技术、水产品危害及监控措施等。1996 年农业部结合水产品出口贸易形势颁布了冻虾等五项水产品行业标准，并进行了宣讲贯彻，开始了较大规模的 HACCP 培训活动。目前国内约有 500 多家水产品出口企业获得商检 HACCP 认证。2002 年 12 月中国认证机构国家认可委员会正式启动对 HACCP 体系认证机构的认可试点工作，开始受理 HACCP 认可试点申请。

8.1.3　HACCP体系与常规质量控制模式的区别

（1）常规质量控制模式运行特点对于食品安全控制原有惯常做法的影响

监测生产设施运行与人员操作的情况，对成品进行抽样检验，包括理化、微生物、感官等指标。传统监控方式有以下不足。

①常用抽样规则本身存在误判风险，而且食品涉及单个易变质生物体，样本个体不均匀性十分突出，误判风险难以预料；

②按数理统计为基础的抽样检验控制模式，必须做大量成品检验，费用高，周期长；

③检验技术发展虽然很高，但可靠性仍是相对的；

④消费者希望无污染的自然状态的食品，检测结果符合标准规定的危害物质的限量不能消除对食品安全的疑虑。

（2）HACCP控制体系的特点

HACCP作为科学的预防性食品安全体系，具有以下特点。

①HACCP是预防性的食品安全保证体系，但它不是一个孤立的体系，必须建筑在良好操作规范（GMP）和卫生标准操作程序（SSOP）的基础上。

②每个HACCP计划都反映了某种食品加工方法的专一特性，其重点在于预防，设计上防止危害进入食品。

③HACCP不是零风险体系，但使食品生产最大限度趋近于"零缺陷"。可用于尽量减小食品安全危害的风险。

④恰如其分地将食品安全的责任首先归于食品生产商及食品销售商。

⑤HACCP强调加工过程，需要工厂与政府的交流沟通。政府检验员通过确定危害是否正确得到控制来验证工厂HACCP实施情况。

⑥克服传统食品安全控制方法（现场检查和成品测试）的缺陷，当政府将力量集中于HACCP计划制定和执行时，对食品安全的控制更加有效。

⑦HACCP可使政府检验员将精力集中到食品生产加工过程中最易发生安全危害的环节上。

⑧HACCP概念可推广延伸应用到食品质量的其他方面，控制各种食品缺陷。

⑨HACCP有助于改善企业与政府、消费者的关系，树立食品安全的信心。

上述诸多特点根本在于HACCP是使食品生产厂或供应商从以最终产品检验为主要基础的控制观念转变为建立从收获到消费，鉴别并控制潜在危害，保证食品安全的全面控制系统。

8.1.4　HACCP与GMP、SSOP、SRFFE、ISO 9000的关系

（1）HACCP、GMP、SSOP、SRFFE、ISO 9000的含义

HACCP：Hazard Analysis Critical Control Point，即危害分析和关键控制点；

SRFFE：Sanitary Registration for Factories of Food for Export，即出口食品加工贮藏厂库登记注册管理制度；

GMP：Good Manufacturing Practice，即良好操作规范；

SSOP：Sanitation Standard Operating Procedure，即卫生标准操作程序；

（2）HACCP与GMP、SSOP的关系

GMP 是政府强制性的食品生产、贮存卫生法规。

1994 年卫生部按照《食品卫生法》的规定，参照国际粮农组织/世界卫生组织（FAO/WHO）食品法典委员会《食品卫生通则》[CAC/RCP Rev. 2（1985）]，结合我国国情制定了《食品企业通用卫生规范》（GB 14881—1994），作为我国食品企业必须执行的国家标准发布。在此前后，卫生部先后制定了 19 个食品加工企业卫生规范并以国家标准形式发布：《罐头厂卫生规范》、《白酒厂卫生规范》、《啤酒厂卫生规范》、《酱油厂卫生规范》、《食醋厂卫生规范》、《食用植物油厂卫生规范》、《蜜饯厂卫生规范》、《糕点厂卫生规范》、《乳品厂卫生规范》、《肉类加工厂卫生规范》、《饮料厂卫生规范》、《葡萄酒厂卫生规范》、《果酒厂卫生规范》、《黄酒厂卫生规范》、《面粉厂卫生规范》、《饮用天然矿泉水厂卫生规范》、《巧克力厂卫生规范》、《膨化食品良好生产规范》、《保健食品良好生产规范》。

1994 年国家商检局发布了《出口食品厂、库卫生要求》，随后又陆续发布了九个专项卫生规范：《出口畜禽肉及其制品加工企业注册卫生规范》、《出口罐头加工企业注册卫生规范》、《出口水产品加工企业注册卫生规范》、《出口饮料加工企业注册卫生规范》、《出口茶叶加工企业注册卫生规范》、《出口糖类加工企业注册卫生规范》、《出口面糖制品加工企业注册卫生规范》、《出口肠衣加工企业注卫生规范》、《出口速冻方便食品加工企业注册卫生规范》。

2002 年国家认证认可监督管理委员会颁布了《出口食品生产企业卫生要求》，《出口食品厂、库卫生要求》同时废止。

上述强制性实施的卫生要求和规范构成了中国出口食品的 GMP。

GMP 构成了 SSOP 的立法基础，GMP 规定了食品生产的卫生要求，食品生产企业必须根据 GMP 要求制定并执行相关控制计划，这些计划构成了 HACCP 体系建立和执行的前提。计划包括：SSOP、人员培训计划、工厂维修保养计划、产品回收计划、产品的识别代码计划。

SSOP 具体列出了卫生控制的各项指标，包括食品加工过程及环境卫生和为达到 GMP 要求所采取的行动。HACCP 体系建筑在以 GMP 为基础的 SSOP 上，SSOP 可以减少 HACCP 计划中的关键控制点（CCP）数量。事实上危害是通过 SSOP 和 HACCP 共同予以控制的。

（3）HACCP 与 SRFFE、ISO 9000 的关系

SRFFE 分为国内登记注册和国外登记注册两种，出口食品厂库必须按照颁布的 GMP 规定，建立食品卫生和安全控制体系，在执行 SSOP 基础上实施 HACCP 并申请办理 SRFFE 手续。

虽然 HACCP 与 ISO 9000 都属于控制体系，但不能简单等同或取代，ISO 9000 有助于产品质量的稳定，但不能替代危害分析和 HACCP 计划。目前多数认证机构认为建立 HACCP-ISO 9000 体系比较科学合理，以达到确保食品的安全性和达到食品预定的品质要求。

8.1.5 实施HACCP的一般步骤

（1）成立 HACCP 小组

HACCP 计划在拟定时，需要事先搜集资料，了解分析国内外先进的控制办法。HACCP 小组应由具有不同专业知识的人员组成，必须熟悉企业产品的实际情况，有对不安全因此及其危害分析的知识和能力，能够提出防止危害的方法技术，并采取可行的实施监控措施。

（2）描述产品

对产品及其特性、规格与安全性进行全面描述，内容应包括产品具体成分，物理或化学特性、包装、安全信息、加工方法、贮存方法和食用方法等。

（3）确定产品用途及消费对象

实施 HACCP 计划的食品应确定其最终消费者，特别要关注特殊消费人群，如老人、儿童、妇女、体弱者或免疫系统有缺陷的人。食品的使用说明书要明示由何类人群消费、食用目的和如何食用等内容。

（4）编制工艺流程图

工艺流程图要包括从始至终整个 HACCP 计划的范围。流程图应包括环节操作步骤，不可含糊不清，在制作流程图和进行系统规划的时候，应有现场工作人员参加，为潜在污染的确定提出控制措施提供便利条件。

（5）现场验证工艺流程图

HACCP 小组成员在整个生产过程中以"边走边谈"的方式，对生产工艺流程图进行确认。如果有误，应加以修改调整。如改变操作控制条件、调整配方、改进设备等，应对偏离的地方加以纠正，以确保流程图的准确性、适用性和完整性。工艺流程图是危害分析的基础，不经过现场验证，难以确定其准确性和科学性。

（6）危害分析及确定控制措施

在 HACCP 方案中，HACCP 小组应识别生产安全卫生食品必须排除或要减少到可以接受水平的危害。危害分析是 HACCP 最重要的一环。按食品生产的流程图，HACCP 小组要列出各工艺步骤可能会发生的所有危害及其控制措施，包括有些可能发生的事，如突然停电而延迟加工，半成品临时储存等。危害包括生物性（微生物、昆虫及人为的）、化学性（农药、毒素、化学污染物、药物残留、合成添加剂等）和物理性（杂质、软硬度）的危害。在生产过程中，危害可能来自原辅料、加工工艺、设备、包装贮运、人为等方面。在危害中尤其是不能允许致病菌的存在与增殖及不可接受的毒素和化学物质的产生。因而危害分析强调要对危害的出现可能、分类、程度进行定性与定量评估。

对食品生产过程中每一个危害都要有对应的、有效的预防措施。这些措施和办法可以排除或减少危害出现，使其达到可接受水平。对于微生物引起的危害，一般是采用：原辅料、半成品的无害化生产，并加以清洗、消毒、冷藏、快速干制、气调等；加工过程采用调 pH 值与控制水分活度；实行热力、冻结、发酵；添加抑菌剂、防腐剂、抗氧化剂处理；防止人流物流交叉污染等；重视设备清洗及安全使用；强调操作人员的身体健康、个人卫生和安全生产意识；包装物要达到食品安全要求；贮运过程防止损坏和二次污染。对昆虫、寄生虫等可采用加热、冷冻、辐射、人工剔除、气体调节等。如是化学污染引起，应严格控制产品原辅料的卫生，防止重金属污染和农药残留，不添加人工合成色素与有害添加剂，防止贮藏过程有毒化学成分的产生。如是物理因素引起的伤害，可采用提供质量保证证书、原料严格检测、遮光、去杂、添加抗氧化剂等办法解决。

（7）确定关键控制点

尽量减少危害是实施 HACCP 的最终目标。可用一个关键控制点去控制多个危害，同样，一种危害也可能需几个关键点去控制，决定关键点是否可以控制主要看是防止、排除或减少到消费者能否接受的水平。CCP 的数量取决于产品工艺的复杂性和性质范围。HACCP 执行人员常采用判断树来认定 CCP，即对工艺流程图中确定的各控制点使用判断树按先后回答每一个问题，按次序进行审定。

（8）确定关键控制限值

关键控制限是一个区别能否接受的标准，即保证食品安全的允许限值。关键控制限决定了产品的安全与不安全、质量好与坏的区别。关键限值的确定，一般可参考有关法规、标准、文献、实验结果，如果一时找不到适合的限值，实际中应选用一个保守的参数值。在生产实践中，一般不用微生物指标作为关键限值，可考虑用温度、时间、流速、pH 值、水分含量、盐度、密度等参数。所有用于限值的数据、资料应存档，以作为 HACCP 计划的支持性文件。

（9）关键控制点的监控制度

建立临近程序，目的是跟踪加工操作，识别可能出现的偏差，提出加工控制的书面文件，以便应用监控结果进行加工调整和保持控制，从而确保所有 CCP 都在规定的条件下运行。监控有两种形式：现场监控和非现场监控。监控可以是连续的，也可以是非连续的，即在线监控和离线监控。最佳的方法是连续的，即在线监控。非连续监控是点控制，对样品及测定点应有代表性。监控内容应明确，监控制度应可行，监控人员应掌握监控所具有的知识和技能，正确使用好温、湿度计、自动温度控制仪、pH 计、水分活度计及其他生化测定设备。监控过程所获数据、资料应由专门人员进行评价。

（10）建立纠偏措施

纠偏措施是针对关键控制点控制限值所出现的偏差而采取的行动。纠偏行动要解决两类问题。一类是制定使工艺重新处于控制之中的措施；一类是拟定好 CCP 失控时期生产出的食品的处理办法。对每次所施行的这两类纠偏行为都要记入 HACCP 记录档案，并应明确产生的原因及责任所在。

（11）建立审核程序

审核的目的是确认制定的 HACCP 方案的准确性，通过审核得到的信息可以用来改进 HACCP 体系。通过审核可以了解所规定并实施的 HACGP 系统是否处于准确的工作状态中，能否做到确保食品安全。内容包括两个方面：验证所应用的 HACCP 操作程序是否还适合产品，对工艺危害的控制是否正常、充分和有效；验证所拟定的监控措施和纠偏措施是否仍然适用。

审核时要复查整个 HACCP 计划及其记录档案。验证方法与具体内容包括：要求原辅料、半成品供货方提供产品合格证证明；检测仪器标准，并对仪器表校正的记录进行审查；复查 HACCP 计划制定及其记录和有关文件；审查 HACCP 内容体系及工作日记与记录；复查偏差情况和产品处理情况；CCP 记录及其控制是否正常检查；对中间产品和最终产品的微生物检验；评价所制订的目标限值和容差，不合格产品淘汰记录；调查市场供应中与产品有关的意想不到的卫生和腐败问题；复查已知的、假想的消费者对产品的使用情况及反映记录。

（12）建立记录和文件管理系统

记录是采取措施的书面证据，没有记录等于什么都没有做。因此，认真及时和精确的记录及资料保存是不可缺少的。HACCP 程序应文件化，文件和记录的保存应合乎操作种类和规范。保存的文件有：说明 HACCP 系统的各种措施（手段）；用于危害分析采用的数据；与产品安全有关的所做出的决定；监控方法及记录；由操作者签名和审核者签名的监控记录；偏差与纠偏记录；审定报告及 HACCP 计划表；危害分析工作表；HACCP 执行小组会上报告及总结等。

各项记录在归档前要经严格审核，CCP 监控记录、限值偏差与纠正记录、验证记录、卫生管理记录等所有记录内容，要在规定的时间（一般在下、交班前）内及时由工厂管理代表审核，如通过审核，审核员要在记录上签字并写上当时时间。所有的 HACCP 记录归档后妥善保管，美国对海产品的规定是生产之日起至少要保存 1 年，冷冻与耐保藏产品要保存 2 年。

在完成整个 HACCP 计划后，要尽快以草案形式成文，并在 HACCP 小组成员中传阅修改，或寄给有关专家征求意见，吸纳对草案有益的修改意见并编入草案中，经 HACCP 小组成员一次审核修改后成为最终版本，供上报有关部门审批或在企业质量管理中应用。

8.2 HACCP 体系在大米加工中的应用

进入 21 世纪以来，人们由以往对食品短缺的担忧逐渐变化为如今对食品安全的恐慌。这一方面是随着经济的发展，农业生产有能力满足社会对食品及原料的需求，消费者对自身健康关注的加强，对食品安全的要求更高了；另一方面环境导致的食品原料污染问题，农业、畜牧业不规范用药导致的药物残留问题，加工、运输、储存、销售过程中由环境、设备、操作、包装、添加剂等环节导致的不安全因素，屡屡对人们的正常生活造成危害。危害分析与关键控制点（HACCP）系统是当今先进的食品安全管理体系，在保证食品质量安全的工作中充分显示出其优越性，其通过系统方法确认在食物生产过程中危害可能发生的地方，进行评估并加以控制和监测，以确保食品安全。

在大米加工企业实施 HACCP 质量管理体系主要涉及以下几个方面。

8.2.1 HACCP 质量管理体系在大米生产企业的实施步骤

（1）组建 HACCP 实施小组

首先要组织一个多学科专家小组，包括产品质量控制、生产管理、卫生管理、检验、产品研制、采购、仓储、设备维修等人员，一般 4~7 人。

（2）对产品进行全面的描述

包括产品所有关键特性（如品种、粒形、气味、色泽、水分含量、不完善粒、异色米、无机杂质、有机杂质、黄曲霉毒素、重金属含量、农残含量等）、食用方法、包装形式、保存期限、贮存和销售方法以及运输要求等。

（3）确定产品用途及消费对象

确定产品食用及消费人群。特别要关注特殊消费人群，如婴儿、老人、体弱者、免疫功能低下者等。

（4）描绘并确认加工工艺流程

加工工艺流程包括大米再加工的所有步骤，如原料和包装袋的采购储存、熏蒸、投料、清理、抛光、精选、色选、配米、包装、金属杂质检查、成品储存、运输等，还应有足够的技术数据作支撑。此加工工艺的原料为初加工白米。

将所描绘的加工工艺流程图与实际操作过程进行比较以确保其准确性和完整性，必要时可对流程图作适当调整。

8.2.2 HACCP 体系的七项基本原则

（1）危害分析

危害是指大米中可能对人体健康造成损害的化学、物理或生物污染以及导致污染发生的各种可能因素。化学污染包括农药和熏蒸剂的残留、重金属污染、添加剂及各种毒素等。物理污染物包括金属碎屑、砂石、各种杂质等。生物性污染包括各种致病性细菌、霉菌、虫害。

危害分析指通过对以往资料分析和现场观测、采样检测等方法，对生产过程中造成污染发生、发展的各种因素进行系统分析，确认所有加工步骤可能出现的危害性，并说明可用于控制危害点的措施。危害分析是 HACCP 系统的基本内容和关键步骤。

（2）关键控制点（CCP）的确定

关键控制点（CCP）是指对一个或多个危害因素实施控制措施的环节，这些环节可以是加工工艺中的一个点、一个步骤或程序，对这些点、步骤或程序加以控制，则可预防、消除或降低产品中的安全危害至可接受程度。CCP 的数量取决于产品或加工工艺的性质，通常分为两类，一类是能完全消除危害因素；另一类则是仅能减少而不能消除的危害因素。

两种类型的 CCP 都必须加以控制，如失去控制，则会导致不可接受的危害。CCP 的确定必须十分仔细并作记录。

（3）确定每个关键控制点的关键限值

关键限值是指为保证关键控制点受控，对每个关键控制点确定一个限值，以确保将每个关键控制点限制在安全值以内。这些关键限值通常是一些常用物理参数和可快速测定的化学参数。

（4）建立监控体系以监测每个关键控制点的控制情况

对每一个关键控制点进行分析后建立监控程序，以确保关键控制点在控制之中。应尽可能通过各种物理及化学方法对关键控制点进行连续的监控。若无法连续监控关键限值，应进行足够频率的观察以测定关键控制点的变化特征。也可设立比关键限值更严格的操作限值，由操作人员使用以降低偏离的风险，如超过操作限值就可及时调整加工工序，及早发现失控的趋势，避免采取纠偏行动。

（5）建立纠偏措施

当监控显示出现偏离关键限值时，要采取纠偏措施，以使万一发生偏差时能有适当的手段来恢复和纠正出现的问题，使关键控制点重新受控。纠偏措施应包括：确定并纠正引起偏离的原因；确定受偏离影响的产品及其处理方法（如进行隔离和保存并做安全评估、退回原料、重新加工、销毁产品等）；记录纠偏行动，包括产品确认（如产品处理、留置产品的数量）、偏离的描述、采取的纠偏行动（包括对受影响产品的最终处理）、采取纠偏措施人员的姓名、必要的评估结果。

如反复发生偏离，HACCP 小组应对纠偏措施进行评估，确定 HACCP 体系是否需要修改和改进，以降低再次发生偏离的危险。

（6）建立证明 HACCP 系统有效运行的验证程序

建立验证程序，通过验证、审查、检验（包括随机抽样检验），可证实HACCP体系的有效性。验证程序包括对关键控制点的验证和对 HACCP 体系的验证。HACCP 体系中不仅应包括验证的内容，也应规定验证的方法、频率和人员。

（7）建立 HACCP 文件和记录管理系统

建立有效的文件和记录管理系统，以证明体系的有效运行、产品安全及符合现行法律的要求。保存与上述原则及其应用有关的全部记录。保存的文件包括HACCP 体系的各种措施，用于危害分析的数据，监控方法及记录，由专人签名的监控记录，偏差及纠偏记录，HACCP 计划表，危害分析工作表，审核报告等。记录应保持到规定的时间，随时可供审核。

8.2.3 HACCP 在大米生产中的应用

（1）危害分析

1）原料采购

研究所用的原料主要是原粮。在原料采购过程中可能带来的物理性危害主要是金属碎屑、砂石、各种杂质等，可能带来的化学性危害主要是农药和熏蒸剂的残留、重金属污染、毒素，如六六六、滴滴涕、汞、铅、福、黄曲霉毒素等；可能带来的生物性危害主要是各种虫害及致病菌。

2）包装袋采购及储存

可能带来的物理性危害主要是包装袋的碎片；可能带来的化学性危害主要是包装袋上残留的聚氯乙烯单体和气味以及储存时带来的熏蒸剂污染。

3）原料储存

可能带来的化学性危害主要是化学品残留（如熏蒸剂）和发生霉变造成的黄曲霉毒素污染；可能带来的生物性危害主要是储存过程中虫卵孵化造成的害虫繁殖。

4）投料

可能带来的物理性危害主要是砂石的混入；可能带来的生物性危害主要是工作人员个人健康和不良卫生习惯带来的大肠杆菌等致病菌。

5）去杂

可能带来的物理性危害主要是由去除金属、砂石、杂质操作不当带来的。

6）抛光

可能带来的物理性危害主要是抛光用水中砂石及沉淀物的混入；可能带来的化学性危害主要是抛光用水中存在的余氯；可能带来的生物性危害主要是抛光用水中的致病菌。

7）筛选

可能带来的物理性危害主要是筛网等金属器具碎片的混入；可能带来的生物性危害主要是筛网等金属器具带来的致病菌。

8）色选

可能带来的生物性危害主要是某些异色米带来的致病菌，如黄粒米（枯草芽孢杆菌）。

9）配米

可能带来的生物性危害主要是操作不当带来的致病菌。

10）包装

可能带来的物理性危害主要是包装袋碎片的混入；可能带来的化学性危害主要是包装充入惰性气体时带入的有害化学物质。

11）金属检验

可能带来的物理性危害主要是金检不完全造成的金属物残留。

12）成品储存

可能带来的生物性危害主要是虫卵繁殖造成的害虫繁殖；可能带来的化学性危害主要是霉变造成的黄曲霉毒素污染。

13）运输

可能带来的化学性危害主要是霉变造成的黄曲霉毒素污染和运输工具带来的异

味物质污染；不存在物理性危害和生物性危害。

（2）关键控制点（CCP）的确定

根据 CCP 的判定方法，可以将以下工序确定为关键控制点（CCP）：

①原料采购；②包装袋采购；③原料熏蒸；④投料；⑤去杂；⑥抛光；⑦色选；⑧包装；⑨金检；⑩成品储存；⑪运输等。

（3）确定每个关键控制点的关键限值

1）原料采购

应根据相关国家标准和国际上相关规定制定企业的原料米卫生标准和接收标准，这些标准的卫生指标通常应高于相关国家标准规定，至少应不低于国家标准规定。卫生质量不合格的原料米应拒收。

2）包装袋采购

应根据国家标准和国际上相关规定制定企业的包装袋卫生标准和接收标准，这些标准的卫生指标通常应高于国家标准规定，至少应不低于国家标准规定。卫生质量不合格的包装袋应拒收或退货。

3）原料熏蒸

应监测储存过程中原料米的黄曲霉毒素含量及虫害和熏蒸剂残留，其中黄曲霉毒素含量应不高于 0.01mg/kg，熏蒸剂残留不应超标。

4）投料

应监控操作工人的健康状况，不得带病工作，避免人为带入致病菌；要求操作工人在岗时身着工作服、工作鞋。照明设备安装防护罩，避免带入砂石或照明设备碎片。

5）去杂

要求金属、砂石等杂质的去除率不低于国家标准的要求。

6）抛光

抛光用水的水质应符合国家标准的要求。

7）色选

异色粒含量应不超过国家标准的要求，以达到不含致病菌。

8）包装

如果是充气包装，应逐条检查包装袋中有无碎胶片。

9）金属检验

控制金属探测器的精度和传输带的速度，保证产品中不含金属物残留。

10）成品储存

控制储存的温度、时间、湿度，保证产品黄曲霉毒素含量不高于 0.01mg/kg，避免可能存在的虫害繁殖。

11）运输

控制运输工具的温度、湿度及运输时间和清洁程度，以避免有害物质和异味物质的污染。

（4）建立监控体系以监测每个关键控制点的控制情况

1）原料采购及原料米和成品储存监控程序

对进厂的每批原料及包装袋都应查验第三方检验合格证；定期按相关标准、法规和规定程序进行抽样检验；安全性检验合格的原料方能接收；同时对全部检验结果进行统计分析，对合格供货方作出调整或选择，也可对供货方提出相应质量控制要求。

定期检查原料及成品垛内温度，检查是否有发热现象；定期检查库房是否有漏雨、鸟害、鼠害及微生物和昆虫活动；检查是否有破袋、撒漏。

2）熏蒸监控程序

按照原料堆的大小确定熏蒸剂的用量、浓度、投放点和熏蒸时间，熏蒸完成后进行适当时间的通风，方能投入使用。

3）投料监控程序

要求工人持有有效健康证明，不得带病工作，当班工人应身着工作服、工作鞋。照明器具应有防护装置。

4）去杂、金检、色选监控程序

控制去除砂石、金属物、杂质的时间，调整设备运行速度，定期取样检查去杂设备的除杂效率；控制金属探测器的精度和传输带的速度；控制色选机的灵敏度、运行速度、灯光亮度及探头与米粒的距离和放大倍数。

5）包装监控程序

在包装前对每一条包装袋进行检查，以保证袋中无碎胶片；如果是充气包装，应向惰性气体供货方索取检验合格证，并定期抽样送有关机构检验。

6）运输监控程序

对运输工具进行检查，确认车厢状况是否符合安全卫生要求。如是否在装运前进行过清扫；厢体是否有破损，是否处于良好状态；是否运送过有毒有害及异味物品。

（5）建立纠偏措施

在建立 HACCP 体系时，应根据大米加工过程中关键控制点可能出现的偏差，制定能及时采用的纠偏措施。

在原料采购、原料米及成品储存工序，对于无检验合格证的原料米、包装袋应坚决退货；对于有害昆虫和虫卵污染超标的原料米，检化验人员应做好记录并留好样品，报告相关负责人并执行杀灭处理程序；对储存过有害昆虫和虫卵污染超标的原料米的仓房及设施、设备应执行清洁程序。

若原料米中发现有农药残留和重金属等化学污染物超标，应按合同进行退货处理。若原料属于季节性水分超标，应视企业条件进行折价处理并执行干燥程序或退货处理。对于屡教不改的供货方取消供货资格。

堆放和标识不正确时应立即调整和更换正确标识；帐面库存量与实际库存量不一致时应认真核查，找出原因并加以记录；物料储存堆内温度高于预定温度时应通风降温或倒仓；库房有漏雨、鸟害、鼠害及微生物和昆虫活动时，应对库房进行修缮，执行清除鸟害、鼠害程序或化学熏蒸程序。当发生破袋、撒漏和交叉污染时应及时执行修补、清理和受污染原料处理程序。

对于熏蒸工序，应及时检查仓内熏蒸剂的浓度、投放点，如发现不符合规定，要重新进行相关程序，再次进行熏蒸。

（6）建立确认 HACCP 体系有效运行的验证程序

验证程序用以确认 HACCP 体系是否在有效地运行，应包括：复查 HACCP 体系及其记录；复查偏离和产品的处理；确定关键控制点是在控制之中。在可能情况下应包括证明 HACCP 计划中所有要素功效的措施。

例如每月由品控部核查成品储存工序中仓库保管员/质检员对仓库温度、湿度、储存时间的控制；核查温度、湿度、储存时间的记录；核查对偏离提出的处理意见是否及时纠正并找出原因，避免偏离再次发生；核查原料米验收记录和抽样检验记录。每季度核查包装袋验收记录等。

（7）建立 HACCP 文件和记录保存系统

建立所有大米加工过程的资料记录，并以文件的形式保存，使整个生产过程透明，以利于事后审定和责任追踪。同时，记录的保存是验证 H 计划有效执行的依据。保存的文件包括：原料、包装袋采购验收记录和纠偏记录、不合格包装袋检查记录、原料熏蒸记录、投料员更换工作服和工作鞋记录、照明器具防护装置检查记录、抛光工序用水检验记录、色选机维护保养记录、色选机运行记录、色选质量抽检记录、金属探测器运行记录、金检后成品质量抽检记录、原料和成品储存时间记录、仓库温度和湿度记录、运输工具清洁卫生检查记录；用于生产过程中进行危害分析的数据；执行小组会议上的报告及决议以及审定报告等和计划表、危害分析工作表等表格。

8.3 HACCP 质量管理体系在面粉生产中的应用

随着食品工业规模化与多样化的发展，食品安全问题逐步成为一个世界瞩目的全球性问题，人们对食品安全与卫生方面的监控与管理工作提出了更高的要求，政府和企业界都正在付出巨大的努力，2002 年国家质检总局发布了《关于进一步加强食品质量安全监督管理工作的通知》，先后对小麦粉、食用植物油等 18 类食品（按 GB/T 7635—1987 分类）强制实施质量安全市场准入制度。此制度包括 3 项具体内容：①对食品生产企业实施生产许可证管理；②对企业生产的产品实施强制性检验；③对实施食品生产许可证的产品实行市场准入制度，对检验合格的食品加贴 QS（食品安全）标志，没有加贴 QS 标志的食品不准进入市场销售。由此可见，政府和人民对于当今食品安全的重视程度之大。作为大众主食原料的小麦粉是第一批实行 QS 制度的五大类食品之首，而小麦粉存在的滥用增白剂和增筋剂、含砂量与磁性金属物超标、卫生指标不合格等严重危害广大消费者健康的现象，唤醒了人们对食品安全卫生的意识和渴求。小麦粉营养强化中营养素的合理添加必须有一套严格的质量安全控制体系，而 HACCP 这一预防性控制体系正是确保食品卫生与安全的最佳选择。它从预防入手来控制产品的安全卫生和质量，其关键就是不仅在最终产品中检查安全，还必须在产品加工过程中落实安全，因为高质量的产品是生产出来的而不是检验出来的。预防为主可以避免重复性的事后把关检验，从而最大限度地减少具有危害性的不合格品出现的风险，实现对食品安全卫生和质量的有效控制。

面粉加工企业建立 HACCP 管理体系需要作好前期工作，包括推行基础管理体系，成立工作组，依据相关法规建立标准作业程序（SSOP），制定面粉厂的管理目标和管理承诺，对员工进行教育和培训，制定 HACCP 计划，对面粉厂加工流程进行现场作业评审来验证该流程的准确性和完整性。并在此基础上应用 HACCP 的七项管理原则。

8.3.1　面粉厂的危害分析

面粉厂的生产工艺流程包括原料采购、运输、接收、储存、原料筛选、磁选、去石、表面处理、调质、配麦、研磨、筛理、清粉、混粉、配粉、面粉杀虫、营养强化、修饰、面粉散存、计量包装、成品储存、产品发放等。发生的各种危害及场所或原因可能有以下几个方面。

（1）物理危害

小麦或产品中含有的有害杂质，如铁杂、玻璃及其他有害异物。原料在厂外收获、加工、运输、转运中混入金属、石块及其他异物；原料在厂内由于清理设备失效或操作不当未将混入的杂质去除；小麦在加工过程中再次混入物理性杂质，如投料过程中混入，在清理、研磨、筛理、运输、储存、包装等加工中由于零部件脱落混入或设备在检修中由于操作人员管理不善而将螺钉等杂物混入。

（2）化学危害

小麦中农药残留超标，如六六六、多氯联苯等；重金属含量超标等；微生物毒素超标，如黄曲霉毒素、呕吐毒素；产品中酸价高；增白剂、抗氧化剂含量超标等，面粉受其他化学品污染等。

农药残留一般发生于田间的过度使用和不当使用，这些残留药物进入面粉产品中对人有严重影响。这在面粉厂内通常难于处理；某些重金属等的超标主要是在田间受土壤和水环境的污染；小麦中微生物毒素存在的原因也主要是田间污染、不当储存或是原料在加工、运输中受到污染。对于小麦中的化学危害：一方面可能来源于原料，另一方面也可能产生于加工过程操作不当，如包装容器受污染等。

（3）生物危害

小麦或面粉产品受微生物等的污染，如沙门氏菌、大肠杆菌、志贺氏菌、肉毒杆菌、寄生虫、昆虫污染等。小麦中有害微生物存在的原因主要是田间污染、不当储存或是原料在加工、运输中受到污染。有害昆虫的污染可能发生于田间、厂内外的运输、储存中。

上述这些危害尤其是化学危害和生物危害对消费者的安全健康有重要影响。因此，必须严格控制这些危害的发生。

8.3.2　确定面粉生产中的关键控制点

所谓关键控制点是指面粉加工的一个点、步骤或程序，若加以控制，则可预防、消除或减低面粉产品中的安全危害至可接受的程度。当一个点、步骤或程序中可能发生对面粉产品的某种危害，若不加以控制则无法消除这一危害或无法将危害降低到可接受的程度时，这一点、步骤或程序就是关键控制点。据此原理可确定面粉厂的关键控制点。

（1）原料的接收

原料接收是关键控制点，因为发生较严重的化学和生物危害的原料如果未经控制而入厂，后续的加工环节可能无法再消除或降低这些危害。而控制原料接收点的安全风险，首先要制订工厂的原料接收标准，这些标准中的项目及指标值应不低于国家标准的规定，如国家对小麦的卫生指标规定；第二要建立标准接收检验程序，程序中要对包括运输工具、方式、抽样方法、检验结果的处理、留样制度等作出详细规定；第三要有合格的、负责任的检验、接收人员。当小麦中卫生指标超标时，应拒收。对于转基因小麦必须要有标识，要在接收、储存、加工、运输、包装过程中单独处理，对产品和副产品都要明确标识，并具有可追溯性。

（2）原料储存

原料的正确储存非常重要。首先各种原料的堆放应有正确的规划，防止相互掺混；第二要控温、控湿，防止发霉变质；第三要防止虫害、鼠害和鸟害。如果这些危害一旦发生，后续工段将很难消除。

（3）原料与中间制品的运输

原料和中间制品的厂内运输涉及许多设备。运输中发生的危害主要是交叉污染，特别是微生物、螨类等害虫的污染。因此，建立对运输环节的有效控制程序并切实执行这些程序是非常必要的。

（4）原料的清理

原料的清理主要是去除物理危害，如清理筛主要是去除大杂、轻杂和部分小杂。磁选机主要去除磁性杂质，表面处理可以除去泥土、部分污染物、微生物等，如果清理设备不能有效发挥作用，将造成对设备以及人身和消费者的伤害。

（5）面粉杀虫

杀虫机的功效是要杀死面粉中的全部虫卵，若设备不能发挥应有的功效，则无后续工段完成这一任务。

（6）营养强化

面粉的营养强化中会加入营养性添加剂。但部分添加剂（如微量元素）在计量不准、混合不匀时，会对消费者的健康造成危害。必须加以控制。

（7）修饰

面粉在修饰改性过程中会使用添加剂，部分添加剂处理不当会造成对面粉安全性的危害。

（8）成品储存

面粉产品的储存也是关键控制点，由于储存不当而造成产品发生霉变、污染、受热均会造成面粉的安全性问题。

（9）包装

包装过程由于包装器材的安全卫生情况和标识正确与否而成为关键控制点。

（10）成品发放

成品的发放运输有散装和包装两种形式。对于散装产品，必须使用清洁的专用散装车，避免通过运输工具使产品受到有害物质的污染，同时用户的散装接收工具也必须清洁。对于包装产品而言，也必须使用清洁的运输工具，防雨防污。

（11）产品检验

产品检验结果是判别产品合格、安全的依据，如果检验方法存在问题或检验仪器性能不佳，计量不准，取样不具代表性或检化验人员出错，均会导致检验结果失实，造成产品的安全风险。所以，必须对产品检验环节进行有效的控制。

8.3.3　制订关键点的控制限

（1）原料接收点控制限

首先制定企业的小麦卫生标准和接收标准，该标准应根据国家标准和国际上的相关规定、标准制定。企业所定卫生指标通常应高于国家标准的规定，至少应不低国家标准的规定。卫生质量不合格的小麦应坚决拒收。同时应注意农药残留量的控制。

（2）制订企业的产品卫生标准

该标准应根据国家面粉卫生标准及国际上的相关规定、标准制定。企业所定卫生指标通常应高于国家标准的规定，至少应不低国家标准的规定。不合格的产品不能出厂。

（3）小麦储存条件控制

如储存的温度、时间、安全水分、微生物、害虫增加检出数量限制等。

（4）清理设备的除杂效率指标

除铁效率（去除铁杂质量占原料中铁杂含量的百分比）应大于或等于 99.5%，其他杂质去除率也应达 99.5% 以上。

（5）原料与中间物运输的控制限

输送过程发生有害物质交叉污染的事件不能出现。

（6）面粉杀虫的控制限

经杀虫机杀虫后虫卵应全部杀死。

（7）营养强化控制限

面粉的营养强化剂特别是微量元素添加量误差应小于设定添加量的±0.5%，混合均匀度的变异系数小于5%。

（8）面粉修饰控制要求

面粉在修饰改性过程中使用添加剂，如氧化剂、漂白剂，必须符合国家食品卫生标准。

（9）成品储存的控制要求

面粉产品的储存过程中不得出现发热、被昆虫、微生物、化学品等污染，不能发生霉变等安全性问题。

（10）计量包装的控制

要保持包装器材的安全卫生符合标准和标识正确。

（11）成品发放的控制限

在散装产品和包装成品发放过程中不得发生产品受污染等情况。

（12）产品检验的控制

要有合格的能胜任检验工作的人员，检化验仪器设备应经鉴定合格，检验结果应定期与权威实验室对比，确保检化验结果的正确性和精确性。

（13）厂房、仓房等建筑设施的控制要求

外部特性、料仓、建筑外表、内部、光照、通风、废物排放和储存设施应正确地设计、建造和维护，将环境风险、昆虫的侵袭和交叉污染减小到最低水平。建筑设施不应靠近任何环境污染源，如无未防护的门、窗；屋顶、墙和基础应进行维护，防止开裂；窗户应关闭或装有闭合严密的纱窗；门应闭合严密等。

8.3.4　建立关键控制点的监测程序

（1）原料接收点监测程序

① 对进厂的每批原料都应按相关标准法规和规定程序进行抽样检验，安全性检验合格的原料，方能接收。同时对全部检验结果进行统计分析，找出相应的统计规律，以便对原料的整体供应质量进行掌握。

② 通过对检验结果分析，可以对合格供方要求作出调整或选择。

③ 对送货的货车本身应进行检查，检查车厢状况是否符合装运小麦的安全卫生要求。如是否在装运前进行过清扫；厢体是否有破漏，是否处于良好状态；是否有运送过"禁运原料或物品"。

④ 要求送货司机对车况作出保证申明，并签字。

⑤ 应对卸货过程进行监控，防止违规操作。要保证所卸的原料被运放到正确的位置。

⑥ 对于散装原料的接收或包装原料拆包接收的下料斗和提升机处进行检查，

看是否有交叉污染发生。要及时执行必要的清扫或清理程序。

（2）原料储存点监测程序

① 检查原料是否按规划合理的堆放和正确标识。

② 检查原料账面库存量与实际库存量的是否一致。

③ 定期检查储存物料堆内的温度值，看是否有发热现象，特别是对于立筒仓储存的原料。

④ 定期检查库房是否有漏雨、鸟害和鼠害、微生物以及昆虫活动。

⑤ 检查在堆包、发料中是否有破袋、撒漏和交叉污染发生。

（3）清理设备清理效率监控程序

① 应定期取样检查清理设备的除杂效率，主要包括清理筛、磁选机、去石机的清理效率。通常每周应检查 2 次，并应作好记录，责任人应签字。

② 对磁选机应定期检查磁力强度，通常可每三个月测一次，并应作好记录，责任人应签字。当磁力强度低于规定值时应充磁。

（4）原料与中间品运输的监控程序

每日应检查中间输送设备，看是否有交叉污染发生，评估其危害程度，并作好记录。若发现问题应及时处理。

（5）面粉杀虫的监控程序

定期对经杀虫机杀虫后的面粉进行培养实验，检查虫卵的杀死率。同时应每日检查杀虫机的工作状态是否正常，并作好记录。

（6）营养强化工艺的监控程序

① 操作人员应检查每批产品中添加的营养强化剂特别是过量有毒性的微量元素计量精度误差，看误差是否在允许误差范围之内，并认真作好记录。

② 对人工计量配料的微量组分应采用二人校对签字制度，并作好记录。

③ 应定期进行盘存，核对实际配料量与计量器具显示配料量的差异，并记录结果。

④ 定期对计量秤或配料秤进行计量精度校验，并记录结果。

⑤ 对混合机主要是定期检测混合后产品的均匀度或变异系数。通常每 3 个月应进行一次混合均匀度的检定。日常操作中以目测为主，每班应至少检查 4 次。每更换产品的第一、二批次必须进行目测检查，并认真作好检查记录。

⑥ 应定期检测排料完毕后混合机底部的残留量，并作好记录。

（7）面粉修饰的监控程序

面粉修饰改性过程中的检测程序同面粉强化的检测程序，另外要定期检查修饰作用是否造成对面粉品质的破坏，从而影响其安全性，对检查的结果和生产操作过程要作好记录。

（8）成品储存的监控程序

面粉产品的储存中应监测储存条件，如温度、湿度、储罐是否有污染，或副产品是否发生霉变、污染等，并作好记录。

（9）成品包装的监测程序

① 按规定程序检测包装容器的质量，并作好记录，看是否符合计量要求。

② 按规定程序检查包装容器内外所附标识、说明书、标签是否与所装成品一致，并做好记录。

（10）成品发放的监测程序

① 检查成品是否按规划合理堆放和正确标识。

② 检查成品账面库存量与实际库存量是否一致。

③ 定期检查储存成品堆内的温度值，看是否有发热现象。

④ 定期检查库房是否有漏雨、鸟害和鼠害、微生物以及昆虫活动。

⑤ 检查在堆包、发料中是否有破袋、撒漏和交叉污染发生。

⑥ 认真检查所发放成品与发货单标识是否一致。

⑦ 认真检查运输工具是否满足卫生安全要求，不得装运过有毒有害物品、化学药品等。上述检查必须认真作好记录。

（11）检化验工作的监测程序

① 应定期用标准品校正化学分析的准确性。

② 定期与权威实验室之间进行比对检验，以校对本地检化验的准确性，并作好记录。

③ 对检化验仪器进行定期校准，同时应定期对检化验人员的操作技能进行考核。

（12）厂房仓房等建筑设施的监测程序

有关人员应每周检查厂房仓房等建筑设施，看周围是否有污染物、有毒有害物质；地面是否清洁，门窗是否有破损，是否有防鸟、鼠、虫等设施。应认真作好这方面的记录。

8.3.5　建立纠偏措施

当监测过程的结果表明与关键控制点控制限或要求有偏差时，就要采取针对性的纠偏措施。这些纠偏措施是在建立 HACCP 体系时系统制定的。以下是体系中应有的部分纠偏措施。

（1）原料接收纠偏措施

① 如果小麦的有害微生物超标，检化验人员应作好记录并留好样品，并报告相关领导。当有害微生物含量轻微超标，且工厂又有有效的杀灭设备，可以启动对该原料进行杀灭处理的程序；若有害微生物超标严重或工厂不具备灭菌条件时应坚决退货；对储存过微生物含量超标原料的仓房及设施、设备应进行清洁。

② 若原料在入仓后发现有害昆虫污染超标，如螨类含量超标，应立即退货处理或执行熏蒸杀虫程序。

③ 若原料中发现有化学污染物（检验时间可能较长），应按合同进行退货

处理。

④ 若原料中金属物含量超标，应按合同进行折价，并启动强化磁选清杂程序。

⑤ 若原料属于季节性水分超标，应视工厂的条件进行折价处理并启动干燥程序或退货。

（2）原料储存纠偏措施

① 原料堆放和标识不正确时应立即调整和更换正确标识。

② 原料账面库存量与实际库存量不一致时应认真核查，找出出错原因并加以记录。

③ 储存物料堆内的温度高于预定温度时应通风降温或倒仓。

④ 当库房有漏雨、鸟害和鼠害、微生物以及昆虫活动时，应执行房屋修缮，清除鸟害、鼠害程序以及化学熏蒸程序。

⑤ 当发生破袋、撒漏和交叉污染时应及时执行修补、清理和单独处理受污染原料的程序。

（3）原料清理纠偏措施

① 当清理设备的除杂效率不能满足要求时应执行相应调整程序，如调整筛选设备的筛孔尺寸、去石机的筛板角度或对磁铁充磁。

② 对于未达到清理要求的原料应进行返工处理。

（4）原料与中间品运输的纠偏措施

若厂内输送过程有交叉污染发生时，查清原因进行处理。如果斗提机底部残留料多时应改进斗提机的结构；刮板机发生交叉污染时要改进其结构；设备要密封、下雨时要遮盖。

（5）面粉杀虫的纠偏措施

杀虫机对虫卵的杀死率达不到要求时要调大撞击转子转速或更换新的设备，并对调整或更换后的设备性能进行鉴定，在确认其功效达到要求后正式生产。对所有的调整、检定要作好记录。

（6）营养强化的纠偏措施

① 微量营养添加剂误差超标时要调整微量配料秤的配料控制参数，如大、小给料时间，空中落料量设定，校正配料秤传感器，或改用手工计量加料等，直至满足配料精度要求。对调整的过程、结果要有记录，责任人签字和负责人审核签字。对配料错误的料批执行单独处理程序。

② 若混合机混合均匀度不能满足要求时，通过对混合机混合性能测定，确定混合机的最佳混合时间及作业方法，对混合机的操作参数进行调整，或对混合机的螺带、桨叶、转子与机壳底部间隙进行调整；调整或维修混合机排料门使其密封严密，不漏料现象，并对调整结果做好记录；对混合变异系数超标的产品进行返工处理。

（7）面粉修饰的纠偏措施

面粉修饰改性过程中的纠偏措施基本同面粉强化的纠偏措施。而当面粉修饰对面粉品质造成安全性影响时，应调整作业参数或程序或更换修饰剂，并对纠正的程序与结果进行验证，同时要作好记录。

（8）成品包装的纠偏措施

① 包装容器或袋的质量不符合要求时，应更换；打包秤的计量精度不符合要求时应校准或维修，直至满足要求。

② 包装容器内所附标识、说明书、标签与所装成品不一致时，须更换包装说明、标签等，并做好记录。

③ 对不合格品进行返工处理。

（9）成品发放的纠偏措施

① 发放的成品与发货单标识不一致时，追回发放产品，认真执行发放产品的核对制度。

② 成品账面库存量与实际库存量不一致时，改进成品发放的日核对程序，完善进出货物的记录签字制度。

③ 成品储存期有发热、霉变现象时，检查面粉成品水分是否超标，若超标，应予以干燥冷却；检查堆放的垛是否太大，可以改进堆垛，加强通风；当库房漏雨时应及时修缮。对发热霉变面粉进行单独处理。

④ 在储存发放中受到污染或交叉污染，对运输工具每次装运成品前进行清洁处理；不得使用装运过有毒有害物品、化学药品的运输车等；保持储存场所清洁，各种产品单独堆放。

⑤ 对上述纠偏过程必须认真作好记录。

（10）检化验工作的纠偏措施

① 某些项目检化验结果不准确时，应定期与权威实验室之间进行比对检验，以校准本地检化验的准确性。

② 对检化验仪器进行定期校准，同时应定期对检化验人员的操作技能进行考核，直至满足要求为止；对纠偏过程与结果作好记录。

（11）厂房、仓房等建筑设施的纠偏措施

小麦、面粉在厂房、仓房内外受到污染、虫害、鼠害等，有关人员应执行对厂房、仓房等建筑设施的清洁程序和修缮维护程序，如清理污染物、地面，维修破损门窗并保持密闭，采取防鸟、鼠、虫等设施，应认真作好这方面的记录。对受污染的小麦、面粉产品单独进行处理。

8.3.6 建立记录和文件保存制度

文件和记录的保存是 HACCP 的重要组成部分。系统的记录保存始于 HACCP 计划的制订，继续于 HACCP 体系的建立和对于关键控制点及其控制限的监控与纠偏行动。另外，记录和文件管理对于验证和审核 HACCP 体系的运行是否符合 HACCP 计划，是否有效运行都是至关重要的。HACCP 的记录主要包括如下内容。

① 风险分析文件，包括确定风险和控制措施的依据。

② HACCP 计划，包括：HACCP 工作组及其职责分配表；面粉产品描述、用途、适用对象；验证的流程图。

HACCP 计划表应包括以下信息：确定 HACCP 的过程；关键的危害；关键控制限；监控；纠正措施；验证程序与表格；记录保持程序。

③ 支持文件，如有效记录，包括供货商的证明书，储存记录，清理记录，杀虫记录、营养强化记录，验证记录，每周检查记录等。

④ 在 HACCP 计划的实施中产生的记录。所有的记录都要有记录人签字和审核人签字，并要有时间记录。

8.3.7 建立验证/审核程序

一个有效的 HACCP 体系很少需要什么最终产品的检验，因为在程序中先行建立了充分有效的预防措施。因此，面粉厂不应依赖最终的产品检验，而应依赖于对 HACCP 计划的经常评审，验证 HACCP 计划被很好地执行，依赖于对 CCP 的监控和纠正活动记录的评审。需要在每一 CCP 的 HACCP 计划中考虑的验证内容主要有如下几种。

① 验证检查和审核的频率以及由谁进行审核。审核可以由内部生产线监察员进行，也可以由外部的质量管理部门或独立审核员进行。

② 进行验证的人员不应是做各种记录的人员，而应当是成功地学习了 HACCP指南课程的人员或是公司的负责任的官员。

③ 验证 CCP 及其控制限处于控制之下和监控设备得到校准和正确使用的程序。验证的特殊项目包括：

• 从监控记录评审看是否符合控制限，例如铁杂去除率是否达到要求；

• 在 CCP 进行取样的有效性，例如在原料接收点的取样方法是否符合相关标准；

• 温度和时间测量仪的准确性；

• 控制限与工厂的记录是否一致；

• 关键控制限对危害是否恰当，如氧化剂的添加限量是否恰当；

• 纠正措施是否正确；

• 记录是否保持完整和标明日期；

• 记录是否经批准和标明日期。

④ 取样和试验来验证 CCP 和控制限的安全性。实验可能是生物的、化学的或物理的。

⑤ 当列入 HACCP 计划中的用于验证特殊 CCP 及其控制限的特殊验证程序。

附　　录

附录1　食品营养强化剂使用卫生标准 GB 14880—1994

1　主题内容与适用范围

本标准规定了食品强化营养素的使用范围及使用量。

本标准适用于为增加营养价值而加入食品中的天然或人工的营养素。

2　引用标准

GB 7718 食品标签通用标准

GB 13432 特殊营养食品标签

3　食品营养强化剂使用卫生标准

种类	品种	使用范围	每千克使用量	备注
氨基酸	L-盐酸赖氨酸	加工面包、饼干、面条的面粉	1～2g	(1)谷类及其制品也可按量添加 (2)如用 L-赖氨酸天门冬氨酸盐,须经折算
		饮液	0.3～0.8g	
	牛磺酸	乳制品、婴幼儿食品及谷类制品	0.3～0.5g	
		饮液、乳饮料	0.1～0.5g	
维生素类	维生素 A(视黄醇或醋酸视黄酯或棕榈酸视黄醇)	芝麻油、色拉油、人造奶油	4000～8000μg	(1)维生素 A 添加量均以视黄醇当量计算 (2)1μg 视黄醇当量=1μg 视黄醇=3.33IU 维生素 A (3)如用 β-胡萝卜素强化可折成维生素 A 来表示 (4)1μg β-胡萝卜素=0.167μg 视黄醇
		婴幼儿食品、乳制品	3000～9000μg	
		乳及乳饮料	600～1000μg	
	维生素 D 维生素 D_2(麦角钙化醇)或维生素 D_3(胆钙化醇)	乳及乳饮料	10～40μg	1μg 维生素 D=40IU 维生素 D
		人造奶油	125～156μg	
		乳制品	63～125μg	
		婴幼儿食品	50～100μg	
	维生素 E(d-α-生育酚)	芝麻油、人造奶油、色拉油、乳制品	100～180mg	(1)d-α-生育酚 (2)如用 dl-α-生育酚、d-α-醋酸生育酚或 dl-α-醋酸生育酚强化须经折算 (3)1mg 维生素 E=1IU 维生素 E
		婴幼儿食品、乳饮料	40～70mg 10～20mg	

种类	品 种	使用范围	每千克使用量	备 注
维生素类	维生素 B₁（盐酸硫胺素）	谷类及其制品饮液	3～5mg	（1）如固体饮料，则需按稀释倍数增加使用量 （2）如用硝酸硫胺素强化，须经折算
		乳饮料	1～2mg	
		婴幼儿食品	4～8mg	
	维生素 B₂（核黄素）	谷类及其制品饮液、乳饮料	3～5mg	（1）如固体饮料，则需按稀释倍数增加使用量 （2）如用核黄素衍生物强化，须经折算
			1～2mg	
		婴幼儿食品	4～8mg	
		食盐	100～150mg	
	维生素 C（L-抗坏血酸）	果泥	50～100mg	（1）如用维生素 C 磷酸酯镁、抗坏血酸钠盐、抗坏血酸钾盐、抗坏血酸-6-棕酸盐强化，须经折算 （2）如固体饮料，则需按稀释倍数增加使用量
		饮液及乳饮料	120～240mg	
		水果罐头	200～400mg	
		夹心硬糖	2000～6000mg	
		婴幼儿食品	300～500mg	
		高铁谷类及其制品（每天限食这类食品50g）	800～1000mg	
	烟酸或烟酰胺	谷类及其制品婴幼儿食品	40～50mg	
			30～40mg	
		饮液及乳饮料	10～40mg	
	维生素 B₆（盐酸吡哆醇或 5′-磷酸吡哆醇）	婴幼儿食品	3～4mg	
		饮液	1～2mg	
	维生素 B₁₂（氰钴胺或羟钴胺）	婴幼儿食品	10～30μg	
		饮液	2～6μg	
	维生素 K（植物甲萘醌）	婴幼儿食品	420～750μg	
	胆碱	婴幼儿食品	380～790mg	
		饮液	50～100mg	
	肌醇	婴幼儿食品	210～250mg	
		饮液	25～30mg	
	叶酸	婴幼儿食品	380～700μg	
		孕妇、乳母专用食品	2000～4000μg	
	泛酸	婴幼儿食品	15～28mg	
		饮液	2～4mg	
	生物素	婴幼儿食品	0.10～0.40mg	
		饮液	0.02～0.08mg	

种类	品种	使用范围	每千克使用量	备注
矿物质类	铁			
	硫酸亚铁	谷类及其制品	120～240mg	(1)以元素铁计强化量: 谷类及其制品 24-48mg/kg 饮料 10-20mg/kg 夹心糖 600-1200mg
		饮料	50～100mg	
		乳制品、婴幼儿食品	300～500mg	
		高铁谷类及其制品（每天限食这类食品50g）	860～960mg	(2)各种铁盐中铁元素含量:硫酸亚铁(含7个结晶水)20% 乳酸亚铁(含3个结晶水)19.39% 柠檬酸铁(含5个结晶水)16.67% 富马酸亚铁32.9% 葡萄糖酸亚铁12% 柠檬酸铁16%
		食盐、夹心糖	4800～6000mg	
	葡萄糖酸亚铁	谷类及其制品	200～400mg	
		饮料	80～100mg	
		乳制品、婴幼儿食品	400～800mg	
		高铁谷类及其制品（每日限食这类食品50g）	1400～1600mg	
		食盐、夹心糖	4800～6000mg	铁源也可采用猪血中提取的血红素铁,强化时以元素铁计
	柠檬酸铁	谷类及其制品	150～290mg	
		饮料	60～120mg	
		乳制品、婴幼儿食品	360～600mg	(3)其他铁盐如碳酸亚铁、柠檬酸亚铁、延胡索酸亚铁、琥珀酸亚铁、还原铁、电解铁也都可用,强化时以铁元素计
		高铁谷类及其制品（每日限食这类食品50g）	1000～1200mg	
		食盐、夹心糖	3600～7200mg	
	富马酸亚铁	谷类及其制品	70～150mg	
		饮料	30～60mg	
		乳制品、婴幼儿食品	180～300mg	
		高铁谷类及其制品（每日限食这类食品50g）	520～580mg	
		食盐、夹心糖	1800～3600mg	
	柠檬酸铁胺	谷类及其制品	160～330mg	
		饮料	70～140mg	
		乳制品、婴幼儿食品	400～800mg	
		高铁谷类及其制品（每日限食这类食品50g）	1200～1350mg	
		食盐、夹心糖	4000～8000mg	

种类	品　种	使用范围	每千克使用量	备　注
矿物质类	柠檬酸钙	谷类及其制品	8～16g	(1)以元素钙计强化量:饮液及乳饮料 0.6～0.8g/kg 谷类及其制品 1.6～3.2g/kg 婴幼儿食品 3.0～6.0g/kg (2)各种钙盐中钙元素含量: 葡萄糖酸钙 9% 碳酸钙 40% 磷酸氢钙(含2结晶水)23% 磷酸氢钙(含5结晶水)17.7% 柠檬酸钙(含4结晶水)21% 乳酸钙 13% 乙酸钙 22.2% (3)钙源亦可采用牦牛等符合卫生标准的骨粉、蛋壳粉、活性离子钙等;其他钙盐,如氯化钙、甘油磷酸钙、氧化钙、硫酸钙等均可用,强化时均以元素计
		饮液及乳饮料	1.8～3.6g	
	葡萄糖酸钙	谷类及其制品	18～36g	
		饮液及乳饮料	4.5～9.0g	
	碳酸钙或生物碳酸钙	谷类及其制品	4～8g	
		饮液及乳饮料	1～2g	
		婴幼儿食品	7.5～15g	
	乳酸钙	谷类及其制品	12～24g	
		饮液及乳饮料	3～6g	
		婴幼儿食品	23～46g	
	磷酸氢钙	谷类及其制品	10～20g	
		饮液及乳饮料	2.5～5g	
		婴幼儿食品	19～38g	
	硫酸锌	乳制品	130～250mg	(1)以元素锌计强化量: 饮液 5～10mg/kg 谷类及其制品 20～40mg/kg 乳制品 30～60mg/kg 婴幼儿食品 25～70mg/kg (2)各种锌盐中锌元素含量: 硫酸锌 22.7% 葡萄糖酸锌 14% 乳酸锌(含3结晶水)22.2% (3)还可采用氯化锌48%、氧化锌80%、乙酸锌29.8%,强化时均以元素锌计
		婴幼儿食品	113～318mg	
		饮液及乳饮料	32.5～44mg	
		谷类及其制品	80～160mg	
		食盐	800～1000mg	
	葡萄糖酸锌	乳制品	230～470mg	
		婴幼儿食品	195～545mg	
		饮液及乳饮料	40～80mg	
		谷类及其制品	160～320mg	
		食盐	800～1000mg	
	碘化钾	食盐	30～70mg	(1)碘化钾中含碘量为76.4%,以元素碘计,碘酸钾含量为59.63%,以元素碘计;食盐强化量 20～60mg/kg (2)婴幼儿食品强化量为250～680μg/kg
		婴幼儿食品	0.3～0.6mg	
	碘酸钾	食盐	34～100mg	
		婴幼儿食品	0.4～0.7mg	

左侧种类列下方标注:钙、锌、碘

种类	品种	使用范围	每千克使用量	备注
矿物质类	亚硒酸钠	食盐 饮液及乳饮料	7～11mg 110～440mg	(1)以元素硒计强化量: 乳制品、谷类及其制品为 140～280μg/kg 饮液及乳饮料为 50～200μg/kg 食盐为 3～5mg/kg
	富硒酵母硒化卡拉胶	乳制品、谷类及其制品 饮液 片、粒胶囊	300～600μg 30μg/10ml 20μg/片、粒胶囊	(2)用硒源作为营养强化剂必须在省级部门指导下使用 (3)亚硒酸钠中硒含量为45.7%,硒酸钠41.8%
镁	硫酸镁	乳制品 婴幼儿食品 饮液及乳饮料	3000～7000mg 2000～5800mg 1400～2800mg	(1)以元素镁计强化量: (2)乳制品、婴幼儿食品为 300～700mg/kg 饮料为 140～280mg/kg (3)各种镁盐中镁元素含量: 硫酸镁(含7结晶水)9.9% 氯化镁(含6结晶水)12%
铜	硫酸铜	乳制品 婴幼儿食品 饮液	12～16mg 7.5～10mg 4～5mg	(1)以元素铜计强化量: 乳制品、婴幼儿食品配方为 3～4mg/kg 饮液为 1～1.25mg/kg (2)各种铜盐中铜元素含量:碳酸铜 54%,硫酸铜(5结晶水)25.5%,无水硫酸铜 39.8%
锰	锰	乳制品 婴幼儿配方食品 饮液	0.92～3.70mg 1.32～5.26mg 0.5～1.0mg	(1)以元素锰计强化量: (2)乳制品、婴幼儿食品为 0.3～1.2mg/kg 饮液为 0.16～0.32mg/kg (3)各种锰盐中锰元素含量:硫酸锰 32.5%,氯化锰 27.8%,碳酸锰 47.8%

附录 A
食品营养强化剂使用卫生标准实施细则
（补充件）

A1　本细则用语定义如下。

食品强化剂：指为增强营养成分而加入食品中的天然的或人工合成的属于天然营养素范围的食品添加剂。

强化食品：指按照本标准的规定加入了一定量的营养强化剂的食品。

卫生评价：是根据生产工艺、理化性质、质量标准、使用效果、范围、加入量、毒理学评价及检验方法等是否符合国家标准或卫生要求而作出的综合性的安全性评价。

营养学评价：指评论食品营养素价值与人群（人体）需求之间的关系，如营养素的生物价值、调解生理功能的关系、供给量、代谢、营养平衡等。

A2　生产列入本标准中并且有国家、行业质量标准的品种，必须取得由国务院主管部门会同卫生部审查颁发定点生产许可证或由省、直辖市、自治区主管部门会同同级卫生部门审查颁发生产许可证（或临时生产许可证），方可生产。

A3　使用食品营养强化剂必须符合本标准中规定的品种、范围和使用量。

A4　凡列入本标准的品种，在国家未颁发质量标准前，可制定地方或企业质量标准。

生产有地方或企业质量标准的食品营养强化剂，厂家必须提出申请，经该省、直辖市、自治区行政主管部门会同同级卫生行政部门审查颁发的生产许可证或临时生产许可证，未经批准的单位，不得生产食品营养强化剂。

A5　生产强化食品，必须经省、自治区、直辖市食品卫生监督检验机构批准才能销售，并在该类食品标签上标注强化剂的名称和含量，在保存期内不得低于标志含量（强化剂标志应明确与内容物含量相差不得超过±10％）

A6　食品原成分中含有某种物质，其含量达到营养强化剂最低标准 1/2 者，不得进行强化。

A7　使用已强化的食品原料制作食品时，其最终产品的强化剂含量必须符合本标准的要求。

A8　生产或使用未列入本标准的品种，或需要扩大使用范围和增加使用量以及生产复合食品营养强化剂时，可经省、自治区、直辖市食品卫生监督部门初审，送卫生部食品卫生监督检验所，组织专家审议通过后，报卫生部批准。

A9　凡生产经营强化食品者，必须采用定型包装并在包装上按 GB7718 及 GB13432 的规定标明。

A10　进口未列入本标准名单的品种时，进口单位必须将有关资料（包括申请报告、产品品名、纯度、理化性质、质量标准、检验方法、生产工艺、使用范围、使用量、卫生评价及国外卫生当局允许使用的证明）送卫生部食品卫生监督检验所，组织专家审议通过后，报卫生部批准。

进口食品中的营养强化剂必须符合我国规定的使用卫生标准。不符合标准的，需报卫生部批准后方可进口。

附加说明：

本标准由卫生部卫生监督司提出。

本标准由江苏省卫生防疫站及中国预防医学科学院营养与食品卫生研究所负责起草。

本标准主要起草人是周树南、陈蓓、刘冬生、沈治平。

本标准由卫生部委托技术归口单位卫生部食品卫生监督检验所负责解释。

附录 2 营养强化小麦粉 GB/T 21122—2007

（2008-01-01 实施）

前　言

本标准参考国际食品法典委员会的标准 CODEX　STAN 152：1985《小麦粉》编写。

本标准的附录 A 是规范性附录。

本标准由国家粮食局提出。

本标准由全国粮油标准化技术委员会归口。

本标准起草单位：国家粮食局标准质量中心、武汉工业学院、公众营养与发展中心、华龙面业有限公司、南顺（蛇口）面粉有限公司、青岛白樱花实业发展有限公司。

本标准主要起草人：杜政、唐瑞明、龙伶俐、谢华民、李庆龙、王海滨、丁文平、于小冬、王炜、刘军平、赵国邦、王永健。

营养强化小麦粉

1　范围

本标准规定了营养强化小麦粉的有关术语和定义、营养强化剂和添加剂的使用要求、产品的分类和等级划分、技术要求、检验方法、检验规则以及对标签和标识、包装、运输和贮存的要求。

本标准适用于供人食用的营养强化小麦粉。

2　规范性引用文件

下列文件中的条款通过本标准的引用而成为本标准的条款。凡是注日期的引用文件，其随后所有的修改单（不包括勘误的内容）或修订版均不适用于本标准，然而，鼓励根据本标准达成协议的各方研究是否可使用这些文件的最新版本。凡是不注日期的引用文件，其最新版本适用于本标准。

GB 1355－1986　小麦粉

GB 2715　粮食卫生标准

GB 2760 食品添加剂使用卫生标准

GB/T 5009.14 食品中锌的测定

GB 5491 粮食、油料检验扦样、分样法

GB/T 5505 粮食、油料检验灰分测定法

GB/T 7628 谷物维生素 B_1 测定方法

GB/T 7629 谷物维生素 B_2 测定方法

GB 7718 预包装食品标签通则

GB/T 14609 谷物中铜、铁、锰、锌、钙、镁的测定法 原子吸收法

GB 14880 食品营养强化剂使用卫生标准

GB/T 17813 复合预混料中烟酸、叶酸的测定 高效液相色谱法

3 术语和定义

下列术语和定义适用于本标准。

3.1

营养强化小麦粉 fortified wheat flour

采用符合 GB 1355 要求的小麦粉为原料,按照 GB 14880 规定的营养强化剂品种和使用量,添加一种或多种营养素的小麦粉。

4 食品营养强化剂和食品添加剂的使用

4.1 使用的食品营养强化剂的品种和添加量应符合 GB 14880 的规定。

4.2 不得添加过氧化苯甲酰、过氧化钙;其他食品添加剂的使用应按 GB 2760 执行。

5 产品分类和等级划分

按 GB 1355 执行。

6 技术要求

6.1 质量指标

除灰分指标外,按 GB 1355 执行。对于强化钙和多种矿物质的营养强化小麦粉,灰分指标在 GB 1355 规定的相应类型和等级小麦粉的基础上增加 0.27 个百分点;对于强化不含钙的其他矿物质的营养强化小麦粉,灰分指标在 GB 1355 规定的相应类型和等级小麦粉的基础上增加 0.02 个百分点。

6.2 强化营养素的混合均匀度要求

变异系数(CV)≤10%,变异系数以铁含量计算。

6.3 强化营养素的损失率

维生素类、氨基酸及含氮化合物类营养强化剂,在保质期内,其损失率不应大于标称值的 20%,且实测含量应在 GB 14880 规定的范围内。

6.4 卫生指标

按照 GB 2715 和国家有关标准及规定执行。

7 检验方法

7.1 质量指标的检验：按 GB 1355 及本标准 6.1 的规定执行。

7.2 铁的检验：按附录 A 执行。

7.3 锌的检验：按 GB/T 5009.14 执行。

7.4 钙的检验：按 GB/T 14609 执行。

7.5 尼克酸的检验：按 GB/T 17813 执行。

7.6 维生素 B_1 的检验：按 GB/T 7628 执行。

7.7 维生素 B_2 的检验：按 GB/T 7629 执行。

7.8 叶酸的检验：按 GB/T 17813 执行。

7.9 强化营养素的混合均匀度检验：对于强化铁的小麦粉，按附录 A 执行；强化其他营养素的小麦粉，混合均匀度仅对生产厂进行控制，检验时用硫酸亚铁示踪取样（通过配粉设备或集粉绞龙，按照 GB 14880 规定的使用量，添加硫酸亚铁），再按附录 A 检验。

8 检验规则

8.1 抽样

抽样方法按 GB 5491 执行。

8.2 产品组批

同原料、同工艺、同设备、同班次加工的同种产品为一批。

8.3 出厂检验

每批出厂产品应进行检验。

检验项目除按 GB 1355 和本标准 6.1 的规定执行外，还应检测混合均匀度。

每季度检测一次强化营养素含量。

8.4 判定规则

8.4.1 按 GB 1355—1986 的 6.4 进行判定。

8.4.2 某种强化营养素的实测含量低于 GB 14880 规定的使用量范围低限时，不应作为营养强化产品；实测含量高于 GB 14880 规定的使用量范围高限时，不应出厂销售。

8.4.3 混合均匀度不符合 6.2 规定的产品，不应出厂销售。

9 标签和标识

9.1 应按 GB 1355 及本标准 6.1 的规定标注产品的类别和质量等级，并应符合 GB 7718 的规定，且产品标签上应标明"营养强化小麦粉"名称。

9.2 应以不低于某值的形式标示添加的营养强化剂的名称和含量。

9.3 产品保质期应不低于 3 个月。

10 包装

10.1 包装应能维护其卫生、营养、工艺和感官质量。

10.2 包装物，包括包装材料，应由安全适用的物质制成，它们不应向产品传递任何有害的物质或不良的气味、滋味。

10.3 包装物应洁净、牢固，牢固缝制或牢固密封。

11 运输和贮存

运输过程中应注意保持强化营养素的稳定，应防晒、避光、避热、防尘、防雨雪；运输器具应清洁干燥、无污染；贮存场所应清洁干燥、无污染；包装袋应码放距地面、墙壁 20cm 以上；贮存期间应注意防晒、避光、避热、防虫、防鼠、防潮。

附录 A
（规范性附录）
营养强化小麦粉铁含量及混合均匀度的测定方法

A.1 原理

营养强化小麦粉试样经灰化后制成稀盐酸溶液，其中的铁以三价形式存在。以盐酸羟胺还原三价铁（Fe^{3+}）为二价铁（Fe^{2+}），二价铁（Fe^{2+}）与邻菲啰啉在 PH3-9 范围内形成稳定的红色配合物。在 510nm 处测量吸光度，以标准曲线计算铁含量。

每批营养强化小麦粉抽取 10 个有代表性的样品，通过测定其中铁含量的差异来反映各组分分布的均匀性。

A.2 试剂

所用试剂均为分析纯，所用水为重蒸馏水或相当纯度的水。

A.2.1 铁标准贮备液：1000μg/mL，准确称取 1.000g 纯金属铁溶于盐酸（1＋1）50mL 中，用水稀释定容至 1000mL。

A.2.2 铁标准工作液：10μg/mL。吸取铁标准贮备液 10mL，定容至 1000mL。

A.2.3 2.5g/L 邻菲罗林溶液。

A.2.4 5ag/L 盐酸羟胺溶液：现用现配。

A.2.5 50g/L 酒石酸溶液。

A.2.6 250g/L 乙酸钠溶液。

A.3 仪器和设备

A.3.1 实验室常规设备。

A.3.2 马福炉。

A.3.3 分光光度计。

A.3.4 石英坩埚。

A.4 试样

按 GB/T 5505 中测定粮食灰分的方法制备。

A.5 分析步骤

A.5.1 标准工作曲线的绘制

吸取铁标准工作液 0、1、2、3、4、5mL，分别置于 25mL 容量瓶中，加 50g/L 的盐酸羟胺溶液 2.5mL，摇匀后放置 10min，加 50g/L 的酒石酸溶液 2mL，2.5g/L 邻菲罗林溶液 5mL，250g/L 的乙酸钠溶液 5mL，稀释至刻度，摇匀。待发色完全后，在 510nm 处测其吸光度，并绘制标准工作曲线。

A.5.2 铁含量的测定

将灰化好的试样溶于盐酸（1+1）2.5mL 中，转移到 50mL 容量瓶中，稀释至刻度，摇匀，此溶液称为试样灰化溶液。吸取试样灰化溶液 10mL，置于 25mL 容量瓶中，按 A.5.1 的方法测定吸光度。根据吸光度值从标准工作曲线中查得铁的对应值。

同一样品进行两次测定，同时做空白试验。

A.6 铁含量分析结果的计算

铁含量按式（A-1）计算：

$$X = (C - C_0) \times 5/m \tag{A-1}$$

式中　X——铁含量，mg/kg；

　　　C——从标准工作曲线上查得的试样对应的铁含量值，μg；

　　　C_0——从标准工作曲线上查得的空白样对应的铁含量值，μg；

　　　m——试样质量，g。

当符合允许差所规定的要求时，取两次测定结果的算术平均值作为分析结果。分析结果精确到 0.01mg/kg。

A.7 允许差

同一分析者同时或相继进行的两次测定结果之差，不应超过平均值的 20%。

A.8 混合均匀度的测定

A.8.1 样品的采集与制备

A.8.1.1 本法所需的样品系营养强化小麦粉成品，应单独采制。

A.8.1.2 包装成品在成品库取样，一个包装为一个点，每个样品由一点集中取一样。

A.8.1.3 每批营养强化小麦粉抽取 10 个有代表性的实验室样品，每一实验室样品为 50g。各实验室样品的布点应考虑代表性，取样前不允许翻动或再混合。

A.8.1.4 将上述每个实验室样品在实验室充分混匀，以四分法从中分取 1~10g（视含铁量而不同）试样进行测定。

A.8.2 测定步骤

按上述第 A.4 节~第 A.7 节测定样品中的铁含量。

A.8.3 混合均匀度分析结果的计算

变异系数按式（A-2）或式（A-3）计算：

$$a = \frac{\sqrt{\dfrac{(X_1 - \bar{X})^2 + (X_2 - \bar{X})^2 + (X_3 - \bar{X})^2 + \cdots\cdots + (X_{10} - \bar{X})^2}{10 - 1}}}{\bar{X}} \times 100 \quad \text{(A-2)}$$

$$a = \frac{\sqrt{\dfrac{X_1^2 + X_2^2 + X_3^2 + \cdots\cdots + X_{10}^2 - 10\bar{X}^2}{10 - 1}}}{\bar{X}} \times 100 \quad \text{(A-3)}$$

式中 a——变异系数（CV），％；

    X_1、X_2、X_3、$\cdots\cdots$、X_{10}——10 个试样的铁含量，mg/kg；

                     $\bar{X}$——试样铁含量的平均值，mg/kg。

附录 3　小麦 GB 1351—2008
（代替 GB 1351—1999）

（2008-5-01 实施）

前　言

本标准的全部技术内容为强制性。

本标准是对 GB 1351—1999《小麦》的修订。

本标准与 GB 1351—1999 的主要技术差异：

—修改了杂质等术语和定义；

—增加了硬度指数术语和定义。

—以硬度指数取代角质率、粉质率作为小麦硬、软的表征指标；

—对分类原则和指标进行了调整；

—对质量要求中的不完善粒指标作了修改；

—增加了检验规则；

—增加了有关标签标识的规定。

本标准自实施之日起代替 GB 1351—1999。

本标准由国家粮食局提出。

本标准由全国粮抽标准化技术委员会归口。

本标准起草单位：国家粮食局标准质员中心、北京国家粮食质量监测中心、河南省粮食局、国家粮食局科学研究院、中国储备粮管理总公司、河南工业大学、农业部谷物及制品质量监督检验测试中心（哈尔滨）、山东省粮食局、河北省粮食局、安徽省粮食局、内蒙古自治区粮食局、黑龙江省粮食局、江苏省粮食局、四川省粮食局、新疆维吾尔自治区粮食局、陕西省粮食局、吉林省粮食局。

本标准主要起草人：杜政、唐瑞明、龙伶俐、朱之光、谢华民、李玥、周光俊、尚艳娥、周展明、王彩琴、尹成华、张玉琴、孙辉、袁小平、吴存荣、王乐凯、杜向东、肖丽荣、丁世琪、何中虎、王步军、顾雅贤、杨军、伊军、张雪梅、刘玉平、徐向顾、宋长权。

本标准所代替标准的历次版本发布情况为：

GB 1351—1986，GB 1351—1999。

小 麦

1 范围

本标准规定了小麦的相关术语和定义、分类、质量要求、卫生要求、检验方法、检验规则、标签标识，以及包装、储存和运输要求。

本标准适用于收购、储存、运输、加工和销售的商品小麦。

本标准不适用于本标准分类规定以外的特殊品种小麦。

2 规范性引用文件

下列文件中的条款通过本标准的引用而成为本标准的条款。凡是注日期的引用文件，其随后所有的修改单（不包括勘误的内容）或修订版均不适用于本标准。然而，鼓励根据本标准达成协议的各方研究是否可使用这些文件的最新版本。凡是不注日期的引用文件，其最新版本适用于本标准。

GB 2715　粮食卫生标准

GB/T 5490　粮食、油料及植物油脂检验一般规则

GB 5491　粮食、油料检验扦样、分样法

GB/T 5492　粮食、油料检验色泽、气味、口味鉴定法

GB/T 5493　粮食、油料检验类型及互混检验法

GB/T 5494　粮食、油料检验杂质、不完善粒检验法

GB/T 5497　粮食、油料检验水分测定法

GB/T 5498　粮食、油料检验容重测定法

GB 13078　饲料卫生标准

GB/T 21304　小麦硬度测定　硬度指数法

3 术语和定义

下列术语和定义适用于本标准。

3.1

容重 test weight

小麦籽粒在单位容积内的质量，以克每升（g/L）表示。

3.2

不完善粒 unsound kernel

受到损伤但尚有使用价值的小麦颗粒，包括虫蚀粒、病斑粒、破损粒、生芽粒和生霉粒。

3.2.1

虫蚀粒 injured kernel

被虫蛀蚀，伤及胚或胚乳的颗粒。

3.2.2

病斑粒 spotted kernel

粒面带有病斑，伤及胚或胚乳的颗粒。

3.2.2.1

黑胚粒 black germ kernel

籽粒胚部呈深褐色或黑色，伤及胚或胚乳的颗粒。

3.2.2.2

赤霉病粒 gibberella damaged kernel

籽粒皱缩，呆白，有的粒面呈紫色，或有明显的粉红色霉状物，间有黑色子囊壳。

3.2.3

破损粒 broken kernel

压扁、破碎，伤及胚或胚乳的颗粒。

3.2.4

生芽粒 sprouted kernel

芽或幼根虽未突破种皮但胚部种皮已破裂或明显隆起且与胚分离的颗粒，或芽或幼根突破种皮不超过本颗粒长度的颗粒。

3.2.5

生霉粒 moldy kernel

拉面生霉的颗粒。

3.3

杂质 foreign material

除小麦粒以外的其他物质，包括筛下物、无机杂质和有机杂质。

3.3.1

筛下物 throughs

通过直径 1.5mm 圆孔筛的物质。

3.3.2

无机杂质 inorganic impurity

砂石、煤渣、砖瓦块、泥土等矿物质及其他无机类物质。

3.3.3

有机杂质 organic impurity

无使用价值的小麦，异种粮粒及其他有机类物质。

注：常见无使用价值的小麦有：霉变小麦、生芽粒中芽超过本颗位长度的小

麦、线虫病小麦、腥黑穗病小麦等颗粒。

3.4

色泽、气味 colour and odour

一批小麦固有的综合颜色、光泽和气味。

3.5

小麦硬度 wheat hardness

小麦籽粒抵抗外力作用下发生变形和破碎的能力。

3.6

小麦硬度指数 wheat hardness index

在规定条件下粉碎小麦样品。留存在筛网上的样品占试样的质量分数，用 HI 表示。硬度指数越大，表明小麦硬度越高，反之表明小麦硬度越低。

4 分类

4.1 硬质白小麦

种皮为白色或黄白色的麦粒不低于90%，硬度指数不低于60的小麦。

4.2 软质白小麦

种皮为白色或黄白色的麦粒不低于90%，硬度指数不高于45的小麦。

4.3 硬质红小麦

种皮为深红色或红褐色的麦粒不低于90%，硬度指数不低于60的小麦。

4.4 软质红小麦

种皮为深红色或红褐色的麦粒不低于90%，硬度指数不低于45的小麦。

4.5 混合小麦

不符合4.1~4.4规定的小麦。

5 质量要求和卫生要求

5.1 质量要求

各类小麦质量要求见表1。其中容重为定等指标，3等为中等。

表 1 小麦质量要求

等级	容重/(g/L)	不完善粒/%	杂质/%		水分/%	色泽、气味
			总量	其中:矿物质		
1	≥790	≤6.0				
2	≥770					
3	≥750	≤8.0	≤1.0	≤0.5	≤12.5	正常
4	≥730					
5	≥710	≤10.0				
等外	<710	—				

注："—"为不要求

5.2 卫生要求

5.2.1 食用小麦按 GB 2715 及国家有关规定执行。

5.2.2 饲料用小麦按 GB 13078 及国家有关规定执行。

5.2.3 其他用途小麦按国家有关标准和规定执行。

5.2.4 植物检疫按国家有关标准和规定执行。

6 检验方法

6.1 扦样、分样：按 GB 5491 执行。

6.2 色泽、气味检验：按 GB/T 5492 执行。

6.3 小麦皮色检验：按 GB/T 5493 执行。

6.4 小麦硬度检验：按 GB/T 21304 执行。

6.5 杂质、不完善粒检验：按 GB/T 5494 执行。

6.6 水分检验：按 GB/T 5497 执行。

6.7 容重检验：按 GB/T 5498 执行。

7 检验规则

7.1 检验的一般规则按 GB/T 5490 执行。

7.2 检验批为同种类、同产地、同收获年度、同运输单元、同储存单元的小麦。

7.3 判定规则：容重应符合表 1 中相应等级的要求，其他指标按国家有关规定执行。

8 标签标识

应在包装物上或随行文件中注明产品的名称、类别、等级、产地、收获年度和月份。

9 包装、储存和运输

9.1 包装

包装应清洁、牢固、无破损，封口严密、结实，不应撒漏；不应给产品带来污染和异常气味。

9.2 储存

应储存在清洁、干燥、防雨、防潮，防虫、防鼠、无异味的仓房内，不应与有毒有害物质或含水量较高的物质混存。

9.3 运输

应使用符合卫生要求的运输工具，运输过程中应注意防止雨淋和被污染。

附录 4　小麦、稻米加工的国家标准和行业标准

1 产品标准

GB 1351—2008 小麦

GB/T 17892—1999 优质小麦、强筋小麦优质

GB/T 17893—1999 小麦、弱筋小麦

SB/T 10136—1993 面包用小麦粉

SB/T 10137—1993 面条用小麦粉

SB/T 10138—1993 饺子用小麦粉

SB/T 10139—1993 馒头用小麦粉

SB/T 10140—93 发酵饼干用小麦粉

SB/T 10141—93 酥性饼干用小麦粉

SB/T 10142—93 蛋糕用小麦粉

SB/T 10143—93 糕点用小麦粉

SB/T 10144—93 自发小麦粉

SB/T 10145—93 小麦胚（胚片、胚粉）

GB 10368—89 饲料用小麦粉

NY/T 211—92 饲料用次粉

GB 1350—1999 稻谷

GB/T 17891—1999 优质稻谷

GB 1354—86 大米

ZB B 22003—85 糙米

2 **检验方法标准**

GB 5490—5539—85 粮食、油料及植物油脂检验

ZB 9.1—83 出口大米检验方法

ZB 9.2—83 出口大米检验操作规程

3 **卫生标准**

GB 14881—94 食品企业通用卫生规范

GB 2715—81 粮食卫生标准

GB 5009.36—85 粮食卫生标准的分析方法

GB 2760—1996 食品添加剂使用卫生标准

GB 19880—94 食品营养强化剂使用卫生标准

4 **包装标准**

GB 8865—88 粮食包装、面粉袋

GB 8947—88 复合塑料编织袋

GB 8115—87 粮食包装　麻袋

GB 191—90 包装储运指示标志

GB 7718—94 食品标签通用标准

5 **其他**

NY/T 268—292—95　绿色仪器有关标准

NY/T 419—2000 绿色食品 大米

NY/T 421—2000 绿色食品 小麦粉

食品质量安全市场准入制度包括《关于进一步加强食品质量监督管理工作的通知》（国质检监函［2002］282 号）、《加强食品质量安全监督管理工作实施意见》（国质检监［2002］185 号）和《关于印发小麦粉等等类食品生产许可证实施细则的通知》（国质检监［2002］192 号）等一系列文件。

附录 5　食品及食品添加剂行业涉及的法律法规

（1）《中华人民共和国产品质量法》

1993 年 2 月 22 日第七届全国人民代表大会常务委员会第十三次会议通过，1995 年 9 月 1 日起施行。共六章七十四条。

（2）《中华人民共和国食品卫生法》

1995 年 10 月 30 日第八届全国人民代表大会常务委员会第十六次会议通过，1995 年 10 月 30 日中华人民共和国主席令第 59 号发布施行。共九章五十七条。

（3）中华人民共和国化工行业标准食品添加剂《稀释过氧化苯甲酰》（HG 2684—1995）

（4）《食品添加剂卫生管理办法》

中华人民共和国卫生部令（第 26 号），2002 年 7 月 1 日施行。

（5）《食品添加剂生产企业卫生规范》（卫法监发［2002］159 号）

（6）《食品添加剂使用卫生标准》（GB 2760—1996）

（7）食品质量安全市场准入制度

包括《关于进一步加强仪器质量安全监督管理工作的通知》（国质检监函［2002］282 号）、《加强食品质量安全监督管理工作实施意见》（国质检监［2002］185 号）和《关于印发小麦粉等 5 类食品生产许可证实施细则的通知》（国质检监［2002］192 号）等一系列文件。

附录 6　中华人民共和国食品卫生法

（1995-10-30）

第一章　总则

第一条　为保证食品卫生，防止食品污染和有害因素对人体的危害，保障人民身体健康，增强人民体质，制定本法。

第二条　国家实行食品卫生监督制度。

第三条　国务院卫生行政部门主管全国食品卫生监督管理工作。

国务院有关部门在各自的职责范围内负责食品卫生管理工作。

第四条　凡在中华人民共和国领域内从事食品生产经营的，都必须遵守本法。

本法适用于一切食品，食品添加剂，食品容器、包装材料和食品用工具、设备、洗涤剂、消毒剂；也适用于食品的生产经营场所、设施和有关环境。

第五条　国家鼓励和保护社会团体和个人对食品卫生的社会监督。

对违反本法的行为，任何人都有权检举和控告。

第二章　食品的卫生

第六条　食品应当无毒、无害，符合应当有的营养要求，具有相应的色、香、味等感官性状。

第七条　专供婴幼儿的主、辅食品，必须符合国务院卫生行政部门制定的营养、卫生标准。

第八条　食品生产经营过程必须符合下列卫生要求。

（一）保持内外环境整洁，采取消除苍蝇、老鼠、蟑螂和其他有害昆虫及其孳生条件的措施，与有毒、有害场所保持规定的距离；

（二）食品生产经营企业应当有与产品品种、数量相适应的食品原料处理、加工、包装、贮存等厂房或者场所；

（三）应当有相应的消毒、更衣、盥洗、采光、照明、通风、防腐、防尘、防蝇、防鼠、洗涤、污水排放、存放垃圾和废弃物的设施；

（四）设备布局和工艺流程应当合理，防止待加工食品与直接入口食品、原料与成品交叉污染，食品不得接触有毒物、不洁物；

（五）餐具、饮具和盛放直接入口食品的容器，使用前必须洗净、消毒，炊具、用具用后必须洗净，保持清洁；

（六）贮存、运输和装卸食品的容器包装、工具、设备和条件必须安全、无害，保持清洁，防止食品污染；

（七）直接入口的食品应当有小包装或者使用无毒、清洁的包装材料；

（八）食品生产经营人员应当经常保持个人卫生，生产、销售食品时，必须将手洗净，穿戴清洁的工作衣、帽；销售直接入口食品时，必须使用售货工具；

（九）用水必须符合国家规定的城乡生活饮用水卫生标准；

（十）使用的洗涤剂、消毒剂应当对人体安全、无害。

对食品摊贩和城乡集市贸易食品经营者在食品生产经营过程中的卫生要求，由省、自治区、直辖市人民代表大会常务委员会根据本法作出具体规定。

第九条　禁止生产经营下列食品：

（一）腐败变质、油脂酸败、霉变、生虫、污秽不洁、混有异物或者其他感官性状异常，可能对人体健康有害的；

（二）含有毒、有害物质或者被有毒、有害物质污染，可能对人体健康有害的；

（三）含有致病性寄生虫、微生物的，或者微生物毒素含量超过国家限定标准的；

（四）未经兽医卫生检验或者检验不合格的肉类及其制品；

（五）病死、毒死或者死因不明的禽、畜、兽、水产动物等及其制品；

（六）容器包装污秽不洁、严重破损或者运输工具不洁造成污染的；

（七）掺假、掺杂、伪造，影响营养、卫生的；

（八）用非食品原料加工的，加入非食品用化学物质的或者将非食品当作食品的；

（九）超过保质期限的；

（十）为防病等特殊需要，国务院卫生行政部门或者省、自治区、直辖市人民政府专门规定禁止出售的；

（十一）含有未经国务院卫生行政部门批准使用的添加剂或者农药残留超过国家规定容许量的；

（十二）其他不符合食品卫生标准和卫生要求的。

第十条　食品不得加入药物，但是按照传统既是食品又是药品的作为原料、调料或者营养强化剂加入的除外。

第三章　食品添加剂的卫生

第十一条　生产经营和使用食品添加剂，必须符合食品添加剂使用卫生标准和卫生管理办法的规定；不符合卫生标准和卫生管理办法的食品添加剂，不得经营、使用。

第四章　食品容器、包装材料和食品用工具、设备的卫生

第十二条　食品容器、包装材料和食品用工具、设备必须符合卫生标准和卫生管理办法的规定。

第十三条　食品容器、包装材料和食品用工具、设备的生产必须采用符合卫生要求的原材料。产品应当便于清洗和消毒。

第五章　食品卫生标准和管理办法的制定

第十四条　食品，食品添加剂，食品容器、包装材料，食品用工具、设备，用于清洗食品和食品用工具、设备的洗涤剂、消毒剂以及食品污染物质、放射性物质容许量的国家卫生标准、卫生管理办法和检验规程，由国务院卫生行政部门制定或者批准颁发。

第十五条　国家未制定卫生标准的食品，省、自治区、直辖市人民政府可以制定地方卫生标准，报国务院卫生行政部门和国务院标准化行政主管部门备案。

第十六条　食品添加剂的国家产品质量标准中有卫生学意义的指标，必须经国务院卫生行政部门审查同意。

农药、化肥等农用化学物质的安全性评价，必须经国务院卫生行政部门审查同意。

屠宰畜、禽的兽医卫生检验规程，由国务院有关行政部门会同国务院卫生行政部门制定。

第六章　食品卫生管理

第十七条　各级人民政府的食品生产经营管理部门应当加强食品卫生管理工作，并对执行本法情况进行检查。

各级人民政府应当鼓励和支持改进食品加工工艺，促进提高食品卫生质量。

第十八条　食品生产经营企业应当健全本单位的食品卫生管理制度，配备专职或者兼职食品卫生管理人员，加强对所生产经营食品的检验工作。

第十九条　食品生产经营企业的新建、扩建、改建工程的选址和设计应符合卫生要求，其设计审查和工程验收必须有卫生行政部门参加。

第二十条　利用新资源生产的食品、食品添加剂的新品种，生产经营企业在投入生产前，必须提出该产品卫生评价和营养评价所需的资料；利用新的原材料生产的食品容器、包装材料和食品用工具、设备的新品种，生产经营企业在投入生产前，必须提出该产品卫生评价所需的资料。上述新品种在投入生产前还需提供样品，并按照规定的食品卫生标准审批程序报请审批。

第二十一条　定型包装食品和食品添加剂，必须在包装标识或者产品说明书上根据不同产品分别按照规定标出品名、产地、厂名、生产日期、批号或者代号、规格、配方或者主要成分、保质期限、食用或者使用方法等。食品、食品添加剂的产品说明书，不得有夸大或者虚假的宣传内容。

食品包装标识必须清楚，容易辨识。在国内市场销售的食品，必须有中文标识。

第二十二条　表明具有特定保健功能的食品，其产品及说明书必须报国务院卫生行政部门审查批准，其卫生标准和生产经营管理办法，由国务院卫生行政部门制定。

第二十三条　表明具有特定保健功能的食品，不得有害于人体健康，其产品说明书内容必须真实，该产品的功能和成分必须与说明书相一致，不得有虚假。

第二十四条　食品、食品添加剂和专用于食品的容器、包装材料及其他用具，其生产者必须按照卫生标准和卫生管理办法实施检验合格后，方可出厂或者销售。

第二十五条　食品生产经营者采购食品及其原料，应当按照国家有关规定索取检验合格证或者化验单，销售者应当保证提供。需要索证的范围和种类由省、自治区、直辖市人民政府卫生行政部门规定。

第二十六条　食品生产经营人员每年必须进行健康检查；新参加工作和临时参加工作的食品生产经营人员必须进行健康检查，取得健康证明后方可参加工作。

凡患有痢疾、伤寒、病毒性肝炎等消化道传染病（包括病原携带者），活动性肺结核，化脓性或者渗出性皮肤病以及其他有碍食品卫生的疾病的，不得参加接触直接入口食品的工作。

第二十七条　食品生产经营企业和食品摊贩，必须先取得卫生行政部门发放的卫生许可证方可向工商行政管理部门申请登记。未取得卫生许可证的，不得从事食品生产经营活动。

食品生产经营者不得伪造、涂改、出借卫生许可证。

卫生许可证的发放管理办法由省、自治区、直辖市人民政府卫生行政部门制定。

第二十八条　各类食品市场的举办者应当负责市场内的食品卫生管理工作，并在市场内设置必要的公共卫生设施，保持良好的环境卫生状况。

第二十九条　城乡集市贸易的食品卫生管理工作由工商行政管理部门负责，食品卫生监督检验工作由卫生行政部门负责。

第三十条　进口的食品，食品添加剂，食品容器、包装材料和食品用工具及设备，必须符合国家卫生标准和卫生管理办法的规定。

进口前款所列产品，由口岸进口食品卫生监督检验机构进行卫生监督、检验。检验合格的方准进口。海关凭检验合格证书放行。

进口单位在申报检验时，应当提供输出国（地区）所使用的农药、添加剂、熏蒸剂等有关资料和检验报告。

进口第一款所列产品，依照国家卫生标准进行检验，尚无国家卫生标准的，进口单位必须提供输出国（地区）的卫生部门或者组织出具的卫生评价资料，经口岸进口食品卫生监督检验机构审查检验并报国务院卫生行政部门批准。

第三十一条　出口食品由国家进出口商品检验部门进行卫生监督、检验。

海关凭国家进出口商品检验部门出具的证书放行。

第七章　食品卫生监督

第三十二条　县级以上地方人民政府卫生行政部门在管辖范围内行使食品卫生监督职责。

铁道、交通行政主管部门设立的食品卫生监督机构，行使国务院卫生行政部门会同国务院有关部门规定的食品卫生监督职责。

第三十三条　食品卫生监督职责是：

（一）进行食品卫生监测、检验和技术指导；

（二）协助培训食品生产经营人员，监督食品生产经营人员的健康检查；

（三）宣传食品卫生、营养知识，进行食品卫生评价，公布食品卫生情况；

（四）对食品生产经营企业的新建、扩建、改建工程的选址和设计进行卫生审查，并参加工程验收；

（五）对食物中毒和食品污染事故进行调查，并采取控制措施；

（六）对违反本法的行为进行巡回监督检查；

（七）对违反本法的行为追查责任，依法进行行政处罚；

（八）负责其他食品卫生监督事项。

第三十四条　县级以上人民政府卫生行政部门设立食品卫生监督员。食品卫生监督员由合格的专业人员担任，由同级卫生行政部门发给证书。

铁道、交通的食品卫生监督员，由其上级主管部门发给证书。

第三十五条　食品卫生监督员执行卫生行政部门交付的任务。

食品卫生监督员必须秉公执法，忠于职守，不得利用职权谋取私利。

食品卫生监督员在执行任务时，可以向食品生产经营者了解情况，索取必要的资料，进入生产经营场所检查，按照规定无偿采样。生产经营者不得拒绝或者隐瞒。

食品卫生监督员对生产经营者提供的技术资料负有保密的义务。

第三十六条　国务院和省、自治区、直辖市人民政府的卫生行政部门，根据需要可以确定具备条件的单位作为食品卫生检验单位，进行食品卫生检验并出具检验报告。

第三十七条　县级以上地方人民政府卫生行政部门对已造成食物中毒事故或者有证据证明可能导致食物中毒事故的，可以对该食品生产经营者采取下列临时控制措施：

（一）封存造成食物中毒或者可能导致食物中毒的食品及其原料；

（二）封存被污染的食品用工具及用具，并责令进行清洗消毒。

经检验，属于被污染的食品，予以销毁；未被污染的食品，予以解封。

第三十八条　发生食物中毒的单位和接收病人进行治疗的单位，除采取抢救措施外，应当根据国家有关规定，及时向所在地卫生行政部门报告。

县级以上地方人民政府卫生行政部门接到报告后，应当及时进行调查处理，并采取控制措施。

第八章　法律责任

第三十九条　违反本法规定，生产经营不符合卫生标准的食品，造成食物中毒事故或者其他食源性疾患的，责令停止生产经营，销毁导致食物中毒或者其他食源性疾患的食品，没收违法所得，并处以违法所得一倍以上五倍以下的罚款；没有违法所得的，处以一千元以上五万元以下的罚款。

违反本法规定，生产经营不符合卫生标准的食品，造成严重食物中毒事故或者其他严重食源性疾患，对人体健康造成严重危害的，或者在生产经营的食品中掺入有毒、有害的非食品原料的，依法追究刑事责任。

有本条　所列行为之一的，吊销卫生许可证。

第四十条　违反本法规定，未取得卫生许可证或者伪造卫生许可证从事食品生产经营活动的，予以取缔，没收违法所得，并处以违法所得一倍以上五倍以下的罚款；没有违法所得的，处以五百元以上三万元以下的罚款。涂改、出借卫生许可证的，收缴卫生许可证，没收违法所得，并处以违法所得一倍以上三倍以下的罚款；没有违法所得的，处以五百元以上一万元以下的罚款。

第四十一条　违反本法规定，食品生产经营过程不符合卫生要求的，责令改正，给予警告，可以处以五千元以下的罚款；拒不改正或者有其他严重情节的，吊销卫生许可证。

第四十二条　违反本法规定，生产经营禁止生产经营的食品的，责令停止生产经营，立即公告收回已售出的食品，并销毁该食品，没收违法所得，并处以违法所得一倍以上五倍以下的罚款；没有违法所得的，处以一千元以上五万元以下的罚款。情节严重的，吊销卫生许可证。

第四十三条　违反本法规定，生产经营不符合营养、卫生标准的专供婴幼儿的主、辅食品的，责令停止生产经营，立即公告收回已售出的食品，并销毁该食品，没收违法所得，并处以违法所得一倍以上五倍以下的罚款；没有违法所得的，处以一千元以上五万元以下的罚款。情节严重的，吊销卫生许可证。

第四十四条　违反本法规定，生产经营或者使用不符合卫生标准和卫生管理办法规定的食品添加剂、食品容器、包装材料和食品用工具、设备以及洗涤剂、消毒剂的，责令停止生产或者使用，没收违法所得，并处以违法所得一倍以上三倍以下的罚款；没有违法所得的，处以五千元以下的罚款。

第四十五条　违反本法规定，未经国务院卫生行政部门审查批准而生产经营表明具有特定保健功能的食品的，或者该食品的产品说明书内容虚假的，责令停止生产经营，没收违法所得，并处以违法所得一倍以上五倍以下的罚款；没有违法所得的，处以一千元以上五万元以下的罚款。情节严重的，吊销卫生许可证。

第四十六条　违反本法规定，定型包装食品和食品添加剂的包装标识或者产品说明书上不标明或者虚假标注生产日期、保质期限等规定事项的，或者违反规定不标注中文标识的，责令改正，可以处以五百元以上一万元以下的罚款。

第四十七条　违反本法规定，食品生产经营人员未取得健康证明而从事食品生产经营的，或者对患有疾病不得接触直接入口食品的生产经营人员，不按规定调离的，责令改正，可以处以五千元以下的罚款。

第四十八条　违反本法规定，造成食物中毒事故或者其他食源性疾患的，或者因其他违反本法行为给他人造成损害的，应当依法承担民事赔偿责任。

第四十九条　本法规定的行政处罚由县级以上地方人民政府卫生行政部门决定。本法规定的行使食品卫生监督权的其他机关，在规定的职责范围内，依照本法的规定作出行政处罚决定。

第五十条　当事人对行政处罚决定不服的，可以在接到处罚通知之日起十五日内向作出处罚决定的机关的上一级机关申请复议；当事人也可以在接到处罚通知之日起十五日内直接向人民法院起诉。

复议机关应当在接到复议申请之日起十五日内作出复议决定。当事人对复议决定不服的，可以在接到复议决定之日起十五日内向人民法院起诉。

当事人逾期不申请复议也不向人民法院起诉，又不履行处罚决定的，作出处罚决定的机关可以申请人民法院强制执行。

第五十一条　卫生行政部门违反本法规定，对不符合条件的生产经营者发放卫生许可证的，对直接责任人员给予行政处分；收受贿赂，构成犯罪的，依法追究刑事责任。

第五十二条 食品卫生监督管理人员滥用职权、玩忽职守、营私舞弊，造成重大事故，构成犯罪的，依法追究刑事责任；不构成犯罪的，依法给予行政处分。

第五十三条 以暴力、威胁方法阻碍食品卫生监督管理人员依法执行职务的，依法追究刑事责任；拒绝、阻碍食品卫生监督管理人员依法执行职务未使用暴力、威胁方法的，由公安机关依照治安管理处罚条例的规定处罚。

第九章 附则

第五十四条 本法下列用语的含义：

食品：指各种供人食用或者饮用的成品和原料以及按照传统既是食品又是药品的物品，但是不包括以治疗为目的的物品。

食品添加剂：指为改善食品品质和色、香、味，以及为防腐和加工工艺的需要而加入食品中的化学合成或者天然物质。

营养强化剂：指为增强营养成分而加入食品中的天然的或者人工合成的属于天然营养素范围的食品添加剂。

食品容器、包装材料：指包装、盛放食品用的纸、竹、木、金属、搪瓷、陶瓷、塑料、橡胶、天然纤维、化学纤维、玻璃等制品和接触食品的涂料。

食品用工具设备：指食品在生产经营过程中接触食品的机械、管道、传送带、容器、用具、餐具等。

食品生产经营：指一切食品的生产（不包括种植业和养殖业）、采集、收购、加工、贮存、运输、陈列、供应、销售等活动。

食品生产经营者：指一切从事食品生产经营的单位或者个人，包括职工食堂、食品摊贩等。

第五十五条 出口食品的管理办法，由国家进出口商品检验部门会同国务院卫生行政部门和有关行政部门另行制定。

第五十六条 军队专用食品和自供食品的卫生管理办法由中央军事委员会依据本法制定。

第五十七条 本法自公布之日起施行。《中华人民共和国食品卫生法（试行）》同时废止。

参 考 文 献

[1] 高杨，范必威．大米品质的评价及其主要影响因素．广东微量元素科学，2005（12）：12-16.

[2] 朱永义．稻米化学加工贮藏．北京：中国商业出版社，1994.

[3] 朱永义．大米强化技术与基本原则．粮食与饲料工业，2006（8）：4-5.

[4] 朱永义．谷物加工工艺与设备．北京：科学出版社，2002.

[5] 赵奕．中国营养强化面粉发展报告．面粉通讯，2006（4）：4-8.

[6] 王仲礼．强化大米充实主食营养．中国稻米，2004（3）：28-29.

[7] 蔡丽明，高群玉．大米营养强化技术及应用研究进展．粮食与油脂，2006（8）：20-22.

[8] 舒在习，葛伟．米、面成品粮的营养强化．粮食与饲料工业，2001（7）：17-19.

[9] 曹劲松，王晓琴．食品营养强化剂．北京：中国轻工业出版社，2002.

[10] 祝健．营养强化米的生产．粮食与油脂，1998（4）：7-9.

[11] 任宇鹏，朱永义．主食营养强化若干问题的探讨，粮食与饲料工业，2004（12）：6-7.

[12] 卫生部．食品营养强化剂使用卫生标准（GB 14880—1994）．北京：中国标准出版社，1996：117-123.

[13] 刘志皋．食品营养学．北京：中国轻工业出版社，2003.

[14] 李书国，董振军等．我国营养强化面粉现状及关键技术的研究．粮食与饲料工业，2005（10）：6-8.

[15] 陆勤丰．面粉营养强化关键技术及制品安全性．食品工业科技，2008（2）：269-271.

[16] 陆勤丰．大米营养强化工业研究．粮食加工，2007（6）：40-43.

[17] 陆勤丰．锌强化营养小麦粉开发的实证研究．食品科技，2006（6）：109-112.

[18] 陆勤丰．锌强化大米的研究开发．粮油食品科技，2004（3）：15-17.

[19] 陆勤丰．高压处理技术在食品生产中的应用．湖州职业技术学报，2004（1）：81-83.

[20] 陆勤丰，唐齐群．提高白米色选机工艺效果的途径．粮食流通技术，2003（2）：13-14.

[21] 陆勤丰，唐齐群．提高白米色选机工艺效果的途径．粮油加工与食品机械，2002（7）：42-43.

[22] 张弛，商国娟等，专用面粉配比控制系统．机械，2002（3）：41-43.

[23] 王石瑛．专用粉生产中几个问题的探讨．粮食与饲料工业，2000（7）：7-8.

[24] 程北根．挤压营养强化米生产工艺简介．食品工业科技，2005（10）：140-141.

[25] 阮竞兰，阮少兰．营养型大米的加工．农产品加工，2003（12）：14-15.

[26] 金增辉．营养强化米及其加工方法．粮食与油脂，2004（9）：40-43.

[27] 崔晓丽．营养强化大米进行时．粮油加工与食品机械，2005（9）：19-21.

[28] 才晓梅，朱梅梦．营养米生产．粮油加工与食品机械，2003（1）：50-51.

[29] 欧阳建勋等．大米强化工艺与设备研究．粮食与饲料工业，1999（1）：18.

[30] 迟明梅，方伟森．浅谈营养米．粮油加工与食品机械，2005（9）：62-64.

[31] 迟明梅，方伟森．浅谈营养米和功能米．粮食加工，2005（5）：26-29.

[32] 张坤生，任云霞等．强化钙米技术的研究．食品工业，2001（5）：3-4.

[33] 舒在习，葛伟．米、面成品粮的营养强化．粮食与饲料工业，2001（7）：8-10.

[34] 黄炜，陈忆凤，等. 高压静电场对大米食用品质的影响. 粮食与饲料工业，2001 (9)：7-8.

[35] 沈鹏，罗秋香，金正勋. 稻米蛋白质与蒸煮食味品质关系研究. 东北农业大学学报，2003 (12)：378-381.

[36] 陈能，罗卜坤，朱智伟等. 优质食用稻米品质的理化指标与食味相关性研究. 中国水稻科学，1999 (11)：70-76.

[37] 吕艳燕. 稻谷精加工及营养强化. 中国稻米，2004 (2)：37-39.

[38] 周惠明，张奕. 大米品质改良的现状及思路，粮食与饲料工业，1998 (4)：10-11.

[39] 李天真. 大米食用品质及改良. 粮食与饲料工业，1998 (5)：7-9.

[40] 刘亚伟. 小麦精深加工－分离. 重组. 转化技术. 北京：化学工业出版社，2005.

[41] 李卫华. 大米营养素添加剂的研究. 粮食加工，2005 (5)：30-32.

[42] 黄建，霍军生，等. 面粉强化工艺及质量控制. 卫生研究，2003 (7)：43-45.

[43] 张元培. 营养强化造福人民. 粮食与饲料工业，2003 (12)：18-20.

[44] 林江涛，郝学飞等. 在我国开展面粉营养强化应注意的几个问题. 粮食与饲料工业，2006 (1)：13-15.

[45] 刘钟栋. 面粉品质改良技术及应用. 北京：中国轻工业出版社，2006.

[46] 中国营养学会. 中国居民膳食营养素参考摄入量. 北京：中国轻工业出版社，2000.

[47] 吕艳燕. 国内外面粉营养强化现状的分析. 粮食与食品工业，2004 (1)：9-10.

[48] 周惠明. 强化面粉的营养设计与卫生要求. 面粉通讯，2002 (4)：41-47.

[49] 李敏. 大米品质及其营养卫生. 武汉工业学院学报，2003 (9)：11-13.

[50] 迟明梅. 东北大米食用品质的调查分析. 粮油加工与食品机械，2005 (2)：61-63.

[51] 吴显庭. 大米食味影响因素之我见. 粮食加工，2006 (3)：26-27.

[52] 李天真. 现代稻米加工新工艺技术. 北京：中国商业出版社，2005.

[53] 李景明，马丽艳. 食品营养强化技术. 北京：化学工业出版社，2006.

[54] 金飞龙. 食品与营养学. 北京：中国轻工业出版社，1999.

[55] 周显青. 稻谷精深加工技术. 北京：化学工业出版社，2006.

[56] 闫清平，朱永义. 大米淀粉、蛋白质与其食用品质关系. 粮食与油脂，2001 (5)：29-31.

[57] 李则选，金增辉. 粮食加工. 北京：化学工业出版社，2005.

[58] 徐润琪. 大米品质评价技术的开发研究. 四川工业学院学报，2003 (2)：45-49.

[59] 唐为民，呼玉山. 稻米陈化对品质的影响及陈化机理. 中国食物与营养，2004 (4).